Isabel Arends

Im Licht des silbernen Kondors

ISABEL ARENDS

Im Licht des silbernen Kondors

ERZÄHLUNGEN

KJM Buchverlag

1. Auflage April 2024

Simrockstr. 9a, 22587 Hamburg
www.kjm-buchverlag.de
ISBN 978-3-96194-232-9

Satz, Gestaltung und Karte: Svenja Wiese, Hamburg
Cover und Umschlag: Rothfos & Gabler, Hamburg
unter Verwendung von symbolikon.com und shutterstock_1218584572
Lektorat: Rainer Kolbe, Hamburg
Korrektorat: Rainer Kolbe und Andrea Wolf, beide Hamburg
Druck & Bindung: CPI, Leck

Mehr zu unseren Büchern:
www.kjm-buchverlag.de

Fritz Dibbert: Das Chilehaus von Osten. Holzschnitt 1925

Vorwort

© Senatskanzlei Hamburg

Das Chilehaus wurde zwischen 1922 und 1924 im Auftrag des Kaufmanns Henry Brarens Sloman erbaut, der mit dem Import von Salpeter aus Chile zu Wohlstand gelangt war. Gestaltung und Benennung des Kontorhauses sollten an die enge Verbindung des Bauherrn zu dem südamerikanischen Land erinnern.

Nach Plänen des Architekten Fritz Höger entstand mit dem Chilehaus eines der ersten Hochhäuser Hamburgs. Bis heute ist das Chilehaus ein besonderes Gebäude des Backsteinexpressionismus und ein architektonisches Wahrzeichen unserer Stadt. Mit seiner markanten Ostspitze erinnert es an einen Schiffsbug und knüpft damit an die maritime Tradition der Hansestadt an.

Seit 2015 gehört das Chilehaus mit dem Kontorhausviertel und der Speicherstadt zum UNESCO-Welterbe.

100 Jahre nach Fertigstellung des Chilehauses erscheint mit dem vorliegenden Buch von Dr. Isabel Arends, einer Urenkelin von Henry Sloman, ein Werk, das nicht nur auf die Erbauung und die architektonischen Besonderheiten des Chilehauses eingeht. Die Autorin beleuchtet anhand der vom Bildhauer Richard Kuöhl geschaffenen Skulpturen entlang der Fassade des Chilehauses auch die historischen Verbindungen zwischen Hamburg und Chile und die bewegte Geschichte der Familie Sloman.

Ich wünsche den Leserinnen und Lesern viel Freude bei der Lektüre.

Dr. Peter Tschentscher
Erster Bürgermeister der Freien und Hansestadt Hamburg

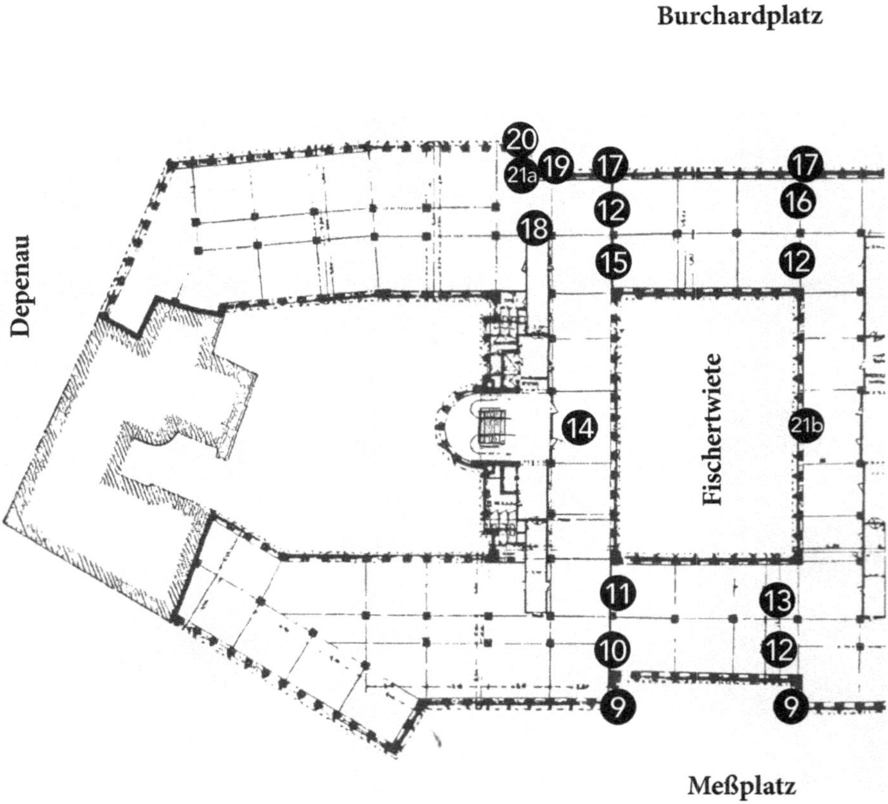

- 1 Der Kondor S. 13
- 2 Zwei Pinguine S. 27
- 3a Zwei Bären S. 41
- 3b Schaf mit Wollkorb S. 41
- 4 Der Riesenstorch S. 59
- 5 Die beiden Hähne S. 69
- 6 Die sechs Kindchen S. 79
- 7 Blätter vom Cocastrauch S. 93
- 8 Die Eidechse S. 111
- 9 Die Pumas (nicht ausgeführt) S. 133
- 10 Vier Kormorane S. 143
- 11 Fischweib und Fischmann S. 159

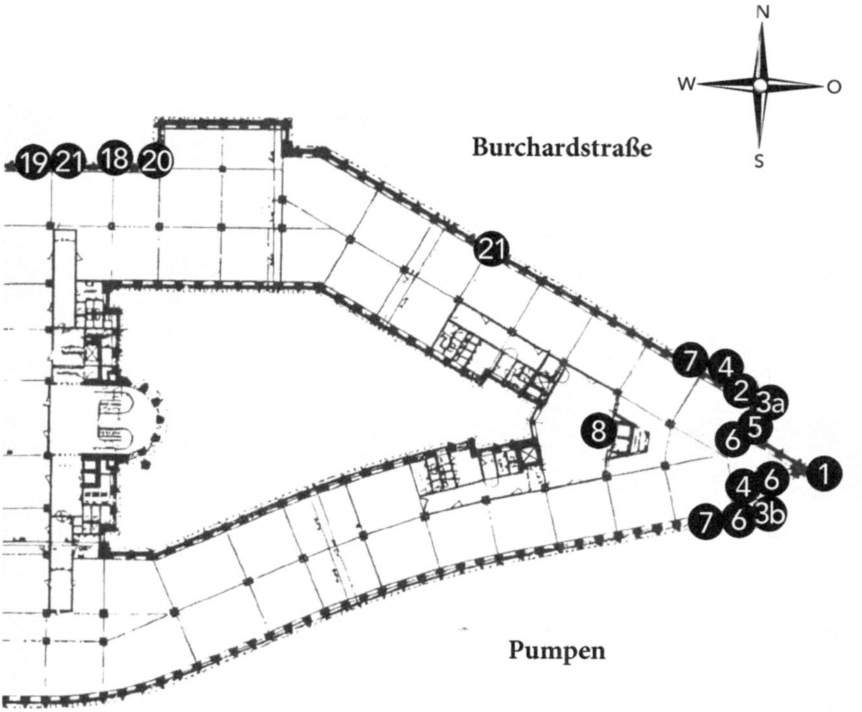
N
W
O
S
Burchardstraße
19
21
18
20
21
7
4
2
3a
8
6
5
1
4
6
7
6
3b
Pumpen

Inhalt

Der Kondor an der Spitze

Zum Kondor – »Einmal Originalgröße, bitte!« ❶

Vorne an der Spitze des Chilehauses befindet sich eine Klinkerskulptur in Form eines Kondors. In seinen Krallen trägt der Greifvogel ein flatterndes Schriftband. Darauf steht »Erbaut 1922/24«. Der Kondor wirkt wie die Galionsfigur eines Segelschiffes.

Der große Vogel hat seine Schwingen nur halb ausgebreitet. Man ist sich nicht sicher, ob er gerade gelandet ist oder ob er das Schriftband ergriffen hat, um es in die Weiten der Welt hinauszutragen.

Einen Kondor in Originalgröße zu zeigen, das war der Auftrag an den Bildhauer. Alle Hamburger sollten sehen, wie riesig so ein Kondor ist. Die Figur wurde in mehreren Teilen gebrannt und erst beim Einmauern zusammengesetzt.

Der Andenkondor (VULTUR GRYPHUS) ist der größte Greifvogel der Welt. Seine Flügel erreichen eine Spannweite von über drei Metern. Die ausgewachsenen Männchen können bis zu 1,20 Meter groß werden und wiegen bis zu 15 Kilogramm. Kondore nisten in Gruppen. Sie stehen heute unter strengem Schutz.

Im Licht des silbernen Kondors ·

Hamburg, Villa Sloman, Badestraße 30, 17. Juni 1922. Ein festliches Dinner. Anwesend: Henry Sloman mit seiner Ehefrau Renata und Professor Max Uhle.

»Und ganz vorne am Haus. An die Spitze. Da kommt ein Andenkondor hin! Mit ausgebreiteten Schwingen«, sagte Renata Sloman glücklich. Alle schauten sie sprachlos an.

»Vorne ein Kondor?« Was seine Frau nur wieder für Ideen hatte! »Das wird dem Architekten nicht gefallen.« Höger hatte gerade den finalen Plan für die Gestaltung der Spitze vorgelegt.

»Vorne sollen zwei überlebensgroße Figuren stehen. Die sind rechts und links auf den Dächern der Arkaden der Schaufenster geplant. Allegorien des Handels und der Schifffahrt, glaube ich. Die Spitze noch mehr betonen? Nein, Renata. Das will Höger auf keinen Fall. Er hatte schon mit dieser Spitze des Chilehauses so seine Bedenken. Immerhin hat so eine spitze Gebäudeform noch niemand in Deutschland bisher gebaut. Das verstößt gegen alle Regeln der klassischen Baukunst.« Henry griff nach der Platte und nahm sich eine Hähnchenkeule.

Renata schwärmte weiter. »Ein Kondor in seiner natürlichen Größe. Damit alle Hamburger den größten Vogel der Welt bestaunen können.«

Professor Uhle mischte sich ein: »Der Vogel der Sonne, des Lichts. Das würde gut passen. Der Beherrscher aller Lebewesen würde dieser unschönen Ecke die Spitze nehmen.« Max Uhle machte keinen Hehl daraus, dass ihm diese Spitze nicht gefiel. Zu modern.

Ein festliches Dinner in der Villa Sloman: Man feierte, dass Max Uhle endlich der schon lange ausgesprochenen Einladung der Slomans gefolgt war. Der alte Freund war inzwischen ein weltbekannter Wissenschaftler geworden. Max Uhle galt als Pionier der südamerikanischen Archäologie und hatte als gesuchte Koryphäe kaum noch Zeit für Privates.

Auch in Hamburg hatte er zu arbeiten. Er war gebeten worden, die Sammlungen südamerikanischer Objekte des Völkerkundemuseums an der Rothenbaumchaussee zu sichten. Es sei alles ein heilloses Durcheinander, hatte ihm Direktor Georg Thilenius entschuldigend mitgeteilt. Er sei erleichtert, dass Professor Uhle die vernachlässigten mesoamerikanischen Sammlungen mit ihm gemeinsam ordnen wolle.

Im Hause Sloman hatte Max es bequem. Von seiner komfortablen Zweizimmerwohnung unter dem Dach hatte er einen weiten Blick über die Alster. In seinen Zimmern stapelten sich bereits Bücher und Stücke des Museums, die Thilenius gebracht hatte. Max fühlte sich wohl wie seit Langem nicht mehr.

Es war ein steiniger Weg für den Wissenschaftler der Altamerikanistik gewesen. Max hatte im Auftrag der kalifornischen Universität Berkeley einige Forschungsreisen nach Peru unternommen. Das war eine Stellung nach seinem Geschmack gewesen! Mit großzügigen finanziellen Mitteln ausgestattet, konnte er die Kostbarkeiten Trujillos in Peru ausgraben. Als er sich weigerte, Stücke für die Sammlungen der amerikanischen Universität außer Landes zu schmuggeln, stellte ihn der Dekan in Berkeley vor die Wahl: Entweder er würde seine Funde heimlich außer Landes bringen – oder sein Vertrag würde nicht mehr verlängert werden. Max war verärgert und enttäuscht, dass der Dekan seine wertvollen Leistungen für die Wissenschaft nicht würdigte, sondern wohl nur an den kostbaren antiken Objekten Perus interessiert war. Und nein, niemals würde er sich zu einem Diebstahl anstiften lassen! Er verließ Kalifornien und baute in Santiago am »Museo de Etnología y Antropología« wieder eine archäologische Musterabteilung auf. Dort im Deutschen Club hatte er auch das Ehepaar Sloman kennengelernt.

Renata ließ es sich nicht nehmen, Max nach den Regeln der Kunst zu verwöhnen, wo sie nur konnte. Seine Frau Charlotte war eine gute Freundin von ihr gewesen und erst vor anderthalb Jahren verstorben.

Heute hatte Renata zur Feier des Wiedersehens Hühnchen à la Pica auf den Tisch gebracht. Es war scharf gewürzt und mit Chilihonig glasiert. Dazu reichte sie Maisbrei mit Paprikafäden. Ein Gericht aus Iquique, zu dem man süßes Zitronenchutney aß. Die Oase von Pica war für seine Zitronen und Orangen berühmt. Eine kleine Quelle zauberte dieses Paradies mit kleinen, aber üppigen Zitronen-, Orangen- und Birnenbäumen mitten in die unwirtliche Wüste.

Renatas Schwägerin María Lecaros stammte aus Pica. Es gab einen kleinen Skandal, als Henrys Bruder Richard verkündete, sie heiraten zu wollen. »Eine Indiofrau heiratet man doch nicht!«, gaben Freunde im Deutschen Club zu bedenken. Aber Richard war nicht umzustimmen. »Ich habe der Enge des deutschen Kaiserreiches den Rücken gekehrt, um in der Republik Chile Freiheit, Brüderlichkeit und Gleichheit zu finden. Dazu gehört auch, dass man aus Liebe heiraten darf. Basta!«

Richard heiratete die schöne María. Die Hochzeit in der Oase von Píca wurde eine rauschende Fiesta, die mehr als eine Woche lang dauerte. Renata konnte María gut leiden und besuchte sie, so oft es ging. María schrieb ihr ein Büchlein nur mit Zitronenrezepten auf, aus dem auch in Hamburg weiter gekocht wurde. Renata reichte ihrem Mann die Kristallglasschale mit dem Zitronenchutney.

»Vielen Dank, meine Liebe«, sagte Henry und und fuhr in seinen Ausführungen zur Spitze des Chilehauses fort.

»Mich erinnert die massige Form des Baukörpers eher an ein Schiff!«

»Du hast immer nur Schiffe im Kopf«, spöttelte Renata und klingelte mit einer kleinen Tischglocke. Mamsell Anna kam herein, und Renata gab ihr die leere Schale, um Chutney nachfüllen zu lassen.

Henry hatte Max Uhle vor dem Dinner ausführlich vom Bau des Chilehauses berichtet. Erst in dieser Woche war entschieden worden, den Abschluss des Hauses in einer Spitze auslaufen zu lassen. Fritz Höger hatte noch einige andere Entwürfe vorgestellt. Ein Plan sah einen runden Abschluss vor, der sich in halbrunden Formen bis in die Dachgeschosse durchgezogen hätte. Henry bevorzugte jedoch das Dynamische und Moderne und entschied sich für die nach vorne spitz zulaufende Bauform. Revolutionär im Städtebau, ideal für diesen Bauplatz. »Elegant, schwungvoll und präzise – aus der Wahrheit und Notwendigkeit des Ortes geboren«, hatte Fritz Höger die Spitze beschrieben. Der Nachteil: Für die zulaufende Spitze musste man erneut eine Genehmigung vom Hamburger Bauamt einholen. Denn die neue Form würde die festgelegten Bebauungsregeln sprengen. Das Hamburger Bauamt war für seine Langsamkeit berüchtigt.

Max Uhle hatte Herrn Höger im Hause Sloman kennengelernt. Bei der ersten flüchtigen Begegnung erschien ihm der Architekt als zu laut und sehr von sich eingenommen. Max sah auf die Alster, die durch die Bäume schimmerte, und sagte: »Alles, was Menschen sich ausdenken, hat es schon einmal gegeben. Nichts ist wirklich neu. Das kulturelle Gedächtnis der Menschheit vergisst nichts. Ich bin von der Existenz eines kulturellen Urgedächtnisses überzeugt – oder wie es der Schweizer Arzt Carl Gustav Jung nennt – einem ›kollektiven Unbewussten‹.«

Max Uhle war dafür, dem Chilehaus einen geraden Abschluss zu geben. »Ein Haus mit nur einer Spitze, das macht keinen Sinn. Ähnliches kennen wir vielleicht von den Seefahrervölkern, den Polynesiern und den Wikingern. Die schwungvollen, nach oben gebogenen Dachkonstruktionen ihrer Häuser hat eindeutig der Schiffsbau inspiriert.«

Im Speisezimmer der Villa Sloman wurde es langsam dunkel. Mamsell Anna kam herein und zündete die Kerzen an. Sie hatte vorher schon den elektrischen Kronleuchter angedreht, der mit seinen schwach matt schimmernden Glühbirnenbündeln kaum mehr als eine moderne, kunstvolle Dekoration war. Licht jedenfalls gab er nicht. Mamsell Anna schenkte Weißwein nach und verließ den Raum.

Max fuhr mit seinen Gedanken zum Kondor fort:

»Der Kondor ist ein Vogel der Wahrheit, des Anstands und der Gerechtigkeit! Der Kondor ist den Ketschua so heilig, dass die Indios Charlotte und mir versicherten, es gebe nicht die richtigen Worte in der menschlichen Sprache, um die Heiligkeit dieses Vogels zu beschreiben. Die liebe Charlotte pflegte in diesen Momenten der Sprachlosigkeit immer die indische Mahabharata zu zitieren: ›Da die Wahrheit außerhalb des Bereiches des Verstandes liegt, finden sich keine Worte für sie.‹«

Max und Charlotte Uhle waren ein außergewöhnliches Paar gewesen. Charlotte hatte ihren Mann auf all seinen Reisen begleitet. Sie sprach mehrere Sprachen, darunter auch die Sprache der Ketschua. Gemeinsam begannen sie, die Mythen, Märchen und Gesänge der Indios zu sammeln und ein Wörterbuch anzulegen.

Charlotte führte außerdem die Dokumentationen seiner Ausgrabungen, fertigte Zeichnungen mit Maßstabsangaben und Skizzen zur Lage der Fundstücke im Boden. Max Uhle kämpfte für diese systematische Archäologie, die auch Jahrzehnte später ermöglichen sollte, über Fachfragen zu forschen.

Seine Frau fehlte Max überall in seinem Leben, so sehr, dass er nicht darüber nicht sprechen konnte. Ein drückendes Schweigen stand im Raum. Auch Renata vermisste ihre liebe Freundin.

»Sie war so eine wundervolle Frau!«, sagte Renata leise und legte ihre Hand auf den Unterarm von Max. Er kämpfte mit den Tränen und starrte auf den Teller mit den abgenagten Hühnerknochen. Max kämpfte mit seiner Stimme: »Besonders liebte sie die Kondore. Wenn ich daran denke, wie sie tagelang geduldig mit den Ketschuafrauen zusammensaß und ihre Geschichten aufschrieb und versuchte, die Melodien der Kondorlieder zu lernen. Meist Lieder, die die Klugheit und Weisheit der Vögel besangen.«

Er nahm einen Schluck Wein und fuhr fort: »Für die Indios ist der Kondor allwissend. Er ist der unbestrittene Fürst des Himmels, der Bote der Großen Mutter. Patschá-Mama. Er erinnert die Menschen an die göttliche Ordnung und die Weisheit der Schöpfung. Aber er ist viel mehr. Er ist auch ein himmlischer Richter, der immer in den Erzählungen auftaucht, wenn es darum geht, einen Lügner zu entlarven. So heißt es häufiger in Märchen: Der Brujo, der Medizinmann der Ketschua, droht: ›Warte, du elender Lügner. Ich werde den Kondor rufen. Der wird den Betrug schon ans Tageslicht bringen. Der kann uns sagen, wer der Dieb ist!‹ Es heißt, der Vogel werfe Licht auf alles, was im Dunkeln liegt.«

Henry reichte seinem Freund die Platte mit den rotbraun glasierten Hähnchenkeulen und bemerkte: »Der Kondor soll auf jeden Fall ein sehr kluger Vogel sein. Wenn ich daran denke, dass er die Lämmer aus den Herden raubt, um sie dann auf schwindelerregenden Felskanten abzustellen. Die armen Tiere blöken verzweifelt. Keine Chance, da wegzukommen. Sie sitzen in der Falle fest. Für den Kondor ist das seine lebende Vorratskammer.«

Renata grauste es bei diesen Details, sie hätte wenigstens bei Tisch gut und gern darauf verzichten können.

»Sind die Vögel erneut hungrig, jagen sie die Tiere mit großen Flügelschlägen in den Abgrund und fressen dann bequem den Kadaver«, beendete Henry dieses Thema und schenkte allen noch Wein nach.

Max erzählte weiter: »Ja, die außergewöhnliche Klugheit des Kondors findet sich in allen Andenmärchen. Vergleicht man ihn mit den deutschen Märchen, so hätte er hier die Stelle des klugen Fuchses inne.«

Renata widersprach: »Nicht ganz. Es fehlt unserem Fuchs die Grandezza, die der Kondor in den Mythen hat. Er ist dann doch eher vergleichbar mit dem Adler, dem Göttervogel des Zeus. Es gab da ein Märchen mit einem Fuchs. Charlotte hatte es mir und den Kindern öfter vorgesungen.«

»Ja, das wird das Märchen vom Kondor und vom Fuchs sein!«, sagte Max und lächelte wieder.

»Oh, erzähle es bitte! Ich habe es vergessen.« Renata sah ihn aufmunternd an.

»Hoq kontorsi aquestata rurasqa atoqwan«, begann Max salbungsvoll in Ketschua.

»Bitte, was heißt das?«, fragte Renata

»Ein Kondor soll einst mit einem Fuchs gewettet haben«, erwiderte Max.

»Bitte erzähle es ganz!« Renata schaute ihn erwartungsvoll mit glänzenden Augen an. Max spürte, dass seine Gefühle wieder in sicheres Fahrwasser kamen, und begann mit fester Stimme:

Ein Kondor soll mit einem Fuchs gewettet haben, dass sie durch Sitzen auf dem Schnee feststellen würden, ob sie ganze Kerle sind.

Mit weit ausgebreiteten Schwingen lässt sich der Kondor auf dem Schnee nieder.

Auch der Fuchs setzt sich. Aber was wird er schön ausbreiten? Er nimmt einfach nur Platz.

Da sagt der Kondor: »Nun wollen wir einmal sehen, wer von uns wohl in der Kälte erstarrt. Sollte ich als Erster plötzlich umfallen, so magst du mich fressen. Wenn du aber zuerst stirbst, dann werde ich dich verschlingen.«

Und so saßen die beiden im Schnee.

Schließlich spricht der Kondor den Fuchs an:

»Na, Gevatter Fuchs, friert es dich?«

Der Gevatter aber erwidert:

»Was könnte wohl einem tapferen Kerl wie mich denn frieren?«

Nach einer Weile fragt der Chanka-Inka wieder:

»Na, Gevatter Fuchs, ist dir denn jetzt kalt?«

»Nein, es ist nicht kalt«, erklärt der Gevatter.

So verharren beide weiterhin auf dem Schnee.

Nach einer Weile erkundigt sich Chanka-Inka erneut:

»Na, Gevatter, friert es dich denn jetzt?«

Da aber war der Gevatter bereits tot und völlig steifgefroren.

Und was unternimmt der Kondor daraufhin? Er beginnt natürlich, den Fuchs zu fressen. Die Wette hat er gewonnen. Das ist das Ende der Geschichte.

Das Märchen von Chanka-Inka

Max hielt inne. Vor dem offenen Gartenfenster rankten üppig rosafarbene Rosen. Max roch den zart-süßlichen Rosenduft, der in das Speisezimmer wehte.

»Der Kondor ist oben in Peru inzwischen selten geworden«, sagte Henry. »Die Schafzüchter, die Rinderzüchter, eigentlich alle Siedler aus Europa schießen, fangen oder vergiften die Kondore.«

Max nickte und ergänzte: »Ja, leider. Das ist so typisch für die respektlosen Einwanderer. Kein Indio würde je auf die Idee kommen, auf einen Kondor zu schießen! Ganz selten fangen sie ein erwachsenes Tier für ihre rituellen Zwecke. Es muss dann aber ein älteres Tier sein. Nur dann sind die weißen Federn innen silberfarben. Allein der Brujo, der Medizinmann, darf das Tier töten. Das tut er unter vielen Gebeten mit einem schnellen Schnitt durch die Kehle. Alle Teile des Körpers werden verwendet. Aus den Knöchelchen werden Flöten und Amulette gefertigt. Die Federn werden zu heiligem Schmuck verarbeitet. Aus dem Fett der Leber wird ein Heilbalsam gefertigt. Diese besondere Medizin gilt als magisch und hochwirksam.«

»Kondore lebend fangen. Wie soll das gehen?«, fragte Renata und sah ihren Mann an.

Henry antworte: »Kondore fangen ist eigentlich einfach. Man muss die richtige Jahreszeit abwarten, in der die Futtersuche für Kondore schwierig ist. Der Spätsommer, so Ende April, das passt gut. Dann baut man in einem Hochtal, das die Kondore gerne überfliegen, einen kreisförmigen Pferch. Der Zaun muss gut einen Meter Höhe haben und der Pferch etwa zehn Meter Durchmesser. In die Mitte legt man einen Tierkadaver, am besten mit aufgeschnittenem Bauch. Dann muss man sich nur noch auf die Lauer legen und geduldig warten. Hat ein Kondor das Aas entdeckt, landet er und beginnt zu fressen. Sehr schnell werden viele weitere gefräßige Gefährten angelockt.«

Henry schaute in die Tischrunde. Mamsell Anna betrat den Raum und servierte das Dessert. Saftige süße Schnitze von Orangen mit Crème Brûlée.

Henry fuhr fort: »Die Tiere haben die Angewohnheit, sich so vollzufressen, dass sie nicht mehr leicht wegfliegen können. Dazu kommt, dass sie so ihre Eigenheiten beim Losfliegen haben. Sie sind beim Starten etwas hilflos, ähnlich wie Schwäne. Sie laufen unbeholfen und mit mächtigen Flügelschlägen eine lange Strecke – immer gegen den Wind. Auch fliegen sie einer nach dem anderen los. Ordentlich in der Rangfolge der Gruppe. Für all das brauchen sie viel Platz und Zeit. Jetzt kommen die Häscher aus dem Versteck. Die Kondore können nicht wegfliegen, da ihnen die Startbahn fehlt. Die Fänger haben so ein leichtes Spiel. Sie werfen ihre Lassos um die nackten Hälse der Tiere und erwürgen sie oder schlagen sie mit einem Holzknüppel tot.« Henry spürte den leidenden Blick seiner Frau.

»Oder man verkauft sie teuer an die Zoologischen Gärten«, ergänzte Max. »Trotz der aufwendigen Transporte, bei denen über die Hälfte eingeht, ist der Kondorhandel ein lukratives Geschäft. Diesen Riesengreifvogel möchte jeder Tiergarten haben. Habt ihr hier im Tierpark Hagenbeck auch Kondore?«, fragte Max.

»Oh, ja. Einen ganz traurigen«, sagte Renata. »Die großen Vögel haben wenig Platz. Sie sitzen in einem viel zu kleinen Käfig auf einer hölzernen Stange. Sie können noch nicht einmal ihre Flügel ausstrecken. Im Moment teilen sich ein Kondor und ein amerikanischer Weißkopfseeadler eine Voliere.«

Max machte eine überraschte Bewegung. »Ein Kondor und ein Adler in einer Voliere?«, fragte er.

Renata nickte: »Die scheinen sogar gut miteinander auszukommen.«

Max schüttelt ungläubig den Kopf: »Das ist wirklich bemerkenswert. Es gibt eine alte Legende der indigenen Völker, eigentlich müsste man sie eher eine Prophezeiung nennen. Sie bezieht sich auf den Kondor und den Adler. Der Adler, so sagen die Indios, steht für Geist, Wissenschaft und Industrie, für die männliche Energie. Der Kondor symbolisiert die weiblichen Energien, das Herz und die Intuition. Es soll eine Zeit kommen, in der sich beide Wege vereinen und die Menschen freundlich miteinander sind. Diese verheißungsvolle Ära heißt ›Pachakuti‹.«

Max beschloss seine Schilderung mit der bekannten Weissagung: »Es heißt, wenn die Zeit gekommen ist, in der Kondor und Adler in Frieden leben, dann wird die Morgendämmerung der Menschheit anbrechen. Eine neue Zeit, in der die Völker lernen, in Frieden miteinander zu leben!«

Renata stellte sich dieses ›Pachakuti‹ in der Voliere bei Hagenbeck vor und lächelte.

Humboldt-Pinguin in einer Nische der Pavillon-Arkaden

Zwei Pinguine ❷

Zwei Pinguine (Aptenodytes humboldti) schmücken als Freiplastiken jeweils die mittleren Nischen der Pavillon-Arkaden, sowohl an der westlichen als auch an der östlichen Spitze des Chilehauses. Im Chile des 19. Jahrhunderts nannte man den Pinguin »Pájaro niño«. Das bedeutet so viel wie »Kindvogel« und bezieht sich auf die eigenartige Gestalt und den unbeholfen wirkenden Gang des Vogels. Nur bei den Matrosen hießen diese Tiere »Pinguine«, eine Bezeichnung, die sich erst später verbreitete.

Diese Pinguinart wurde Alexander von Humboldt zu Ehren »Humboldt-Pinguine« genannt. Er soll die chilenischen Pinguine während seiner Amerikareise (1799–1804) in Nordchile und Peru entdeckt haben.

Dein Himmel ist das blaue Meer!

Valparaiso, im Oktober 1880, ein lauer Frühjahrsabend. Zu Gast bei der Fürstin Mathilda de Granada sind Jorge Hilliger nebst Tochter Luisa, seine Nichte Renata und Henry Sloman.

»Die Fürstin ist hier in der Stadt die außergewöhnlichste Frau. Klug. Belesen. Immer wieder verkehren Politiker, Künstler und Gäste aus aller Welt in ihrem Haus. Sie holen sich gern ihren Rat«, erklärte Jorge, als die Droschke im Schritttempo eine enge Kurve auf der steilen Bergstraße nahm.

Luisa unterbrach ihren Vater. »Ich finde Mathilda eher seltsam. Sie sagt bizarre Dinge, die keiner versteht. Und anstatt in dem prächtigen Barockpalast der de Granadas in Santiago zu wohnen, ist sie in eine kleine Villa gezogen. Eine Villa aus Holz! Das hat doch keinen Stil!«, entrüstete sie sich.

»Häuser aus Holz sind viel erdbebensicherer«, warf mahnend ihr Vater ein. Nun, seine Tochter war eine selbstbewusste junge Schönheit geworden.

»Und wie spricht man die Fürstin und ihren Sohn korrekt an?«, erkundigte sich Henry.

»Einfach Doña Mathilda. Ihr Sohn lässt sich mit Señor Don anreden«, antwortete Jorge.

»Señor Don! Aber so werden ja auch die Tagelöhner angesprochen!«, wunderte sich Renata.

»Richtig, Natita. Und genau deshalb leben wir in Chile. Der Adel hat in diesem Land ausgedient. Hier ist der demokratische

Traum von Freiheit, der Adler Deutschlands, sicher und gut gelandet. Und wenn alles so weitergeht und die jungen südamerikanischen Republiken sich schnell mausern und ihre Kinderkrankheiten überwinden … dann werden die Länder Südamerikas den demokratischen Traum der Alten Welt schneller und besser umsetzen als das ferne Europa selbst.« Ein zufriedenes Lächeln breitete sich auf seinem vom Wetter gegerbten Gesicht aus.

»Und die Fürstin von Granada? Die ist doch eine Adelige, oder?«, hakte seine Tochter nach.

»Doña Mathilda? Sie war immer schon eine außergewöhnlich weitsichtige Frau. Sie stammt aus einer liberalen Adelsfamilie. Im Salon ihres Vaters wurde die Verfassung der neuen Republik 1810 verhandelt. Ihr Lebensmotto ist: Wer nicht mit der Zeit geht, der geht mit der Zeit.«

Die Droschke hielt vor der lang gezogenen Einfahrt. Kein Durchkommen. Hier parkten die wartenden Kutschen der Gäste. Henry half den beiden jungen Damen aus der Kutsche. Sie mussten ihre schwerfälligen, weiten Krinolinenröcke zusammendrücken, damit sie durch die schmale Tür der Kutsche passten. Die Familie schritt die hell erleuchte Einfahrt hoch.

Die Haustür stand weit offen. Doña Diana und Don Fernando, die Kinder der Hausherrin, empfingen die Gäste auf das Herzlichste. Eine kleine Schlange Gäste hatte sich gebildet, und man wartete freudig, bis man an die Reihe kam, begrüßt zu werden. Henry beobachtete Doña Diana. Er konnte sich immer wieder über die echte Herzlichkeit und Wärme der Begrüßungen in Chile wundern. Welch ein Unterschied im Vergleich zu Hamburg, dachte Henry. Hier Natürlichkeit und Herzlichkeit, dort formelle, kalte und steife Rituale. Aus den Adelskreisen Europas war Henry bekannt, dass man sich nie die Hand gab, ein Zunicken und eine gesprochene Begrüßungsformel genügten dem formellen Anspruch und dem guten Ton. In Chile war es üblich, die Hand des anderen so lange, wie man miteinander sprach, zu halten, zu drücken und zu schütteln. Henry kam es vor, als ob bei diesem Schütteln etwas Besonderes geschah. Ein unsichtbares Einstimmen und Einschwingen der Gesprächspartner, wie beim Stimmen der Instrumente in einem Orchester, kurz vor dem Konzert.

Herzliches Händeschütteln! Das müsste man in allen Hamburger Salons einführen, stellte sich Henry vor. Alle Besucher müssten so lange und kräftig durchgeschüttelt werden, bis sich ihre Strenge und Steifheit zu lockern begänne, bis aus dem knorrigen Baum endlich durch gründliches Schütteln ein paar Früchte der Herzlichkeit zu Boden fielen. Henry erinnerte sich schmerzvoll an die wenigen Empfänge, zu denen er, der verarmte Stammhalter des Seitenzweiges, im Hause der Reederei Sloman am Baumwall geladen war. Man wusste dort mit dem verarmten Cousin nicht viel anzufangen.

Don Fernando hatte Jorge Hilliger entdeckt und trat hinzu, um ihn und die anderen Gäste willkommen zu heißen. Er sah Hilliger seine Absicht an. »Sie wollen doch bestimmt zu meiner Mama, nicht wahr? Kommen Sie, ich bringe sie hin!«

Sie durchquerten den mit frischen Blumengirlanden und Gestecken festlich geschmückten Ballsaal und betraten die rückwärtige Terrasse. Die Dame des Hauses stand allein, etwas abseits des Balltrubels an der Balustrade. Sie trug ein blaugrünes Kleid aus changierender Seide, dessen altmodischer blauer Spitzenbesatz ihre immer noch jugendlich-schlanke Figur betonte.

Fürstin Mathilda schaute auf ein großes Bassin, dessen Rand mit hübschen Azulejos-Kacheln eingefasst war. Zwei große Gaskandelaber beleuchteten die schimmernde Wasserfläche.

Als Fernando mit den Gästen auf sie zukam und sie Jorge erkannte, lächelte Doña Mathilda und begrüßte ihn herzlich. Jorge stellte ihr seine Tochter Luisa und seine Nichte Renata vor und deren Verlobten Henry Sloman. Ein neues, interessantes Gesicht mit aufmerksamen Augen, dachte Mathilda. Wieder so ein Hungerleider und Idealist aus der Alten Welt. Sie hielt bei der Begrüßung Henrys Hand sehr lange, ohne sie zu schütteln, und sah ihm dabei prüfend in die Augen. Eine warme Hand und ein weiter Blick, dachte sie. Das ist gut!

»Schauen Sie.« Sie drehte sich zum Becken und zeigte mit ihrem zusammengeklappten Fächer auf zwei kleine Pinguine. Die kniehohen, schwarz-weißen Tierchen standen am Beckenrand und reckten ihre Schnäbel neugierig den Besuchern entgegen.

»Das sind Yin und Yang. Ich halte diese Vögel schon seit Jahren. Sie sind meine Lehrmeister, wenn ich mich mal wieder über das traurige Verhalten meiner Mitmenschen sehr wundern muss. Manche Menschen haben so wenig Mitgefühl! Ein Rätsel der Menschheit, das ich bisher nicht zu lösen vermochte.«

Doña Mathilda nickte einem Diener zu. Er warf eine Sardine gekonnt im weiten Bogen ins Bassin. Pfeilschnell sprangen die zwei Tiere ins Wasser und jagten dem Futter hinterher.

»Ich lerne von ihnen jeden Tag. Heiterkeit, Flexibilität und den Mut, seiner Natur gemäß zu leben. Sie lehren mich zudem, was es bedeutet, anders zu sein als andere! Und nicht die Anerkennung der Menschen zu suchen, sondern die Anerkennung der Schöpfung, die jeden Menschen anders geschaffen hat und mit Unbedingtheit von ihm fordert, seine ihm zugedachte Lebensaufgabe zu erfüllen.«

Sie hakte sich bei Jorge ein und nickte den Pinguinen zu.

»Was sind meine beiden kleinen Kinder? Sind es Vögel? Ja, sagen die Ornithologen. Denn sie haben Federn, Schnäbel und legen Eier. Aber macht das einen richtigen Vogel aus? Diese Tiere können nicht fliegen. Aber sie haben einen anderen Himmel gefunden. Ihr Himmel ist die blaue See.« Die Fürstin drückte Jorges Arm sanft.

»Ist das hier ein Pärchen?«, fragte Renata.

»Wie man es nimmt. Es sind zwei Männchen, die sich sehr gut leiden können.« Jorge lächelte und schaute seine Freundin an. Wie oft hatten sie mit anderen Freimaurern im Salon der Fürstin gesessen, kühne Gedanken gesponnen und Pläne für eine bessere Welt geschmiedet.

Doña Mathilda fuhr fort:

»Kleine Freunde der Wale, so nennen die Indios die Pájaros niños. Wale sind für die Küstenindios heilige Tiere. Sie bewahren das gesamte Wissen der Menschheit, heißt es. Überträgt man die Vorstellungswelt der Indios, dann wären Walfische riesige schwimmende Unterwasserbibliotheken der Menschheit. Und die Pájaros niños wären sozusagen ihre flinken Bibliothekare.

Denn die schwarz-weißen Helfershelfer bringen das heilige Wissen der Wale an Land zu uns Menschen.«

»Ein schönes Bild«, nickte Jorge beeindruckt.

»Damit erklären die Indios auch, warum die Pájaros niños so elegante Schwimmer sind: Im Wasser ist es für sie ein Leichtes, Wissen einholen. Aber wenn sie an Land gehen, laufen sie ganz langsam. Denn hier ist die Welt der langsam lernenden Menschen. Da die Menschen etwas begriffsstutzig sind, ja taub geworden sind für das große Lied der Erde, der Patschá-Mama, muss der Bote des Wissens, der Pájaro niño, so langsam watscheln. So kann das Krafttier noch den langsamsten Menschen abholen. Wirklich jeder kann von diesen klugen Tierchen lernen, heißt es in den Legenden.«

Sie nickte dem Diener wiederum zu, der nun zwei Fischchen in die andere Richtung des Bassins warf. Alle verfolgten gebannt die Jagd der eleganten Schwimmer. Doña Mathilda fuhr fort: »Tiere sind für die Indiostämme etwas Ähnliches wie Schutzengel für uns Menschen aus Europa. Jeder Mensch, so glauben die Indios, habe ein eigenes, besonderes Krafttier, das ihm zur Seite steht und im Alltag hilft. Mein Krafttier sollte der Pájaro niño sein. Und ist es auch. Als ich gerade frisch verheiratet war, sprach mich eine mit klimpernden Münzen behangene alte Araukanierin auf der Straße in Santiago an. ›Sie sind ein Pájaro Niño‹, sagte sie, ohne Zweifel aufkommen zu lassen. Ich glaubte, mich verhört zu haben. Dann überlegte ich, ob das vielleicht eine Beleidigung sei, denn ich trug an dem Tag ein schwarz-weiß gemustertes Cape. Meine Dienerin war mir leider keine Hilfe. Sie schien zur Salzsäule erstarrt zu sein. Sie hatte die Machí, die Medizinfrau, wie sie mir später sagte, sofort erkannt und brachte vor Ehrfurcht kein Wort heraus. Die münzenbehangene Frau erklärte mir in einem barschen Ton, es sei höchste Zeit, dass ich dem ›Camino de los Pájaros niños‹ folge, dem ›Weg des Pájaro niño‹. Ich glaubte erneut, mich verhört zu haben. ›Der Pájaro niño befiehlt dir‹, erklärte sie mir in harschem Ton, keine weitere Zeit mit Sinnlosigkeiten und Nebensächlichkeiten im Leben zu vertrödeln. Sie wurde noch deutlicher. ›Schluss mit der Zeitverschwendung, die dein Status, dein Besitz und deine Familie von dir fordern‹, sagte sie. Stattdessen solle ich die Gesellschaft der Geschöpfe des Meeres suchen und ein neues Netz knüpfen. Ein Netz, das Verbindungen erschafft und auf diese Weise Wissen und Klugheit in die Welt bringt.«

Die Fürstin machte eine Pause.

»Ich wollte ihr etwas Geld geben«, fuhr sie dann fort. »Aber sie war schon weg. Ich blieb zurück, verärgert und verwirrt ob der unhöflichen Ansprache der sichtlich verwirrten Alten. Erst spät am Abend kam ich ins Grübeln. Ich schrieb mithilfe meiner Dienerin alles noch mal genau auf. Das war der Tag, als ich den Ruf der Pinguine zum ersten Mal vernahm.«

Henry lauschte fasziniert den Worten der Fürstin. Was war das wohl, der »Camino de los Pájaros niños«? Vielleicht eine religiöse Angelegenheit? Doña Mathilda erzählte wirklich bizarre Dinge, die Henry in dieser Form nur von seinem Chef Jorge Hilliger kannte. Er schaute auf Jorge. Dieser schien sich recht wohlzufühlen und lächelte die Fürstin bewundernd an. Aber Jorge ist ja auch Freimaurer, dachte Henry. Die haben einen ganz eigenen Blick auf die Hintergründe des Weltgeschehens.

Doña Mathilda beugte sich vor, um die Tiere besser zu sehen, die jetzt nahe am Beckenrande schwammen. Die Pájaros Niños paradierten vor den Blicken der Fürstin auf und ab. Als ob sie wüssten, dass die alte Dame die wahre Futterquelle war. Die Pinguine hoben ihre schwarzen Köpfe mit dem weißen Linienmuster aus dem Wasser. Doña Mathilda nickte wieder dem Diener zu, der noch einmal Fische ins Becken warf. Ein herrliches Spiel für alle.

»Freiheit muss man sich hart verdienen. Das lehren mich die Pájaros Niños an jedem Tag. Wir können uns die unkonventionellen Wege selbst aussuchen, wenn sie zu uns passen und uns gefallen. Wir müssen sie jedoch jeden Tag gegen die Konventionen der Gesellschaft und die Enge der Familie verteidigen.«

Die Pinguine schienen satt zu sein, denn sie schwammen auf dem Rücken und hatten begonnen, ihre Brustfedern zu putzen, während sie dabei im Kreis paddelten.

»Wie recht Sie haben, Fürstin«, sagte Jorge.

Sie klopfte ihm freundlich mit ihrem Fächer auf den Unterarm.

»Und was führt Sie in unsere schöne Stadt?«, fragte die Fürstin.

»Geschäfte. Nur ärgerliche Geschäfte. Ich muss mich mit einigen Anwälten treffen. Wieder Betrugsfälle bei den Minen.«

»Wie kann man denn da betrügen? Bei Salpeter? Davon gibt es doch so unendlich viel.« Sie schüttelte ihren Kopf.

»Ich habe eine neue Mine übernommen, die schon seit zwei Jahren in Betrieb ist. Der Verkäufer hatte einen tadellosen Ruf.

Bei der Besichtigung vor dem Kauf zeigte er mir Bohrkerne, gut sieben Meter lang. Sie zeigten eine besonders reiche Salpeterschicht. Fast zwei Meter stark. Das ist viel. Die frischen Bohrkerne lagen neben den frischen Bohrlöchern. Nach dem Kauf stellte sich heraus, dass der Verkäufer ein Betrüger war. Er hatte Bohrkerne von einer anderen Mine herbeischaffen lassen und neben die frischen Bohrlöcher gelegt. Jetzt ist der Mann über alle Berge, zurück nach England. Und ich habe den Verdruss und den Verlust. Die Mine ist wenig ergiebig, fast schon ausgeschöpft. Diese Betrugsmasche kannte ich bisher nicht.«

»Und was sagt unser freundlicher, englischer Botschafter hier in Valparaiso dazu?«, überlegte Donna Mathilda.

»Der sagt: Das Empire sei zu groß, um besagten Geschäftsmann zu finden. Ich habe zwei Advokaten, die sich auf Betrugsfälle spezialisiert haben, eingeschaltet!«

»Hoffentlich sind das keine Winkeladvokaten, von denen es hier ja nur so wimmelt.«

»Das hoffe ich auch«, entgegnete Jorge und seufzte sorgenvoll.

»Betrug kann immer nur geschehen, wenn es dem Betrüger gelingt, die Menschen von ihrer gesunden Wahrnehmung zu trennen. Sie abzulenken. In Gesprächen geschieht das gerne durch alle möglichen Formen der Schwarz-Weiß-Malerei. Vereinfachung lähmt das Gehirn. Falschspieler und Trickkünstler arbeiten alle auch so oder ähnlich. Sie lenken mit vorgeschobenen Handlungen von dem wahren Geschehen hinter ihrem Rücken ab. Was hat Sie denn abgelenkt, lieber Jorge?«

»Der spektakulär gute Bohrkernbefund, glaube ich. So starke

Schichten Caliche machen jeden Salpeterhändler nervös. Und dazu kam meine stille Frage, warum er die Mine überhaupt verkaufen wollte. Auch wenn er zurück nach England ginge – er hätte eine so reiche Mine einfach gut verwalten lassen können und steinreich werden. Unser lieber Henry hier …«

Jorge klopfte auf Henrys Schulter. »Unser Henry verwaltet seit Jahren fremde Minen. Er hat schon viele Menschen sehr reich gemacht. Nur sich selbst nicht. Hmm, aber vielleicht klappt es ja jetzt. Mit der richtigen Frau an seiner Seite.« Jorge sah seine Nichte Renata liebevoll an.

»Der Mann, der dich betrogen hat, lieber Jorge, der wird sich ganz sicher schuldig fühlen – und es heißt zu Recht: Wer sich schuldig fühlt, braucht keinen Ankläger.«

Jorge schüttelte den Kopf.: »Schwer vorstellbar. Der war eiskalt. So betrogen zu werden, das macht mich immer wieder fassungslos. Es lähmt einen auf Wochen und zeigt einem die eigene Machtlosigkeit.«

Die Musik spielte wieder auf. »Kommen Sie, Jorge. Schenken Sie mir diesen Tanz.«

»Oh ja, lass uns auch tanzen«, sagte Renata zu Henry. Henry begann zu schwitzen.

»Tanzen, das habe ich nicht gelernt!«

Henry wandte sich an Luisa. »Die Cueca … was ist das für ein Takt?«. Sie war die musikalische Seele der Familie und erklärte: »Die Cueca ist ein einfacher Dreiertakt. Durch die ständige Verschiebung der rhythmischen Schwerpunkte bleibt der Tanz beweglich und lebendig.«

Henry fragte weiter: »Und was sind das für Texte? Ich kann bei den hohen Stimmen nichts verstehen.«

»Ja, die schrillen Stimmen. Die gehören dazu. Es geht meist um die Liebe. Es sind einfache Texte. Der Text geht so:

Ahora sí, ahora nó	*Jetzt ja, jetzt nein,*
Ahora sí, ahora nó	*Jetzt ja, jetzt nein,*
Ahora sí, que te quiero yo.«	*Jetzt ja, lieb dich allein.*«

Henry war jetzt übermütig. »Komm Renata, wir wagen doch ein Tänzchen!«

Es war spät geworden, als man sich verabschiedete. Erst beim Verlassen des Hauses bemerkte Henry, dass auf den Rokokokommoden im Foyer eine stattliche Sammlung von Pinguinfiguren stand. Kindvögel in allen Größen. Aus Porzellan, Fayence, Silber, Messing und Holz. Er wollte Doña Mathilda zum Abschied noch ein besonders artiges Kompliment machen: »Das ist wirklich eine schöne Sammlung von Pájaros niños.«

Doña Mathilda lächelte Henry herausfordernd an. So, als ob er in eine Falle getappt wäre. »Es a su disposición«, sagte sie und drückte ihm einen drallen Fayencepinguin viel zu fest in seine Hand. Bevor er sich versah, schob sie Henry, der widersprechen wollte, nach draußen ins Freie mit den Worten: »Dein Himmel ist das blaue Meer!«

Ein lautes Geschrei, wie von einem Esel, klang aus dem rückwärtigen Garten. Diese Pinguine konnten ganz schön laut schreien, dachte Henry. Als protestieren sie dagegen, dass wir fortgehen.

»Das war ein Fauxpas erster Güte, mein Lieber. Du kannst hier in Chile Komplimente gerne machen, so viel du willst. Allerdings niemals über Einrichtungsgegenstände, Geschirr, Bücher oder andere Mobilien.«

Jorge schüttelte den Kopf und erklärte weiter:

»Man antwortet auf diese Komplimente stets mit einem ›Es a su disposición‹ und verschenkt den Gegenstand. Jeder grüne Neuling tappt in diese Falle. Das Leben in der Wüste hat dich bisher keine dieser gesellschaftlichen Finessen gelehrt. Aber gräme dich nicht zu sehr. Glaub mir: Die Fürstin hatte ihren Spaß an deinem Fehltritt.«

»Mir gefällt die Figur«, meinte Renata, die den drallen Pinguin zwischen den Fingern drehte. »Sie kommt in unser Wohnzimmer.«

»Außerdem, man weiß nie!«, bemerkte Jorge.

»Was weiß man nie?«, fragte Henry vorsichtig.

»Was für Hintergedanken Doña Mathilda hatte. Sie richtet sich nicht nach Regeln. Sie tut, was sie will. Sie fühlt großherzig und weit. Sie *wollte* dir den Pinguin schenken. Vielleicht als Glücksbringer für eure Hochzeit. Was hat sie zu dir gesagt, als sie ihn dir gab?«

Henry antwortete: »Dein Himmel ist das blaue Meer!«

Zwei Brillenbären schmücken eine der Pavillon-Ecknischen

Zwei Bären und ein Schaf ❸

Die großen Ecken der Pavillons, seitlich der Spitze des Chilehauses, schmücken zwei Übereckskulpturen. Zur Burchardstraße hin wurden zwei Brillenbären in der prominenten Ecknische aufgestellt. Sie tapsen verspielt übereinander und schauen heiter auf den Betrachter herunter. Heute sind die Brillenbären in Südamerika leider fast ausgestorben. Nur noch wenige Tausend Tiere leben in den Nebelwäldern der Anden, oft als isolierte Populationen.

Auf der anderen Seite schmückt ein springendes Schaf die große Ecknische Richtung Speicherstadt hin. Das Tier springt auf einen Wollkorb, seinen Kopf dem unten Vorübergehenden lächelnd zugewandt. Das Schaf und der prall gefüllte Wollkorb sind Symbole für die Wollindustrie im Süden Chiles. Die chilenische Wolle galt damals als die beste der Welt. Die Tiere, die diese hochwertige Wolle lieferten, waren eine Kreuzung aus englischen Falklandschafen und Merinoschafen.

Ecklösung mit Zähnen

Hamburg-Uhlenhorst, Lerchenfeld, Atelier Richard Kuöhl, 22. März 1922. Anwesend: der Bildhauer Kuöhl, sein Meisterschüler Diederik Freiser und Ricardo Sloman. Man wartet auf Henry Sloman.

»Nein, Brillenbären halten keinen Winterschlaf. Das sind die einzigen Bären, die das nicht tun. Die sind immer mit Futtersuche beschäftigt«, erklärte Ricardo Sloman. Die Herren saßen am großen Zeichentisch in der Mitte des Ateliers. Auf dem Tisch lagen einige Bücher und Zeichnungen.

Es war kalt in der Werkstatt. Ein großer Kachelofen stand im Atelier. Aber jetzt, in den kühlen Tagen des Monats März, brannte nur der kleine Berliner Eisenofen in einer Ecke. Und der auch nur auf Sparflamme. In der Wirtschaftskrise mussten alle sparen.

Einen Bären, das fände Kuöhl schön. Bären hatte Kuöhl für Berlin erstellt. Fünf große Aufträge waren es gewesen. Prächtige Sandsteinbären. Einzelskulpturen und Gruppen. Sie standen im Lietzenseepark, in Friedrichshain und im Tiergarten. Jeder neue Berliner Park wollte damals einen Bären von Kuöhl. Mein »Bärlin« hatte Kuöhl Berlin liebevoll genannt. Ihm wurde innerlich warm. Ja, das waren noch Zeiten gewesen!

Kuöhl war froh über diesen neuen Auftrag. Auch wenn er dabei mit den Zähnen knirschte. Die Vorgaben waren eng. Er konnte seine Ideen kaum frei entwickeln. Alles musste er mit dem herrischen Architekten genauestens abstimmen. Da konnte er viel Einmischung von Bauherrenseite nicht auch noch gebrauchen.

Fritz Höger, der Architekt, hätte am liebsten die ganze Bauplastik selbst entworfen. Aber das konnte er nicht. Högers Skizzen für Figuren zeigten, dass er im plastischen Werk zwei linke Hände hatte. Kuöhl war in diesen Monaten zu seiner ausführenden Instanz geworden. Bögen, Kapitelle, Rippen – alle Klinkerplastik stammte aus der Werkstatt Kuöhls. Für den Architekten war Kuöhl längst ein Teil seiner ausführenden Hand geworden. »Unsere Bauhütte. Das Chilehaus – alle Gewerke, alle Handwerker unter dem Dach dieser Bauhütte.« Hier war der Traum Högers Wirklichkeit geworden.

»Ein richtiger Höger«, hatte der Architekt neulich gesagt, als er die Gipsmodelle des Bildhauers für der Rippen und Schlusssteine streichelte. Richard Kuöhl blieb sprachlos zurück, verstummte für lange Zeit. Er beschloss, wo immer es möglich war, sichtbare Signaturen anzubringen R. Kuöhl. Oder dort, wo weniger Platz war: R. K.

Der Auftrag war, überall am Haus die Exotik der Tierwelt Chiles für die Hamburger erlebbar zu machen. Die südamerikanische Tierwelt war nicht wirklich gut erforscht, dachte Kuöhl immer wieder. Für ihn blieb sie seltsam fremd. Er hatte ein dickes Buch der Tiere ferner Länder von 1832 zur Verfügung. Ein Buch, in dem Riesenschlangen Menschen fraßen, Adler Bisonkälber davontrugen und Grizzlybären mit einer Pranke einen Indioerschlugen, zudem seitenweise Fabelwesen abgebildet waren: Wale mit einem Horn, Riesenkraken oder Vögel, die wie Libellen flogen. Es war in seiner Werkstatt schon zu einigen Verwirrungen gekommen, wie die Tiere des fernen Kontinents wirklich aussahen.

Als Ricardo das Buch sah, schüttelte er den Kopf. »Das sind ja fast nur Tiere aus Nordamerika. Und hier!« Er zeigt auf ein riesiges Gürteltier, das eher einem Dinosaurier ähnelte. »Die Proportionen … Da stimmt ja überhaupt nichts. Gürteltiere sind eher kleine possierliche Panzertierchen. Man bräuchte Fotografien«, murmelte er vor sich hin. Ricardo hatte daraufhin den Tierpark von Hagenbeck besucht. Es gab dort einige Lamas, ein blaues, sehr trübsinnig dreinblickendes Ara-Pärchen und einen regungslosen Kondor, der sich kurioserweise einen Käfig mit einem Seeadler teilte.

Richard Kuöhl führte weiter aus: »Bären … das sind Königstiere, Wappentiere, wie die Löwen und Adler. Sie sollten die großen Nischen der Eckpavillons schmücken! Das wären die richtigen Tiere für diese prominente Stelle!«

Kuöhl sah Ricardo fragend an. Der nickte stumm und nachdenklich und zog den großen Bildband herüber. Er blätterte und suchte den kleinen Brillenbären. Er schob das Buch mit der aufgeschlagenen Doppelseite rüber. Zwei Bären waren abgebildet. Einer hatte ein Lama gerissen und zerrte es von einem Bergdorf weg, auf eine Wiese vor einem höllischen Abgrund. Die Laubhütten, die hier abgebildet waren, schienen aus Bananenblättern gebaut zu sein. Die Eingeborenen waren halbnackt bis auf kleine Röckchen aus Bananenblättern. Sie rangen verzweifelt ihre Hände. Barbusige Frauen reckten klagend ihre Arme mit tränenvollen Augen zum Himmel. Die Blicke der Männer waren angstvoll und wirr. Sie wichen vor dem Riesen zurück, auch wenn sie tapfer ihre kleinen Speere fest umklammerten.

»Ein Bär. Der ein Lama reißt …!«, sagte Kuöhl. Er griff nach den Kohlestiften. Er vertiefte sich in sein inneres Bild. Die Skizze einer neuen Skulptur nahm Formen an. Ein zu Boden gefallenes Ziegenpony erschien in Umrissen auf seinem Blatt, darüber ein Riesenbär. Eine heroische Kampfszene ungleicher Tiere.

Lamas müssen wir auch noch üben, dachte Ricardo. Eine innere Heiterkeit bemächtigte sich seiner. Man soll Kreative nie zu früh ausbremsen.

»Man könnte einen sich aufrichtenden Bären zeigen, der angegriffen wird«, kommentierte Kuöhl seine Zeichnung. Ihm wurde warm. Ein neues Blatt. Er skizzierte einen wild drohenden Grizzly.

Das Chilehaus, dachte Ricardo. Sein Vater hatte die Vorstellung, dass der Handel von Südamerika nach Hamburg volle Fahrt aufnehmen würde. Das ist Henry Slomans Traum. Rindfleisch und Zuckerrohr aus Südamerika. Wolle aus Patagonien. Seltene Hölzer aus den Regenwäldern. Kupfer, Salpeter, Silber, Zinn aus Chile, Peru und Bolivien. Henry Sloman glaubte, dass alle Hamburger Kaufleute und Makler, die mit Südamerika Handel treiben, sich unbedingt im neuen Südamerikahaus, seinem Chilehaus, ein Büro mieten wollten. Die schiere Größe des Kontors würde dies erlauben. Sie übertraf alles, was in Deutschland bisher als Geschäftshaus gebaut wurde. Ein Schiff, ein riesiger Block.

Ricardo beobachtete, wie Kuöhl die Tiergruppen skizzierte. Ursprünglich wollte der Hamburger Senat, dass hier nur Wohnraum entstand. Wohnungen wurden dringend benötigt. Aber noch rechtzeitig erkannte man, dass dieser Stadtraum eine andere

Aufgabe forderte. Die Nähe zum Hafen, zur Speicherstadt. Eigentlich wären hier doch Kontorhäuser sinnvoller. Man plante um und genehmigte für das entstehende Viertel große Geschäftshäuser.

Ricardo war mehr für eine Durchmischung des Bebauungsplans. Wohnungen und Büros, das war sein Vorschlag. Für die Dachgeschosse wurden Wohnungen geplant. Ganz oben ließ Ricardo für sich eine eigene großzügige Wohnung bauen, mit schönstem Ausblick auf den Hafen. Neben der Wohnung bekam er endlich ein eigenes Büro mit Werkstatt und einem Labor. Hier konnte er seine Erfindungen weiterentwickeln. Leben und Arbeit gehörte für ihn zusammen. Er benötigte die äußere Bewegung und Unruhe der Stadt. Sie war ihm Motor für seine kreativen Ideen. Für Henry dagegen war die Funktionalität der vielen Hundert Büroräume das Wichtigste. Alle Büros sollten modernsten Standards genügen. Funktional und doch schlicht, hatte Henry Sloman zu Höger gesagt.

Ricardo beobachtete den Bildhauer. Kuöhl schien bewegte Szenen zu mögen. Immer wieder hatte er Kampfszenen vorgeschlagen. Ob auch er im großen Krieg gewesen war? Ricardo schüttelte die aufkommenden Bilder aus Frankreich ab. Kuöhl skizzierte gerade einen Puma, der seine Eckzähne in eine Riesenschlange gehauen hatte. Eine exotische Variante der Laokoon-Szene. Die Schlange bleckte ihre gefährlichen Giftzähne, bäumte sich im Todeskampf auf, um ihren tödlichen Biss zu setzen. Vergeblich. Der Puma hatte längst ihren Leib durchtrennt. Kuöhl setzte noch ein paar Schattenakzente auf die Zeichnung. Die Schlange wurde prall und schillernd, der Puma bekam etwas mehr Fell.

Ricardo räusperte sich. Vorsichtig wollte er den Bildhauer bremsen:

»Brillenbären sind Vegetarier. Ungefährlich, scheu und freundlich. Sie haben ein samtweiches Fell und sind ziemlich klein. Am liebsten fressen sie wilde Paltas, das sind die Vorfahren der Avocados.«

Kuöhl geriet gedanklich ins Stolpern. Südamerika, Chile. Das exotische Land war für ihn irgendwie immer nur ein anderes Afrika gewesen. Große und gefährliche Tiere gehörten unbedingt zu seinem inneren Bild dazu.

»Und andere große Raubtiere? Krokodile? Oder große Giftschlangen?«

»Nein. Nicht in der Wüste. Eidechsen ja. Schlangen nein. Die gibt es dort nicht. Nur in den uralten Mythen der Inkas. Die erzählen von der Regenbogenschlange. Diese gefiederte Schlange soll so groß wie das ganze Land sein. Es heißt, wer die große Regenbogenschlange anruft, würde immer Hilfe erfahren.«

Ricardo schaut Kuöhl nachdenklich an: »Vielleicht keine Kampfszenen zwischen Tieren, Herr Kuöhl. Es ist doch für die Büroarbeiter beängstigend und unappetitlich, wenn die Gedärme grässlicher Tiere aus aufgerissenen Leibern quellen. Nicht wahr? Schließlich sollen sich doch alle wohlfühlen, die dort arbeiten. Nicht ängstigen.«

Kuöhl ergab sich innerlich. Wenn hier keine heroischen Tiere gewünscht waren, dann sollte es so sein. Er seufzte leise. Keine Fehler, flüsterte er sich zu.

Der Auftrag zum Chilehaus allein ernährte sein Büro in der

Wirtschaftskrise. Fehler konnte er sich da nicht erlauben. Letzten Monat hatte er viel zu spät gemerkt, dass Lamas keine Kamelhöcker hatten. »Kleine Kamele«, hatte Kuöhl in einer Landeskunde über Chile von einem Dr. Carl Martin entnehmen können, so hatten die spanischen Eroberer diese Tiere genannt. Es gab allerlei verschiedene Arten. Guanakos, Vikunjas, Alpakas und Lamas. Kuöhl konnte und wollte sich die Namen nicht merken. Er hatte ein prächtiges Lama als Fassadenschmuck gezeichnet. Sein Lama hatte einen kleinen Kamelbuckel – eine falsche Interpretation eines Bildes aus einem Buch. Hier war eine vor einem Puma fliehende Herde dargestellt. Alle hochspringenden Tiere zeigten einen gebuckelten Rücken.

Kuöhl stöhnte, als er an das letzte Gespräch dachte. Henry Sloman hatte an dem Tag schlechte Laune, die sein Sohn Ricardo abbekam. »Keine Lamas am Chilehaus. So ein Unfug. Was sollen solche Tiere am Haus? Noch dazu mit solchen Buckeln.« Er tippte ärgerlich auf die Zeichnung. »Das hier wird ein Bürohaus, keine Zoodirektion. Aller Schmuck am Haus sollte mit den Exportprodukten Chiles zu tun haben. Und Lamas sind wirklich kein Wirtschaftsfaktor in Chile!«

Sein Sohn versuchte zu widersprechen. »In den Anden sind das immer noch die wichtigsten Lasttiere. Früher arbeiteten Lamas auch in den Salpeterminen. Heute werden sie für Wolle und Fleisch gehalten.«

»Transportmittel! So kann man die Viecher auch nennen. Das sind die billigsten und schlechtesten Transporttiere überhaupt! Sie können nur wenig tragen. Sie laufen nicht weit. Sie weigern sich, nachts zu fressen. Deshalb müssen unterwegs am Tag mehrere Pausen gemacht werden, damit die überhaupt satt werden. Jeder Esel taugt mehr! Und Esel, die zeigen wir nicht am Haus. Keine Lamas. Basta!«

»Und Schafe?«, schlug sein Sohn unbeirrt vor.

»Schafe. Warum nicht. Schafwolle ist nach Salpeter und Kupfer das wichtigste Exportgut von Chiles. Sonst hat das Land fast nichts zum Handeln. Schafe, die ergeben Sinn.« Es war entschieden: Die geplante Lama-Eckgruppe wurde durch ein Schaf mit Wollkorb ersetzt.

Richard Kuöhl lugte über den Tisch zum jungen Sloman hinüber. Freundlich, aber irgendwie undurchsichtig. Sein Humor schien immer mehrdeutig zu sein. Es hieß, die Slomans seien Engländer? Oder sind es doch Juden? Oder beides? Er hatte es schon wieder vergessen.

Kuöhl stand auf. Er musste den Mangel an heroischen Tieren verdauen. Chile und seine Tiere. Ein Hase, der eigentlich ein kleiner Hirsch ist. Oder diese Pinguine, die aussehen wie verunglückte, aufrecht laufende Nordseerobben. Das sollen Vögel sein! Es war zum Verzweifeln.

Der Hausherr bot an: »Cognac?«, Ricardo schaute auf die Uhr. Vier Uhr nachmittags. Tea-Time. »Cognac ist gut!«, nickte Ricardo Sloman.

Ricardo drehte gekonnt das Glas in seiner Hand. »Die Brillenbären sind selten. Sie leben in Chile, Peru und Bolivien. Auf über tausend Meter Höhe, in den Wüstenrandgebieten. Nur hier finden sie Futter. Sie fressen Kakteenfrüchte und können auch mal ein ganzes Maisfeld verwüsten. Vor allem aber leben sie in den geheimnisvollen, unerforschten Nebelwäldern Perus und Boliviens.«

Ricardo trankt einen Schluck. Er zeigte auf den Druck, der die Bären vor dem Indiodorf zeigte.

»Das meiste in diesem Buch ist exotische Fantasie«, bemerkte er. »So will man Südamerika von Europa aus sehen. Schauen Sie, die Indios im Gebirge laufen niemals nackt rum. Viel zu kalt da oben. Die leben ja auf gut viertausend Meter Höhe. Da oben braucht man Lamawolle. Die ist sechsmal so warm wie Schafwolle. Kein Ketschua trägt Bananen-Röckchen. Das ist Unfug. Und die Bären sind …«

»Bären!«

Ricardos Vater, Henry Sloman, stand in der Tür.

»Oben in Peru war ich bei einer Bärenhatz dabei!«

Kuöhl sprang auf. Er hatte das mit den Bananenröcken nicht mehr gehört. Leider, denn viele seiner kindlichen Allegorien sollten in Zukunft, mit Bananenblätter-Röckchen bekleidet, die Fassaden der Hamburger Klinkerbauten schmücken.

»Eine Jagd?« Der Bildhauer schöpfte Hoffnung. Er stand auf und gab dem Bauherrn glücklich die Hand. »Eine tödliche Jagd?«

»Ja, mein damaliger Chef, Henry Meiggs, der hat eine Bärin geschossen. Meiggs, der war berühmt wie berüchtigt. Sie nannten ihn den *Pizarro der Eisenbahnen Südamerikas*. Um seine Eisenbahnen schnell fertig zu bekommen, riskierte er alles.«

Kuöhl nickte seinem Meisterschüler zu. Der brachte ein weiteres Glas Cognac für Henry Sloman, der sich zufrieden in einen Lehnstuhl fallen ließ.

Sloman Senior begann zu erzählen: »Oben, in den Bergen bei Lima. Waren auf gut viertausend Meter. Henry Meiggs baute dort die abenteuerlichste Bahnstrecke der Welt. Rauf und runter, Tunnel, Kehrschleifen, Zickzack-Trassen. Die ganze Elite der Eisenbahningenieure aus aller Welt kam dort oben zusammen. Meiggs Motto war: Wo ein Lama laufen kann, bau' ich eine Eisenbahn.«

»Und der Bär?« Ricardo kannte diese Geschichte noch nicht.

Der alte Herr holte aus: »Das Fell des Brillenbären lag jahrelang unter Meiggs großem Schreibtisch.« Henry Sloman trank einen Schluck.

»Brillenbären sind klug. Eigentlich greifen sie keine Menschen an. Nicht ihr Beuteschema. Aber diese Bärin, wir hatten sie Linda getauft, war was Besonderes. Die Arbeiter hatten sie einst als verwaistes Bärenjunges gefunden und aufgezogen. Sie war Menschen gewöhnt und ließ sich sogar füttern. Sie war das Maskottchen der Baustelle, der großen Baustelle in der Varugas-Schlucht. Eine Baustelle so groß wie hier die vom Chilehaus.

Als die Bärin älter wurde, wollte der Vorarbeiter sie nicht mehr auf der Baustelle dulden. Er sagte, Linda mache die Mulis nervös. Da war Linda neun Monate alt. Der Arbeiter, der sie großgezogen hatte, kämpfte dafür, dass seine Linda nicht erschossen wurde. Sie haben Linda mit Laudanum betäubt, das die Männer dem Lagerarzt abgeschwatzt hatten. Ein Ochsengespann, das von der Baustelle in den Bergen zurückfuhr, nahm die Bärin gefesselt mit. Unten im Tal, dort, wo es Bäume und Felder gab, haben sie Linda ausgesetzt.«

Sloman machte eine Pause. Er erinnerte sich noch gut an das

weiche Fell. Ein sehr dichtes, flauschiges Fell, wie es nur Tiere haben, die in großer Höhe und Kälte leben müssen.

»Nach drei Jahren tauchte Linda im Lager der Varugas-Schlucht wieder auf. Sie hatte zwei Junge dabei. Sie tapste zu dem Arbeiter hinüber, der sie großgezogen hatte. Er war inzwischen Aufseher geworden. Sie begann, um Futter zu betteln. Es war tatsächlich Linda. Die Freude bei ihrem ehemaligen Ziehvater war riesengroß. Er weinte und schluchzte.

Zunächst duldete man die Bärin. Allerdings war sie, wohl durch ihre Jungen, angriffslustig und launisch geworden. Als sie einige Tage später Hunger hatte, brachte sie das Küchenzelt zum Einsturz, plünderte die Vorräte und floh nach den Drohgebärden und dem Geschrei des Kochs und des Küchenpersonals in die Berge.

Meiggs, der für seine Wutausbrüche berüchtigt war, nahm sein Gewehr, Inti, einen Fährtenleser der Ketschua und mich mit. Zwei Tage lang verfolgten wir sie. Irgendwie schaffte sie es immer wieder, uns zu entwischen. Als wir sie schließlich stellten, richtete sie sich hoch auf, um ihre Jungen zu schützen. Meiggs mußte mehrfach schießen, bis er Linda zur Strecke gebracht hatte. Er war kein guter Schütze. Die Löcher im Fell ließ er später zunähen.«

Henry schaute auf sein Glas und fuhr fort: »›Ein Schuss – ein Bär!‹, prahlte der Angeber Meiggs, wenn er nach dem Fell gefragt wurde. Die zwei Bärenjungen wickelten wir in einen Poncho und trugen sie mit hinunter ins Lager. Meiggs, ganz Geschäftsmann, hat sie teuer an einen Tierhändler verkauft. Sie gingen nach Europa in den Zoo von Paris. Eines soll heute noch leben.«

»Die Varugas-Schlucht?«, fragte Ricardo seinen Vater. »War das nicht dort, wo so viele Chinesen ihr Leben ließen?«

»Genau! Teufelsschlucht wurde sie genannt. Die Indios glaubten, die getötete Bärin habe der Baustelle Unglück gebracht. Einen Bären zu töten, habe den Zorn der Berggötter heraufbeschworen. Der Bär ist ein heiliges Tier für die Indios der Anden.

Tatsächlich geschah bald, nachdem Meiggs Linda zur Strecke gebracht hatte, ein Unglück nach dem anderen. Ganze Ochsengespanne stürzten in die Tiefe und rissen die Treiber mit sich. Steinschlag begrub Menschen und Zelte. Es gab Erdbeben. Viele Indios verließen die Baustelle, liefen einfach davon. Kein Geld oder gute Worte konnten die erfahrenen Arbeiter halten. Darauf kaufte Meiggs chinesische Arbeiter ein. Erst Hunderte, über die Jahre Tausende. Es war schrecklich. Die meisten Chinesen bekamen die Höhenkrankheit. Sie waren die Kälte nicht gewohnt. Mehr als die Hälfte starb. Viele Arbeiter erkrankten an einer seltsamen unbekannten Seuche, die kürbisgroße Beulen an den Beinen hervorrief. Man versuchte zu operieren. Aber alle Operierten starben elendig. Die Seuche wurde nach der Schlucht ›Varugas-Seuche‹ benannt. Sie tauchte im Salpeterkrieg Jahre später in den Lagern wieder auf. Grausam war das, entsetzlich.«

Henry Sloman verzerrte voller Ekel den Mund. Stille breitete sich aus im Atelier. Ricardo hatte gespannt zugehört. Sein Vater sprach fast nie über seine Zeit beim Eisenbahnbau in Peru. Fragen war er bisher immer aus dem Weg gegangen. Vaters großer Traum, Eisenbahnen und Brücken zu bauen, war an der Baustelle der Teufelsbrücke zerschellt. So viel wusste der Sohn.

Es war Harriet, Ricardos Patentante, die längere Zeit in Peru gelebt hatte, die vor einiger Zeit seine Fragen über den Vater zu beantworten versuchte. »Zu viele Tote, zu viel Grauen. Das war aber auch dieser schreckliche Meiggs! Rücksicht auf Menschen, das kannte der nicht. Dass dein Vater zum Salpetergeschäft gelangt ist, war eigentlich eine Notlösung. Im Herzen ist und bleibt er ein Maschinenbauer. Deshalb hat er in Chile die Bahnen, den Stausee, die Kanäle so gerne und gut gebaut. Immer hat er die Maschinen weiterentwickelt. Einmal Maschinenbauer – immer Maschinenbauer. Das hat er auch von seinem Großvater John. Der hat in der Kupfermühle bei Wohldorf jeden Tag lieber an besseren Maschinen herumgetüftelt, als sich um die kaufmännische Arbeit zu kümmern. Er hat Henry in seiner Kindheit mit dem Ideal von reibungslosen Maschinen begeistert.«

Henry Sloman stellte sein Glas auf den Tisch: »Man sollte keine Bären schießen.« Er stand auf. Er musste weiter zum nächsten Termin. Der Sohn sollte mitkommen. Der alte Herr war schon zur Tür hinaus, ohne auf Ricardo zu warten.

Ricardo drückte Kuöhl zum Abschied die Hand: »Zwei spielende Bären? Das würde doch an dieser Stelle als Eckfigur gut passen! Und auf der anderen Seite ein glückliches Schaf. Mit Wollkorb.«

Und weg war auch er.

Wenn Kaufleute Kunst machen!, dachte Kühl und sank erschöpft auf seinen Stuhl.

So was kommt von so was!
Aus Fritz Högers Manuskript *Zum Chilehaus*

Eines guten Abends, mein Chilehaus war soeben fertiggestellt, als ich noch allein in meiner Werkstatt brütete, erschien ein Fremder. Ich hielt ihn wohl für einen neugierigen Schwätzer. Er stellte ganz frank und frei an mich folgende Fragen:

»Ist es wahr, dass Ihr Chilehaus versackt? Ich hörte, es wäre die Teufelsspitze schon nicht weniger als 50 cm versackt?« Den Burschen meinte ich aufziehen zu müssen: »Ach, was reden Sie da, was haben Sie sich aufbinden lassen, keen fuftig cm is dat sack, man blos füftein.« Ich freute mich nicht wenig, als der Bursche mit dem gewaltigen Bären abzog, und lachte mir ins Fäustchen, ahnte aber beileibe nicht, was ich mir mit diesem »Bären« eingebrockt hatte.

Am nächsten Abend, ich ging ungefähr dieselbe Zeit stillvergnügt noch einmal um meinen Bau herum, wohl, um ihm »Gute Nacht« zu sagen. Ich freute mich über die vielen schon hellerleuchteten Fenster, aber, oh Graus, ich wurde unsanft aus meiner Träumerei aufgeweckt. Ein Herr wies sich mit einem blanken Messingschild als Kriminalkommissar aus, und nachdem er festgestellt hatte, dass er den gefunden, den er zu suchen abgeschickt war, bat er mich höflich, aber bestimmt, ihm auf die nächste Polizeiwache zu folgen »Ei, dei«, witzelte ich. »So gelange ich ganz unverhofft in geschlossene Gesellschaft.« – »Nein, das nicht, aber treiben Sie keinen Spaß, es handelt sich um Ihr eigenstes Interesse.«

So pilgerten wir zwei zur Depenau-Wache, woselbst uns ein Oberwachtmeister ein Sonderkabinett anwies. Nicht aber ein Lach-

kabinett, wie auf dem Hamburger Dom. Sodann zog der Herr Kriminalkommissar ein Aktenstück aus seiner amtlichen »Schweinsledernen«. Er setzte sich in Positur, ich nicht weniger. Und begann das so wichtige Verhör: »Also, Ihr schönes Chilehaus ist schon jetzt versackt? Weichen Sie gar nicht erst aus. Sie haben es ja schon selbst zugegeben.« Schwer dachte ich nach – aber ich wusste wirklich von nichts. Sodann begann jener aus dem Aktenstück vorzulesen und mich der Tatsache zu überführen.

Da erst merkte ich, dass jener aufgebundene »Bär« ein sehr böser Bär war. Ich muss aber wohl einen vertrauenswürdigen Eindruck auf den Kriminalkommissar gemacht haben. Er bedauerte mich ob meiner Schalkhaftigkeit. »Diese Mitteilung hat der betreffenden ›Herr‹ an die gesamte Hamburger Presse für Geld verkauft, und morgen erscheint diese Neuigkeit in allen Zeitungen. Nur eine Zeitung war vorsichtig genug und hat im Stadthaus bei Herrn Staatsrat Zinn angerufen und gefragt, ob man wohl diese so interessante Mitteilung bringen dürfe. Worauf der gute Staatsrat Zinn erst einmal abstoppt und dann vom Kriminalkommissar nach mir fahnden ließ, der mich ja auch glücklicherweise gleich erwischt hatte.«

Der Herr Kriminalkommissar rief gleich seinen Vorgesetzten, den Herrn Pressechef Staatsrat Zinn, an und machte ihm die Mitteilung vom wahren Sachverhalt. »Mir scheint der Baumeister durchaus glaubhaft zu sein«, sagte er. Ich musste selbst ans Telefon kommen, und Dr. Zinn meinte: »Ja, lieber Höger, so was kommt von so was. Alle Tageszeitungen haben die Notiz bereits gesetzt, und sie wird wohl gleich in den Druck gehen, wenn ich nicht schnellstens eingreife. Was wäre nun aber passiert, wenn ich die

Mitteilung nun nicht rechtzeitig bekommen hätte?« Darauf ich: »Ich würde die gesamten Zeitungen auf entsprechenden Schadenersatz wegen Berufschädigung verklagt haben.« Dr. Zinn: »Dazu hätte ich Ihnen guten Erfolg gewünscht, der jedoch recht zweifelhaft gewesen wäre.« Ich aber war ihm dankbar. Erkannte ich, dass es so doch wohl besser war. Ja, so was kommt von so was!

Die Brillenbären lebten früher bis in die Täler Mittelchiles

Ein Jabiru, der chilenische Riesenstorch, schmückt die Nischen des Eckpavillons

Der Riesenstorch ❹

Zwei chilenische Riesenstörche, die Jabirus, schmücken die beiden spitzbogigen Nischen der Pavillons an den seitlichen Spitzen des Chilehauses. Sie sind so platziert, dass diese Doppelung dem Betrachter nicht auffällt.

Der Jabiru (JABIRU MYCTERIA) ist nach dem Andenkondor der größte fliegende Vogel Mittel- und Südamerikas und genießt bei den Andenbewohnern große Verehrung.

Ein anderer Vogel, der rosafarbene Chilenische Flamingo, lebt in den Salzseen des Hochlandes. Früher soll es dort auch eine besonders seltene Art gegeben haben: die schwarzen Flamingos. Sie gelten als ausgestorben oder als Chimäre von fantasiebegabten Reisenden und skurrilen Naturforschern. Doch es gibt einige sehr genaue Beschreibungen.

Der berühmte und zuverlässige Naturforscher Dr. Rudolph Philippi, Freund und Kollege von Alexander von Humboldt, hat die schwarzen Flamingos 1858 auf einer Rast auf dem Altiplano nahe Tilopoza gesehen und ihnen einen Namen gegeben: »Ein paar Hundert Schritte von unseren Brunnen weideten sechs Flamingos, eine neue Art, ohne Daunen. Ich nenne sie: Phoenicopterus andinus nihi. Sonderbar, dass kein Naturforscher sie früher beobachtet hat.«

Schwarzer Zwergflamingo oder weißer Riesenstorch?

Hamburg, 5. Stock des Klosterhofes, Büro des Architekten Fritz Höger, 22. September 1922, wöchentlicher Jour fixe. Anwesend: Architekt Fritz Höger, Bildhauer Richard Kuöhl, Henry Sloman und sein Sohn Ricardo.

»Warum kein schwarzer Flamingo?«, schlug Ricardo vor.

»Der schwarze Andenflamingo? Der Vogel des Todes?« Sein Vater schüttelte den Kopf. Was sein Sohn immer für Ideen hatte! »Der ist seit über fünfzig Jahren nicht mehr gesichtet worden. Vielleicht ist er einfach ausgestorben?«, sagte er etwas unwirsch.

Die vier Herren standen um einen großen Zeichentisch im Büro des Architekten im Klosterhof. Die Vormittagssonne schien mild auf die Linden im Hof, und das herbstliche Gold strahlte warm in den Raum. Man war bemüht, den Ton sachlich, nüchtern und freundlich zu halten. Denn beim letzten Treffen hatte es Unstimmigkeiten gegeben, weil es schon wieder zu unnötigen Verzögerungen gekommen war. Die Hamburger Baubehörden ließen sich mit ihren Genehmigungen gern Zeit, zu viel Zeit!

Das Thema der Sitzung schien unverfänglich. Es ging um die beiden Pavillons seitlich der Spitze des Hauses. Die Werkstatt Kuöhls fertigte diese Klinkerbauteile. Ein aufwendiges Vorhaben: Für jedes Bauteil der Pfeiler und Schmuckbögen wurden einzelne Gips- und Holzmodelle für den späteren Guss gefertigt. Würde es zu Fehlbränden mit Rissen kommen, könnte man die einzelnen Bausegmente leicht nachgießen und neu brennen. Schwieriger war der Auftrag für die Skulpturen. In den Nischen sollten vor allem große Vögel stehen. Eine dankbare Referenz an alle Gunanovögel, die Produzenten des Salpeters, und an den Stoff, mit dem der Bauherr reich geworden war.

»Schwarze Flamingos?« Richard Kuöhl schaute Henry Sloman fragend an.

»Der schwarze Flamingo ist sehr selten. Häufiger ist der rosafarbene Flamingo. Beide Arten leben in den riesigen Salzseen auf mehr als viertausend Metern über dem Meer. Vor Jahren habe ich mit meinen Söhnen einen Ritt auf die Hochebene unternommen. Es bietet sich ein erhabenes Bild, wenn man über die kahlen, kargen Berge reitet, einen Bergkamm erreicht und sich unerwartet die riesige Fläche eines Salzsees zeigt. Im See stelzen dicht gedrängt Hunderte von rosafarbenen Flamingos gemächlich hin und her. Kommt man ihnen näher, fliegen viele Tiere auf, und das Rosa der Vogelreihen verliert sich am weiten, silbergrauen Horizont. Wunderschön!«

Ricardo stimmte seinem Vater zu und nickte: »Ich kann mich noch gut erinnern. Wir Kinder waren ganz enttäuscht, weil wir unbedingt den legendären schwarzen Flamingo zu Gesicht bekommen wollten.«

Henry hob seine rechte Hand und fuhr fort. »Leicht haben es die Vögel dort oben nicht. Fast jede Nacht bildet sich auf dem See eine Eisschicht. Die Tiere frieren regelmäßig im Stehen ein. Morgens müssen sie geduldig warten, bis die wärmende Sonne das Wasser wieder auftaut. Dann reißen sie sich vom Eis los, um anschließend den ganzen Tag mit ihren kurzen gebogenen Schnäbeln das Wasser nach Kleintieren und Krebsen zu durchsuchen. Viel werden sie da oben nicht finden. Fische können in dieser Salzsuppe nicht überleben.«

Fritz Höger hörte interessiert zu. Das Bild einer fremden, grauen Welt, eine eiskalte Hochlandwüste, in der rosafarbene Flamingos regelmäßig einfrieren, zog durch seinen Kopf. Ihn fröstelte, und er rieb seine Füße gegeneinander.

»Und der schwarze Flamingo?« Kuöhl machte sich Notizen und begann mit Skizzen.

»Immer wieder werden einige dunkle Tiere zwischen den rosafarbenen Flamingos gesehen. Früher muss es viel mehr dieser Art gegeben haben. Garcilaso de la Vega, der Chronist der spanischen Eroberung Chiles durch Pizarro und Amagro, erwähnt in seiner Reisebeschreibung diesen legendären Vogel ebenfalls. Er schrieb, sein Name sei *Parrihuana*. Noch heute nennen die Atacameños, die Indios der Wüste, die Flamingos *Parrina*. Das ist die Kurzform des alten Namens.«

Ricardo erzählte weiter: »Damals hatte der Eroberungstrupp Pizarros einige Exemplare gejagt und verspeist. Die Indios im Tross versuchten die Spanier mit wildem Gestikulieren davon abzuhalten, diese Vögel zu schießen und zu essen. Das bringe großes Unglück! Umsonst. Und es kam, wie es kommen musste. Die Vögel wurden geschossen und abends am Lagerfeuer gebraten. Das Fleisch soll wie zähes Huhn geschmeckt haben, berichtet de la Vega. Die unheilvolle Vorhersage erfüllte sich. Unglück hatte der Eroberungszug anschließend ja auch mehr als genug! Das

Eigenartige in de la Vegas Beschreibung ist freilich, dass er die Vögel als schwarz und ohne Federn beschreibt.«

Henry Sloman schüttelte verärgert den Kopf: »Diese alte Geschichte. Überall wird dieser Unfug erzählt. Ein Vogel ohne Daunen, nackt, grau, schwarz. Das kann nur Unsinn sein. Schwungfedern wird er schon gehabt haben. Und wärmende Federn muss er wohl bei der Kälte auch besessen haben. Das Rätsel um den schwarzen Flamingo wird sich erst auflösen, wenn sie wieder einen fangen.«

Ricardo berichtete unbeirrt weiter: »Die heutigen Ornithologen gehen davon aus, dass de la Vega die Flamingos in der Mauser gesehen hat. Aber Hunderte gleichzeitig in der Mauser? Das ist mehr als unglaubwürdig! Es gibt noch weitere Quellen, in denen schwarze Flamingos beschrieben werden. Dort allerdings mit schwarz-grauen Federn. Auch Don Diego de Ameida, ein Minensucher und exzellenter Kenner der Wüsten, schwor Stein und Bein, einige dieser Tiere vor etwa vierzig Jahren oben an den Salzseen gesehen zu haben.«

Fritz Höger fühlte sich nicht wohl. Er rutschte nervös auf seinem Stuhl hin und her. Ornithologische Spitzfindigkeiten und detailverliebte Debatten langweilten und beunruhigten ihn.

Henry ergänzte: »Ich bleibe dabei. Die sind ausgestorben. Wie die Riesenfaultiere und die Riesengürteltiere, deren Kadaver man in den Gletschern von Patagonien gefunden hat.«

»Und welche symbolische Bedeutung hat der schwarze Flamingo bei den Indios?«, fragte Richard Kuöhl. Er ließ nicht locker.

»Große Vögel in der Wüste sind immer zuallererst Boten der

Verstorbenen, da die Wüste ja als das Reich der Toten gilt.« Höger merkte bei den Worten »Reich der Toten« interessiert auf. Er hatte nur einem halben Ohr zugehört und im Stillen für sich die Planungen eines Mausoleums für die Familie Goldstein in Ohlsdorf entworfen. Vielleicht sollte ich Tierskulpturen für Grabmale in Betracht ziehen, dachte er für sich.

Ricardo setzte seine Erzählung fort: »Die Indios glauben, wer immer den schwarzen Flamingo sehe, begegne dem Gott der Hochtäler persönlich. Alle Götter haben ihre eigenen Farben. Dieser Gott gehöre zu der Reihe der schwarzen Götter. Deshalb sei ihm auch der schwarze Flamingo zugeordnet. Die Farbe schwarz steht für Leben und Tod. Vor allem aber steht Schwarz für die Wahrheit.«

Ricardo schaute neugierig zu Kuöhl hinüber: »Man sagt, der Gott der Wüste halte jedem, der einen schwarzen Flamingo länger betrachtet, einen Spiegel vors Gesicht. Man sehe in diesem Spiegel alle seine Taten im Leben, alle verpassten Chancen und auch den Zeitpunkt des eigenen Todes. Darüber könne man so sehr erschrecken, dass man auf der Stelle tot umfallen kann. Viele Indios vermeiden es deshalb, zu lange auf die schwarzen Vögel zu schauen. Es heißt: Wer den Gott der Hochebenen trifft, der muss mit Klarheit wissen, wer er selbst ist – und wohin er will. Lässt man sich auch nur einen Augenblick verwirren, verwirrt sich der Geist, und man geht in der Ödnis und den Weiten der Wüste verloren.«

Ricardo hielt in seiner Erzählung inne.

Sloman blickte zu seinem Sohn und ergänzte: »Ja, und wegen

all dieses unsinnigen Aberglaubens haben die Indios ihre Hüte über und über mit Amuletten bedeckt, wenn sie die Eier der Flamingos sammeln. Einmal habe ich mir ein Ei auf dem Markt in Calama gekauft, gekocht und gegessen. Die sind riesengroß.« Henry deutete mit beiden Händen die Größe einer Kokosnuss an und ergänzte:

»Das Riesenei hat für ein ganzes Mittagessen gereicht. Allerdings weiß man nie, wie alt die Dinger tatsächlich sind. Ich hatte eine Woche lang Magenschmerzen. Und mir ist der Appetit auf große Eier exotischer Vögel restlos vergangen.«

»Wenn ich das alles so höre. Todesvögel. Schicksalsvögel. Das passt nicht zum Chilehaus.« Fritz Höger schüttelte den Kopf.

Kuöhl stimmte dem Architekten zu: »Besser keinen Flamingo, denn die Vogelfigur wird nach dem Brand doch ziemlich nackt und dunkel sein. Gibt es nicht noch andere imposante Vögel?«

»Doch ja, Reiher und Riesenstörche!«, rief Henry Sloman ohne nachzudenken. Er war erleichtert, sich von den Todesvögeln verabschieden zu können.

»Stimmt«, bestätigte sein Sohn sofort. »Die Jabirus, die stummen Riesenstörche. Sie machen keinen Mucks. Sie klappern gar nicht. Sehr höfliche Tiere! Sie verständigen sich allein durch ihre auffälligen Kopfbewegungen. Nach dem Kondor sind sie die größten Vögel Südamerikas. Sie gelten als Lebensbringer, Glücksbringer, Fruchtbarkeitsvogel und Kinderbringer.« Ricardo summte aus der Erinnerung die Liedzeile eines bekannten Ketschua-Liedes: »*Kommt der Jabiru, bringt er Glück dazu, fliegt er davon, trägt er die Wünsche deines Herzens zur Sonne.*«

»Ja. Ein Jabiru würde gut passen.« Henry Sloman nickte zufrieden. Er erinnerte sich gut an das Lied, lächelte und sagte: »Es sind wirklich stattliche Vögel. Die machen was her. Werden fast eins-sechzig groß. Flügelspannweite vielleicht zwei-sechzig.«

Ricardo ergänzte: »Er ist auch prächtig anzusehen: schwarzer kräftiger Hals, roter Halsring und ein weißer Körper. Schwarz, Rot und Weiß – heilige Farben, die Farben der weißen Göttin in fast allen Kulturen. In Indien wie bei den Kelten. Selbst bei uns, im Märchen vom Dornröschen: ›*Weiß wie Schnee, rot wie Blut und schwarz wie Ebenholz*‹.«

Ricardo nahm seine Brille ab, zog ein Taschentuch heraus und begann umständlich, die Gläser zu putzen. Dabei berichtete er weiter: »Südamerika ist ein Land der Vogelkulte. Bei Festen werden gerne besonders eindrucksvolle Vogelkostüme, weite, radförmige Umhänge aus Federn, getragen. Dazu die Masken und Federkronen. Einige Masken mit den großen Schnäbeln sehen unheimlich aus. Die männlichen Tänzer drehen sich wild und machen immer wieder große Sprünge zu Seite und nach vorne.«

Ricardo, der viel fotografierte, hatte bereits eine beachtliche Sammlung an Fotografien vieler Länder Süd- und Mittelamerikas zusammengetragen. »Ich habe auch Stein- und Tonfiguren mit Vogelmotiven der Maya und Azteken fotografiert. Darunter auch welche von Jabirus. Viele Völker gaben sich Namen nach ihren Krafttieren. So gab es auch einen Stamm der Jabirus. Das Wort Azteke bedeutet nichts anderes als ›das Reihervolk‹. Ich bringe die Fotos gerne bei Ihnen vorbei.«

»Dann nehmen wir doch diesen prachtvollen Großstorch«,

stellte Fritz Höger entschlossen fest. Er wollte die Gespräche jetzt abkürzen. Für den Nachmittag stand noch ein Baustellentermin in Harburg in seinem Kalender. Er musste also noch über die Elbe in den Süden. Er war müde, und seine Füße taten ihm weh.

Richard Kuöhl nickte: »Gut, dann den Riesenstorch. Den Vogel des Lebens.« Er skizzierte mit einem Bleistift die Umrisse des Storches auf einen Zeichenblock.

»Wie war das noch?«, versuchte Kuöhl sich zu erinnern und sah Ricardo an: »Wenn man einen landenden Jabiru sieht, bringt es Glück … und beim Davonfliegen …?«

»Da nimmt der Jabiru die Herzenswünsche mit, damit sie sich erfüllen«, ergänzte Ricardo den Satz mit einem freundlichen Lächeln.

Richard Kuöhl hob etwas ratlos die Schultern: »Das ist beides gleichermaßen schön. Vielleicht kann der Vogel so aussehen, dass es für den Betrachter offenbleibt, ob er gerade losfliegt oder gerade gelandet ist. Mit halb erhobenen Flügeln. Dann kann jeder selbst entscheiden, ob sein Glück gerade auf dieser Welt gelandet ist oder er sich für die Zukunft etwas wünschen darf.«

Einer der Hähne in den oberen Nischen der Laubenpavillons

Die beiden Hähne – Erwachen und Erleuchtung ❺

Zwei Hähne schmücken die oberen Nischen der beiden Laubenpavillons seitlich der Spitze des Chilehauses. Stolze, aufrecht stehende Tiere mit erhobenen Köpfen, bereit zum lauten Krähen. Eine der beiden Skulpturen ist leider im Laufe der Zeit verloren gegangen.

Der Hahn ist von jeher der Künder des Morgens. Sein Krähen ist seit Urzeiten den Menschen ein Weckruf. Hähne sind häufig als Architekturschmuck zu finden. Oft in Gestalt metallener Wetterfahnen. Auf Kirchen symbolisieren Hähne die Auferstehung der Menschheit unter der neuen Ordnung Christi. In der antiken Bauplastik gilt der Hahn vor allem als Fruchtbarkeitssymbol. Hähne sind außerdem Sinnbild der Wachsamkeit, des Erwachens und auch des Warnens. Verschiedene sozialistische und demokratische Bewegungen verwendeten das Motiv des rufenden Hahns. Auch in der modernen Reformgotik galt der Hahn als Architekturschmuck als Symbol des Weckrufes für eine neue Kunst.

Die beiden Hähne am Chilehaus sind eine kleine, liebevolle Geste Ricardo Slomans an seine Frau Nora, die er am 3. September 1923 heiratete. Der Hahn ist das Wappentier ihrer Familie. Noras Mutter war eine Antonie von Gall. Liberaler alter Adel, der aus der Region St. Gallen stammte. Ricardo Sloman liebte solche gestalterischen Spielereien.

Die Klinkersinfonie

Hamburg, Büro Sloman im Klosterhof, 27. Februar 1923. Anwesend: Fritz Höger sowie Ricardo und Herbert Sloman.

»Und das soll nun wirklich schön sein?« Ricardo Sloman war verunsichert. Man traf sich im Baubüro von Fritz Höger. Höger hatte die Mauerprobe eines Wandsegments im Atelier aufbauen lassen.

»Auch ein nicht schönes Element wird schön, wenn es nur oft genug wiederholt wird«, erklärte Höger. »Die Wiederholung der Wiederholung beruhigt das Auge. Und dann kann das Auge die kleinen Details, die Feinheit der Binnenstrukturen und Muster finden. Zum Sehen geboren, zum Schauen bestellt – war es nicht so, Herr Geheimrat Goethe?«

»Aber die Fronten werden sehr lang sein. Über 2800 Fenster gleichen Maßstabs. Und dann reichen die Fensterreihen von vorne bis hinten in einer Reihe und auf einer Höhe durch. Das kann am Ende doch recht eintönig aussehen!« Auch Herbert Sloman hatte seine Zweifel.

Höger kniete sich vor die aufgestapelten Ziegel hin und ruckelte einige Steine zurecht. »Keinesfalls, meine Herren. Die Fassaden werden durch die sich wiederholenden Muster von hochstrebenden Stegen, den gotischen ›Diensten‹, gegliedert. Diese vertikalen Streben stehen dreieckig vor. Ihre abstehende Spitze nimmt die vordere Spitze des Chilehauses motivisch auf und trägt sie gleichsam einmal rund um den Bau. Alles am Haus spielt mit dem Motiv der Wiederholungen. Eine Wiederholung der Wiederholungen. Ohne dass es sofort bemerkt wird oder sich aufdrängt. Es ist wie in der sinfonischen Musik, zum Beispiel bei Richard Wagner. Ein Leitmotiv, oft genug und in Variationen wiederholt, bringt Schönheit und Harmonie hervor. Diese besondere Rhythmisierung bringt Lebendigkeit in die Gestaltung der Gebäudefronten.

Schauen Sie doch, meine Herren! Die dreieckig gemauerten Dienste, die über alle Stockwerke reichen, sind in sich selbst strukturiert.« Höger zeigte auf eine Zeichnung an der Wand. »Jeweils sechs Klinker übereinander werden zusammengefasst, dann gibt es einen zurückspringenden Stein. Eine gezielte Lücke. Auf diese Weise wird das Auge nicht gezwungen, den Wandvorlagen in die Höhe zu folgen, sondern wird eingeladen, auf der Fassade hin und her zu wandern. Alle Dekoration folgt der Funktion. Auch die Konstruktion bedingt einen eigenen Rhythmus. Alles und jedes ist an diesem großen und wunderbaren Bau aufeinander abgestimmt: Ziegel, Fugen und Fassadendekoration. Jede Fenstersprosse ist abgestimmt auf ihren seitlichen Ziegel- und Fugenverlauf. Alles ist eine große zusammenhängende Komposition. Die Idee des Leitmotivs entwickelt die musikalische Fuge, wie wir sie seit Bach kennen, weiter!«

Fritz Höger stand wieder auf. »Besondere Flächen, die mehr Schmuck erfordern, wie die prominenten Mauern über den Durchfahrten, erhalten komplexere Klinkermuster. Geometrische Muster. Schöne Mosaike. Die Klinkermuster kennen wir von den Fachwerkbauten der alten Hansestädte. Aber ich habe sie transformiert. Die moderne Gotik nimmt das Alte und wandelt es um, entwickelt es weiter, Neues entsteht. Ein Vorbild für die Muster war und ist mir die schöne Wolldecke, die bei Ihnen im Büro liegt, lieber Sloman!« Er sah Ricardo an und nickte zum Ende des Flurs. Dort lag das Büro der Slomans. Gleich zu Beginn der Bauarbeiten am Chilehaus hatte er den Brüdern eine Drei-Zimmer-Wohnung im Klosterhof als Büro angeboten. Die drei Sloman-Brüder waren damals auf der Suche nach Räumen gewesen. Die Wohnung im Klosterhof war ihnen da gerade recht gekommen.

Höger fuhr fort: »Die Decke ist ein Meisterwerk indigener Webkunst. Die Tiere und Pflanzen sind zu abstrakten, geometrischen Motiven geworden und symbolisch aufgeladen. Einerseits aus der Notwendigkeit der Webtechnik geboren, andererseits aus einer Kultur, die das naturalistische Bild zu abstrahieren verstand. Einigen mögen die abstrakten Darstellungen als naive Kunst erscheinen – für mich sind diese Muster Vorbilder, die eine eigene hohe Kunstauffassung offenbaren.«

Höger griff zufrieden nach einem Klinkerstein aus der Probewand. »Ich mache es auf ähnliche Weise. Alles kann in Klinker dargestellt und ausgedrückt werden. Ich habe einen Klinkerlöwen, einen Klinkerbären und einen Klinkeradler entworfen und die Tiere fachgerecht mauern lassen. Man muss das spröde Klinkermaterial zuerst verinnerlichen. Nur dann kann man es von innen heraus befreien. Nur dann kann man Klinker zum Klingen bringen.« Höger hatte sich in eine lebhafte Rede hineingesteigert.

Ricardo Sloman blieb zurückhaltend und fragte: »Und der Klinker? Was machen wir mit den vielen verbrannten Steinen?«

»Den Klinkern dritter Wahl?«

Ricardo Sloman schaute auf den Klinkerstein in seiner Hand.

Den verbrannten Klinker hatte Henry Sloman von den Architekten Gerson übernommen. Die beiden Brüder Gerson hatten fest mit dem Zuschlag für das Grundstück gerechnet und bereits vor der Versteigerung begonnen, riesige Mengen an Baumaterial zu kaufen. Doch dann hatte Sloman den Zuschlag erhalten.

Fritz Höger war gelernter Maurer. Zuerst war er unglücklich über den »Dreck«, wie er sagte. Steine dritter Wahl! Was hatten sich die Gersons nur dabei gedacht. Man verwendete solchen minderwertigen Klinker als Pflastersteine, höchstens für Tierställe und Nutzgebäude. Aber Höger trug seinen Spitznamen »Klinkerfürst« durchaus zu Recht. Er begann, den Klinker und seine gestalterischen Möglichkeiten zu studieren. Drei besonders verunglückte Exemplare lagen auf dem Fensterbrett vor seinem Schreibtisch. Er entwickelte neue Ideen der Setzung und der Musterung von Flächen. Schließlich schien es ihm so, als ob er im verglasten, durchgeglühten Klinker einen Kristall für die Baukunst der Zukunft in Händen hielt.

Diese Klinkersteine waren das Härteste, was es an Baumaterial gab. Sie könnten gut dreitausend Jahre halten. Sie würden dem Hamburger Wetter trotzen. Dem Dreck der Großstadt, dem Gestank im Hafen und dem Ruß aus der nahe gelegenen Speicherstadt. Kein Moos würde sich hier festsetzen. Keine Salpeterausblühungen waren zu befürchten. Dieser Klinker war ein Stein für die Ewigkeit. Ricardo gab den Ziegel zurück an Höger, der ihn sorgsam an seinen Platz legte.

»Der Bockhörner Klinker hat durchaus seine Tücken. Aber entlockt man den harten Steinen ihre Geheimnisse, dann kann aus dem verdorbenen Klinker eine eigenwillige Schönheit erwachsen. Dann wird kein Hahn mehr danach krähen, dass diese Steine nicht erste Wahl sind. Wir machen sie zur ersten Wahl.

Wir haben bereits begonnen, die Steine zu sortieren. Nach Farbe, Glanzgrad, Glätte und Knupperigkeit. Diese ungleichen Klinkersteine werden die Mauern lebendig erscheinen lassen. Ich plane, die Mauerflächen nach oben hin farbiger zu gestalten. Gleichzeitig sollen die verzogenen, rauen Steine so im Mauerwerk verteilt werden, dass sie eigene Akzente bilden und die Fläche zusätzlich strukturieren. Die Mauerflächen zwischen den vertikalen Stäben erhalten so Minimalmuster, die weitere Lebendigkeit der Fassaden bewirken. Besonders intensiv glänzende Steine werden gezielt als Glanzpunkte verbaut, minimal versetzt Richtung Sonne. Sie werden schillern und schimmern. Vor allem bei den Überbauungen der Fischertwiete verspreche ich mir, dass einige dieser Glanzsteine die breiten Unterseiten, die eventuell dunkel wirken, auf diese Weise lebendig und freundlich wirken lassen.«

Höger hielt inne. Er ging zur Probewand und zog einen violetten Stein heraus. Der Klinker hatte eine glatte, glänzende Oberfläche. Er reichte ihn an Ricardo Sloman weiter. Ricardo strich mit dem Daumen über die Oberfläche und sah Höger nachdenklich an. Überzeugen und erklären konnte er. Aber die gründliche, regelmäßige Bauausführung vernachlässigte ihr Architekt in letzter Zeit doch sehr!

»Auf diese Weise mit den Klinkern zu arbeiten erfordert eine besondere Schulung aller Maurer. Aber ich konnte hochqualifizierte und erfahrene Maurer einstellen. Die Arbeitslosigkeit der letzten Jahre hat das möglich gemacht. Diese Maurer sind alle Meister ihres Fachs! Und sie sind mit großer Begeisterung dabei. Je mehr Neues sie lernen können und gleich anwenden, desto größer wird ihre Leidenschaft und ihr Ehrgeiz. Genau hier, an der Baustelle des Chilehauses in Hamburg, wird eine neue Generation fähigster Maurer in der Klinkerklaviatur hochkomplexer Muster ausgebildet. Das hier bei uns erworbene Können werden alle Maurer und die anderen Handwerker stolz in die Welt hinaustragen. Es wird die zukünftigen Klinkerbauten der Stadt verändern«, schwärmte Höger und setzte sich zufrieden. Er tupfte sich mit dem Taschentuch die Stirn.

»Der Klinker-Koloss wird gezähmt. Wir komponieren eine große harmonische Klinker-Sinfonie nach den Regeln höherer Baukunst … nach den Gesetzen der heiligen Mathematik. Das, meine Herren, ist unser Auftrag!«

Aus Fritz Högers Manuskript *Zum Chilehaus*

Wie herrlich steht ein solcher Klinkerstein in Nebel und Dunst da! Wie fröhlich stimmt er, wenn ihn die Sonne streichelt. Zum Lebewesen wird da ein solches Bauwerk, weil jeder Einzelne der Millionen lebt. Jeder Einzelne hat sein Eigenwesen und doch gehen alle zur großen Einheit zusammen – wenn es doch auch in unserem Volke so wäre!

So könnte ich zu jedem Einzelding noch vieles mehr erzählen, zu jedem der Millionen Bockhörner Klinker, die ich alle so sehr liebe, dass ich, wie ich hörte, die schönsten unter ihnen unbewusst gestreichelt haben soll. Hier paarte sich Feinheit (oder besser Kleinheit) mit unzählbarer Vielheit, und darin liegt der große klingende Fluss des Ganzen. Hierzu kommt das Schwingen und Klingen, was mir die komplizierte Grundstücksform in sehr willkommener Weise ganz von selbst brachte.

Gezielt wurden überall Lichtpunkte, reflektierende Ziegel, im Mauerwerk verbaut © Jutta Hartwieg

Strickmuster nannte Fritz Höger diese Form der Klinkermuster © Privatarchiv Arends/Sloman

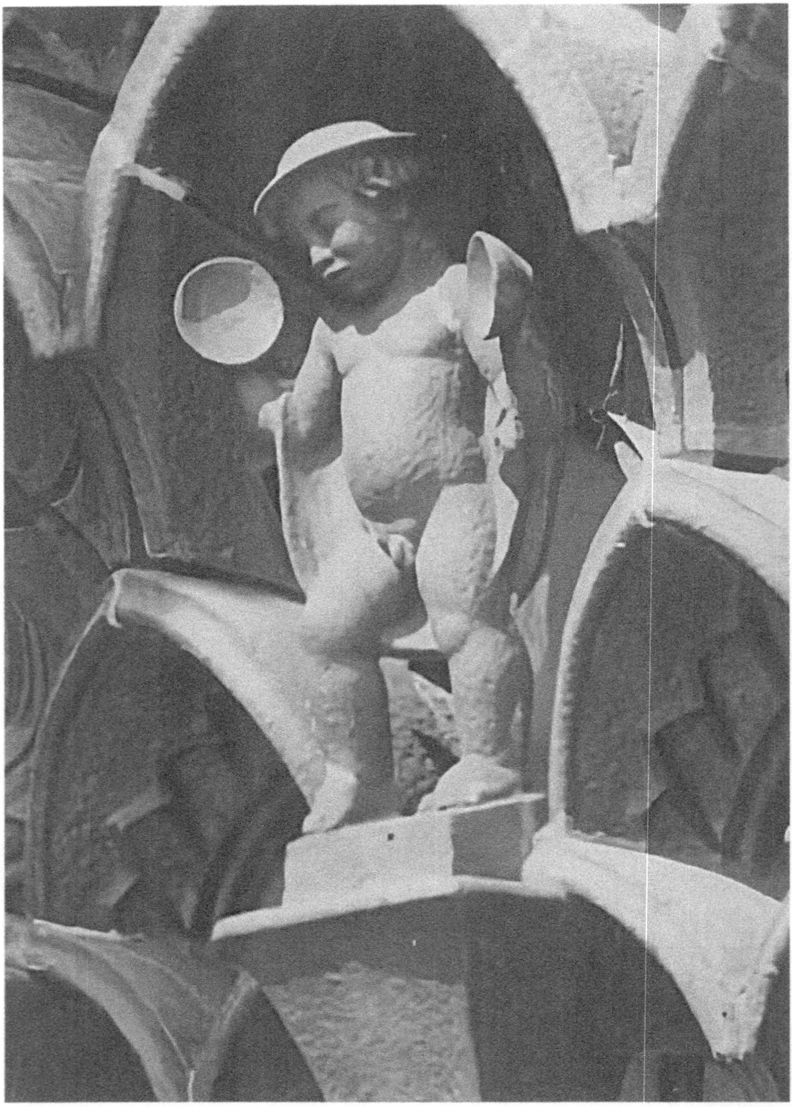

Der junge Beckenspieler ist eines von sechs kleinen Kindern zwischen den Tieren an den Pavillons © Privatarchiv Arends/Sloman

Die sechs Kindchen – Musik marsch! ❻

Sechs Kleinkinder, vollplastische Klinkerfiguren, schmückten ursprünglich die Nischen der Arkaden der sogenannten Pavillons an der Spitze des Chilehauses. Eine heitere Schar sehr leicht bekleideter Kinder. Diese kleine Kinderband ist mit Querflöten und Handbecken ausgestattet. Man ahnt, dass das in der Realität ein lautes, ziemlich lärmiges Konzert ergäbe. Die Füße der Kinder sind wie zum Tanz angehoben. Zwei Blumenmädchen streuen Blüten zwischen die kleinen Musiker. Die Kinder scheinen Teil einer Tanzparade zu sein, wie sie sich überall in Südamerika zu allen Gelegenheiten spontan bilden. Die laute Gruppe zieht an der Spitze des Chilehauses vorweg. Sie begrüßen die Spaziergänger, die vom Schafsmarkt kommen und zu den Schaufenstern des Chilehauses flanieren. Der Bildhauer Richard Kuöhl wählte hier die Form der »Kindlichen Allegorie«. Er hatte in Meißen die Porzellanherstellung als Beruf gelernt und kannte die vielen Darstellungen »Kindlicher Allegorien« aus den Archiven der Porzellanmanufaktur. Die Kinder des Chilehauses waren ursprünglich als Allegorie für die verschiedenen Bevölkerungsgruppen Chiles vorgesehen. Ein Kind trägt den schalenförmigen Lederhelm eines Minenarbeiters – es verkörpert die Arbeiter. Der Flöte spielende Junge hat ein Röckchen aus Blättern – er stellt die indigene Bevölkerung dar. Die Mädchen sind Sinnbild für die europäischen Einwanderer. Einige der Figuren sind im Laufe der Zeit leider verloren gegangen und wurden nicht mehr ersetzt.

Der Tanz der Engelchen

Santiago de Chile, Villa Florin, Calle Estella 54, im August 1875. Henry Sloman und seine Schwester Harriet sind zu Gast bei Dr. Carl Eduard Martin und seiner Ehefrau Marie. Ein gemeinsames Abendessen. Von der Straße tönt Musik herauf.

»Musik, Musik, Musik. Das liebe ich an dieser Stadt. Immer wird irgendwo musiziert. Alle Menschen scheinen irgendein Instrument zu beherrschen und es gerne auf der Straße zu spielen«, schwärmte Marie Martin und goss der Runde Wein nach.

Einmal im Jahr mietete sich Dr. Martin für gut drei Wochen in diesem Haus in Santiago ein und hielt Sprechstunde. In diesen Wochen reisten seine vorwiegend deutschen Patienten aus dem Norden des Landes und aus Mittelchile an. Der deutsche Arzt galt als der Beste seines Faches in ganz Chile. Er lebte für Harriets Geschmack viel zu weit im Süden, in Puerto Montt. Sie hätte gern einen guten Arzt in ihrer Nähe gehabt, falls sie schwanger werden würde.

Die Musik unten auf der Straße kam näher. Sie spielten eine Cueca, den chilenischen Volkstanz. Es wurde geklatscht und gesungen. Eine Trompete klang laut herauf. Dr. Martin stand auf und trat ans Fenster. Er schaute hinunter auf die Straße. Aus der Ferne näherte sich ein Umzug. Fackelträger liefen voran. Ein von Pferden gezogene Karren folgte, mit Musikanten im Schlepptau. Gitarren, Harfen, Trommeln, Becken und zwei Trompeten erklangen. Die Spieler saßen gedrängt auf dem kleinen Karren. Die heitere Musik begleitete die Beerdigung eines Kindes. Vier Männer trugen den kleinen weißen Sarg. Bunt eingefärbte Nelken und Lametta schmückten den Deckel.

»Eine Beerdigung, ein Kind«, sagte Dr. Martin nüchtern und dachte über den seltsamen Brauch in dieser Stadt nach, die Toten in der Nacht beizusetzen.

»Und dazu diese heitere Tanzmusik? Das kann ich nicht verstehen«, entrüstete sich Harriet.

»Das geht mir ähnlich. Es gibt Dinge in diesem Land, an die kann ich mich einfach nicht gewöhnen«, stimmte ihr Marie zu.

Harriet fuhr fort: »Das ist für mich ausgelassene, fröhliche Tanzmusik. Wie soll man denn bei diesen Liedern eine Beerdigung von einer Hochzeitsfeier unterscheiden?«

»Es sind die Texte. Nur die Texte. Mal wünschen sie Glück zur Hochzeit, dann wiederum sind es patriotische Hymnen oder Trauertexte, die wie in diesem Fall eine Beerdigung begleiten. Für Kinderbeerdigungen gibt es eigene Lieder und Tänze mit besonders schönen Melodien«, erklärte die Gastgeberin.

»Ich kann die Texte einfach nicht verstehen. Dafür ist mein Spanisch wohl noch nicht gut genug«, klagte Harriet.

»Aber nein, da machen Sie sich die falschen Gedanken. Die singen oft in Dialekten. Ich verstehe die Texte häufig auch nicht«, beschwichtigte sie Marie Martin und erzählte:

»Als ich nach meiner Hochzeit nach Chile kam, hat mir die Musik sehr geholfen, mich einzuleben. Die vielen Feste und die Fröhlichkeit, die Gastfreundschaft, die die Menschen überall zeigten, pusteten mein Heimweh einfach weg. Ich begann, mich für diese Musik zu begeistern, und lernte, die Orgel in unserer kleinen Kirche zu spielen.«

»Du spielst gut Orgel, meine Liebe. Nur für meinen Geschmack viel zu wenig«, erwiderte ihr Mann und sah sie liebevoll an. Dann fuhr er fort: »Für mich ist die chilenische Seele eine tanzende Seele. Der Volkstanz Cueca eint alle Chilenen. Hier tanzen sich die Menschen Herz und Gemüt frei. Kein Volk versteht es, so ausgelassen und geradezu übermütig glückliche Feste zu feiern. Tagelang werden Tonadas, Liebeslieder und vor allem Cuecas gesungen. Es wird immer getanzt, und dazu gibt es den sonnenverwöhnten leichten Wein. Nach so viel Singen, Klatschen, Drehen, Stampfen und Klappern mit den Absätzen fühlen sich die Menschen für einige Zeit von ihren Sorgen befreit.«

Marie klingelte nach ihrer Dienerin und ließ die Teller abräumen. Die Musik von der Straße kam näher. Dr. Martin setzte seine Ausführungen fort: »Fahrende Musiker sind hier auf dem Land viel mehr als nur Unterhalter. Sie singen in ihren Liedern von aktuellen politischen und zeitgeschichtlichen Ereignissen der ganzen Welt. Sie sind die Nachrichtenüberbringer, gewissermaßen Zeitung und Telegraf in einem. In den kleinen Orten auf dem Land können die meisten Menschen ja weder lesen noch schreiben. Die Cueca-Sänger sind ein wenig auch Postboten, denn sie überbringen Nachrichten von Verwandten und Freunden. Dafür erhalten sie Kost und Logis.«

Henry mischte sich ein: »Das erinnert mich an die Bänkelsänger und Troubadoure im Mittelalter in Deutschland und Frankreich. Auch damals wurden Neuigkeiten durch wandernde Sänger verbreitet. Sie standen auf einer hölzernen Bank, daher der Name Bänkelsänger. Sie sangen die Nachrichten, oft in Versform. Dazu zeigten sie Bilder, die ihre Erzählungen illustrierten. Sie waren gute Alleinunterhalter, Boten und Spaßvögel.«

Dr. Martin wischte gedankenverloren mit der Hand einige Krümel von der weißen Damasttischdecke auf den Boden. Sein Hund Carla sprang auf und leckte die Krumen auf.

»Ein Gassenhauer, der gerne am Nationalfeiertag gesungen wird, geht so.« Er räusperte sich, suchte den Anfangston und begann zu singen:

El 18 de Septimbre	*Am 18. September*
De 1810	*Von 1810*
Proclama la Independencia	*Wird die Unabhängigkeit proklamiert*
Todo Santigo de Pié	*Ganz Santiago ist auf den Beinen*

Henry nickte. Er kannte diese Melodie, hatte sich aber nie über den Liedtext Gedanken gemacht.

»Und weiß man, woher die Cueca, dieser besondere Tanz, stammt?«, fragte Harriet.

Die junge Dienerin trug Mandelgebäck, Sherry und Kardamom-Mocca auf. Der Kaffee duftete herrlich.

»Mich erinnert die Cueca an die Tänze spanischer Zigeuner, die ich im Hafen von Barcelona sah«, sagte Henry.

»Und ich dachte, die Cueca hätte kreolische Wurzeln und stamme aus Mexiko?«, warf Marie Martin ein.

»Nein, der chilenischste aller Tänze kommt interessanterweise aus Peru. Dort nennt man ihn Zamacueca«, erklärte Dr. Martin. Ein Schwall begeisterter Rufe, Klatschen und Gesang drangen noch aus der Ferne zu ihnen. Die Gesellschaft war weitergezogen. Dr. Martin erzählte: »Um 1825 kam der Tanz aus Peru nach Chile. Er wurde zum Nationaltanz der jungen Republik. Heute tanzt man ihn in unzähligen Varianten in ganz Südamerika.«

»Mich erinnern die Cueca, ihre Armbewegungen und Körperdrehungen, eher an die Vogeltänze der Indios, die ich auf Festen in der Oase von Pica beobachtet habe«, sagte Harriet und ergänzte »Der Tanz des Kondors wird mit ganz ähnlichen Armbewegungen getanzt. Sie sollen das Flattern der Flügel nachahmen.«

»Oh ja, die Cueca hat mit Sicherheit auch indianische Wurzeln. Die Cueca soll das Liebeswerben zwischen einem Hahn und einer Henne nachspielen. Der Tänzer, der *Huaso*, sieht doch aus wie ein prächtiger Hahn. Sein wehender Poncho, die Flügel, die großen silbernen Radsporen der Stiefel. Und die Tanzbewegungen, das Rauf und Runter des Oberkörpers, die vielen Drehungen. Ein Tanz voller Erotik, mit viel Pantomime und mit dem Schalk eines Satyrs.« Dr. Martin hielt inne und griff nach einer mit Pistazienmarzipan gefüllten Mandeltasche. Süßwaren backen, mit dem typisch orientalischen Einschlag, mit Mandeln, Orangeat, Marzipan und Zimt, das konnte in diesem Land niemand so gut wie die Bäcker in Santiago.

Der Trauerzug war noch einmal umgekehrt und direkt unter dem Fenster angekommen. Marie Martin stand auf, um das Fenster zu schließen.

»Lassen Sie es doch bitte auf. Ich möchte das Lied verstehen«, sagte Harriet und trat neben die Dame des Hauses. Sie betrachteten gemeinsam die Menschen in der einbrechenden Dunkelheit. Es war ein langer Trauerzug. Es mussten über dreihundert Menschen sein, dachte sie bei sich.

Marie Martin übersetzte die Texte der Cueca für Harriet:

Qué glorioso el angelito cara de animal vacuno abajo no tenía un diente y arriba uno.	*Wie ruhmvoll das Engelchen mit dem Gesicht eines Rindleins unten hatte es kein Zähnchen und oben nur eines.*
Se Llevan al angelito se lo llevan p'al panttéon pero eso no importa Porque arriba ta' mejor.	*Davon trägt man das Engelchen man trägt es in die Gruft doch das macht nichts denn oben geht's ihm besser.*
Hasta pronto misía Pancha consuélese es pa 'mejor arriba está el angelito junto con el Niño Dios.	*Auf bald, Tante Pancha tröste dich, es ist besser so denn oben ist das Engelchen zusammen mit dem Gotteskind.*

»Das ist schön! Dennoch sind die Texte irgendwie befremdlich.«

»Oh gewiss! Die *Cantos de los angelitos* haben ihren sehr eigenen Humor. Dafür sind sie berühmt«, erklärte Marie. Sie setzten sich wieder. Marie Martin schenkte Mokka nach.

»Es heißt, die Kindersterblichkeit in Chile sei die höchste der Welt?« Harriet sah ängstlich fragend Dr. Martin an.

»Das ist leider wahr«, bestätigte der Doktor Harriets Frage. Er dokumentierte seit vielen Jahren die Todeszahlen des Landes in Verbindung mit Alter, Geschlecht, Krankheiten und Orten und veröffentlichte sie in der chilenischen Fachpresse.

»Sie sterben vor allem in den Küstenstädten. Warum? Das kann ich nur teilweise beantworten«, bemerkte Dr. Martin nachdenklich. Marie Martin begann, Sherry in die Gläser zu füllen. Ihr Besuch würde es vielleicht brauchen. Wenn ihr Mann mit medizinischen Ausführungen begann, konnte es unangenehm für die Zuhörer werden.

»Und welches ist die häufigste Todesursache?«, fragte Henry Sloman vorsichtig.

»Brechdurchfall«, antworte Dr. Martin. »Vermutlich durch schmutziges Wasser.«

»Kann man da gar nichts tun?«, erkundigte sich Harriet leise. Sie war sichtlich bewegt.

»Doch, viel! Sauberkeit, also Hygiene, ist in den ersten drei Lebensjahren das Wichtigste für das Kleinkind«, erklärte der Arzt. »Und ich rate allen Müttern, selbst und so lange wie möglich zu stillen.« Dr. Martin sah in Harriets erschrockenes Gesicht. Er wusste, dass Stillen in Deutschland als eine ungesunde Angelegenheit galt und keinen guten Ruf genoss.

Marie Martin wusste, dass Harriet erst vor einem Jahr geheiratet hatte und schwanger werden wollte. »Bei uns im Süden, vor allem rund um den Llanquihue-See, sterben fast überhaupt keine kleinen Kinder. Sauberes Wasser, sauberes Essen und saubere Luft sind in den ersten Lebensjahren eben das Wichtigste.«

Dr. Martin, ganz Arzt und pragmatischer Wissenschaftler, setzte seine Rede fort: »Warum es eine so hohe Kindersterblichkeit in den Küstengegenden gibt? Das wird wohl noch einige Zeit ein Rätsel bleiben. Anderswo auf der Welt ist das Wasser auch verschmutzt. Und es sterben nicht so viele kleine Kinder. Vielleicht gibt es noch andere Ursachen. Das Kindersterben scheint ein uraltes Phänomen zu sein. Oben, in den Wüstenstreifen, gibt es prähistorische Kindergräber en masse, erzählte uns Professor Rudolph Philippi, der Direktor des Museums hier in Santiago. Er schätze, dass die Gräber viele Tausende von Jahren alt sind.«

Henry nickte. Er war mit Philippi gut befreundet.

»Professor Philippi würde am liebsten alle Gräber heben, begutachten und die Fundstücke sichern. Aber es seien einfach zu viele. Er sprach von Aberhunderten an Gräbern mit Kindermumien. Sitzend und in kostbare Stoffe gewickelt. Philippi vertritt die Theorie, dass regelmäßig Seuchen die Kinder dahingerafft haben. Das erscheint mir unlogisch. Es gibt im engeren Sinne keine speziellen Kinderseuchen. Es müssten sich in dem Fall viel mehr Gräber auch von Erwachsenen finden. Nun, ich bin da ganz anderer Meinung. Es wird so sein wie heute. Sie sterben nicht alle auf einmal, sondern eines nach dem anderen. Aber es sind viel zu viele.«

Seine Frau schaute etwas besorgt zu Harriet hinüber. Vielleicht nicht das ideale Thema zum Nachtisch, dachte sie bei sich und nippte verlegen am Sherry. Aber Dr. Martin kam gerade erst in Fahrt.

»Die hohe Kindersterblichkeit hat bei der Landbevölkerung

zu Ritualen geführt, die ich als durchaus gesund und heilsam beschreiben möchte. Jedes Mal, wenn ein kleines Kind stirbt, wird ein besonderes Fest veranstaltet, die ›Velorio de Angelito‹. Es wird nur für die ganz kleinen Kinder bis zum vierten Lebensjahr gefeiert.

Die Feste haben einen streng vorgeschriebenen Ablauf. Alle Verwandten, Dorfbewohner und Freunde versammeln sich bei den verwaisten Eltern. Sie waschen das Kind, ziehen ihm besonders schöne Kleider an, die mit künstlichem Flitter und Glitzer verziert sind. Das Kind bekommt ein Krönchen und allerlei Schmuck und wird auf einer Art Altar aufrecht festgebunden. Der Altar wird mit Zuckerwerk, Früchten und vielen bunten Kerzen geschmückt. Jeder bringt kleine schöne Gaben für den Altar des Angelito. Reichlich trägt man Festspeisen und Getränke zu den verwaisten Eltern, wie Wein und Pisco.« Dr. Martin griff nach der Sherrykaraffe und füllte nach. »Zwei Tage lang kommen alle immer wieder in das Trauerhaus der Eltern, um dem Angelito ihre Aufwartung zu machen. Das Fest ist für die Eltern eine große Ehre.«

Marie Martin fiel ihm ins Wort: »Du musst auch erklären, warum es eine große Ehre ist. Man glaubt, dass so früh verstorbene Kinder zu Engeln werden. Engelchen – Angelito. Alle Trauergäste beten zu dem Engelchen. Sie tragen still oder laut ihre Wünsche oder Fürbitten vor, die das Angelito direkt in den Himmel vermittelt und dort dem Christuskind vorträgt. Ein solches Fest ist eine heilige Angelegenheit. Die Tür zum Himmel steht für den winzigen Augenblick – solange das Angelito noch unter ihnen weilt – offen, glaubt man. Ein solches Engelchen wirkt segensreich für das Dorf, die Ländereien und die Familien. Manchmal leihen sich die Nachbarn das Angelito für eine Nacht aus, damit das Glück unter ihrem Dach einziehen möge.«

Aus der Ferne erscholl eine Trompete. Marie Martin ergänzte: »Deshalb schließen sich viele spontan einer Kinderbeerdigung an. Sie hoffen, Anteil an einem besonderen Segen zu erhalten. Es bringt Glück, zufällig auf eine Kinderbeerdigung zu treffen. Auch hier in Santiago, wie wir gerade gesehen haben.«

»Ich finde, das alles klingt nach einer echten Zumutung für die trauernden Eltern«, warf Harriet ein. Sie war sichtlich erschüttert.

Marie Martin nickte zustimmend: »Mir kommt diese Form der Totenwache makaber vor. Einmal waren wir zu einer Fiesta de Angelito eingeladen. Mir ist, ich gestehe es, speiübel geworden.« – »Da warst du ja auch schwanger, meine Liebe«, sagte Dr. Martin und lächelte. »Und wie endet das Fest?«, fragte Henry.

Dr. Martin schenkte Sherry nach und fuhr fort: »Die Stimmung steigt, nicht zuletzt wegen des Alkohols. Zwei Tage lang singen, tanzen und essen alle gut – nur zu Ehren des Kindes, versteht sich. Meist schlägt die Feier in ein heiteres Fest um. Beerdigt wird der kleine Engel dann mit einem fröhlichen Zug zum Friedhof mit vielen Tänzern. So wird das Engelchen auf seine himmlische Reise verabschiedet. Bedenkt man, dass alle prähistorischen Kindermumien in aufrechter Haltung beerdigt wurden, könnte man den Schluss ziehen, dass diese Bräuche schon seit Urzeiten ausgeübt wurden. Nur, dass jetzt alles im christlichen

Gewand daherkommt.« »Heidnisch. Ja, so kommt mir das wirklich vor.« Marie Martin schüttelte sich. »Mir graut immer noch, wenn ich an die geschmückte Kinderleiche denke!«

»Vielleicht siehst du das allzu sehr mit deutschen Augen. Was du als schauerlich und pietätlos empfindest, kann für die Eltern ein nachhaltiger, sehr wirksamer Trost sein, um über ihren schmerzlichen Verlust hinwegzukommen. Die alten Traditionen haben immer einen Zweck und oft ihre Berechtigung.« Dr. Martin sah seine Frau an und fuhr fort: »Wie werden denn die Kinder im alten Europa beerdigt? Sang- und klanglos. Wenn ein Kind stirbt, schweigt man das in den meisten Fällen … tot. Es wird für die Mütter oft als Strafe Gottes angesehen. Die meisten Frauen bleiben allein mit ihrem Kummer. In Deutschland sollen die Nervenkrankheiten der Hysterie und Melancholie stark verbreitet sein. Ich glaube nicht an Hysterie. Ich glaube eher daran, dass die vielen totgeschwiegenen Fehlgeburten und vielen Kindstoten die Frauen zerrütten. Wir mögen uns über diese Engelsfeste der Chilenen wundern, aber ich bleibe dabei. Sie haben ihr Gutes und ihren Sinn.«

Dr. Martin drehte ein Plätzchen in der Hand und fuhr fort:

»Durch die Engelsfeiern bekommt ein so kleines Wesen seinen festen Platz im Gedächtnis der Dorfgemeinschaft. Alle werden das große Fest im Gedächtnis behalten. Das hilft den Eltern dabei, mit ihrer Trauer umzugehen. Die Erfahrung zeigt, dass Frauen, die auf diese Weise gemeinsam mit vielen Dorfbewohnern trauern konnten, schneller wieder schwanger werden. Erstaunlich, nicht wahr?«

Seine Frau lächelte: »Und wenn dann noch der ein oder andere Wunsch, den man dem Angelito mit in den Himmel gab, in Erfüllung geht ... dann spricht man lange voller Wärme und Anerkennung von dem Kind und nennt oft seinen Namen.«

Harriet stellte ihre Tasse ab. Sie dachte an den weißen Kindersarg, der unten durch die Straßen getragen wurde, und schickte ein stilles Stoßgebet dem Angelito hinterher. »Ich möchte sehr, sehr bald nach Deutschland zurückkehren. Ich werde die Cueca des los Angelitos nicht tanzen lernen.«

Zwei stilisierte Coca-Blätter verzieren die Säulen der seitlichen Pavillons neben der Spitze. Die Blätter sind erhaben ausgearbeitet auf punziertem Grund

© Elio Stettler

Blätter vom Cocastrauch ⑦

Stilisierte Blätter des immergrünen Cocastrauchs (ERYTHROXYLUM COCA) schmücken die kleinen Klinkersäulen der die Spitze flankierenden Pavillons. Coca-Blätter ähneln in Form und Aussehen unseren Lorbeerblättern. Heimisch ist der Cocastrauch an den Osthängen der Anden Südamerikas, vor allem Perus. Hier wächst er hinauf bis auf die Höhe von zweitausend Metern.

Getrocknete Blätter des Cocastrauchs enthalten Coca-Alkaloide, aus denen man Kokain herstellen kann. Die Andenvölker kauen naturbelassene, getrocknete Blätter seit Jahrtausenden, oft mit Asche und Kalk vermischt, um die Wirkung des Kokains zu neutralisieren. Abhängigkeit von Coca als Rauschmittel ist bei den Andenvölkern nicht zu beobachten. Es ist ein Genussmittel, das kultischen und medizinischen Zwecken dient. Der Cocastrauch ist und bleibt die heiligste Pflanze der indigenen Völker Südamerikas.

Heute tobt in den Anden ein Kampf gegen den Cocastrauchanbau der Drogenkartelle. Die Coca-Pflanze soll in allen Andenländern ganz ausgerottet werden. Massiver Einsatz von Glyphosat hat zu einem Verlust fast aller Sträucher geführt. Die Regierung in Peru ist bemüht, die Coca-Pflanze vor der totalen Vernichtung zu retten. Das Coca-Blatt als Opfer des europäischen Kulturimperialismus? Ja, und noch mehr.

Ein spitzfindiger amerikanischer Apotheker mischte 1886 aus Extrakten der Coca-Blätter mit Kolanuss eine Rezeptur mit sehr viel Zucker, gegen Kopfschmerzen und Müdigkeit. Mit Sodawasser verdünnt wurde es zu der berühmten Coca-Cola. Ein Getränk, das zu Anfang seiner Erfolgsgeschichte echtes Coca-Extrakt enthielt. Diese Mixtur mit echter Coca führte zu einigen seltsamen Kultursumpfblüten. Aus dem ursprünglichen Brauch, der großen Urmutter der Schöpfung Patschá-Mama Coca-Blätter zu opfern, entwickelte sich in Südamerika die Tradition, der Gottesmutter Maria Coca-Cola in Flaschen als Opfer in die Kirchen zu stellen. Auch in Heilritualen der Volksmedizin arbeiten heute ganze Dynastien von Heilkundigen in Mexiko in ihren Behandlungen mit Coca-Cola.

Die Indios in den Minen können 36 Stunden unter Tage bleiben, ohne zu schlafen oder zu essen.

Augustín de Zárate (1514–1560)

Mama Coca – die Essenz der Essenz

Hamburg-Uhlenhorst, Lerchenfeld, Atelier Richard Kuöhl, 3. Mai 1922. Anwesend: der Bildhauer, Henry Sloman, seine Frau Renata und ihr Sohn Ricardo.

Richard Kuöhl hielt sich am Fenstergriff fest. Das hohe Atelierfenster klemmte. Er starrte auf einen blasslila blühenden Fliederbusch. Alles in der Natur putzte sich in diesem Monat zu überwältigender Schönheit. Jedes Jahr, wenn der Flieder duftete, raubte ihm seine Trauer alles mögliche Staunen über die Schönheit der Natur. Heute war der Todestag seiner Mutter. Ihr Tod hatte alles verändert. Sein Vater, ebenfalls Bildhauer, war der Mutter bald gefolgt. Richard hatte sich neben seiner Ausbildung auch um Haushalt und um seine Geschwister kümmern müssen. Er hatte gelernt, eisern zu sparen. Es war ihm gelungen, anschließend Kunstbildhauerei in Dresden zu studieren. Heute war er ein erfolgreicher Bildhauer und Keramiker. Sein Vater wäre stolz auf ihn gewesen.

Vor seinem Atelier hielt eine Droschke. Elf Uhr. Das waren die Slomans. Meist fuhren sie mit einem schwarzen Automobil vor. Aber Treibstoff war in diesen Tagen des Mangels nicht zu bekommen. Die Inflation hinterließ in allen Lieferketten Lücken. Ihm fehlte die Glasurfarbe Blau. In ganz Deutschland war diese so entscheidende Farbe nicht mehr aufzutreiben.

Kuöhl sah nachdenklich dem alten Sloman zu, der etwas umständlich ausstieg. Er hatte mit seinen 73 Jahren immer noch eine aufrechte, schlanke Figur, aber offensichtlich mit steifen Knochen zu kämpfen.

Auch war über Henry Sloman bekannt, dass er früh verwaist war. Er musste ebenfalls Verantwortung für sich und seine Geschwister übernehmen. Damals, Ende der 1860er Jahre, hatte eine andere Weltwirtschaftskrise Hamburg fest im Griff. Arbeitslosigkeit, Hunger und Auswanderungswellen hatten Sloman, wie Tausende andere Hamburger auch, nach Südamerika getrieben. Kuöhl beobachtete, wie der alte Herr Sloman seinen Hut zurechtrückte und das Gartentor öffnete.

Ja, Krisen, das können wir!, dachte Kuöhl bei sich und ging die Haustür öffnen und seine Gäste begrüßen.

Renata Sloman staunte. Sie befand sich zum ersten Mal in einer Bildhauerwerkstatt. Hohe Fenster. Ein Glasdach. Eine Galerie mit Eisengittern umlief den Raum. Große Skizzen von Bauteilen des Chilehauses hingen am Geländer. An der Decke querlaufende Schienen mit Ketten, wohl, um gewichtige Steinblöcke sicher bewegen zu können. Auf einer Staffelei die Zeichnung einer bildhübschen jungen Frau. Sie hielt den Kopf gesenkt und ein Bündel Blüten in der Hand. Ganz nach innen gekehrter Blick. Zu zart für diese Welt, dachte Renata. Weiter hinten im Raum stand ein Modell nach dieser Zeichnung, bereits in Gips ausgeführt. Gut 1,50 Meter hoch. Renata streichelte die glatten Flächen der Figur, bevor sie sich zu der Herrengruppe am Tisch gesellte.

»Wunderschön! Filigran, fast als ob sie aus einer anderen Welt käme!«, lobte sie Kuöhl. Er lächelte Renata Sloman an und nickte: »Da liegen Sie nicht falsch. Sie kommt aus einer anderen Welt.

Es ist eine Grabskulptur. Eine Erinnerung an eine junge Dame, die im Alter von 19 Jahren starb. Für ein Familiengrab in Ohlsdorf.«

Renata Sloman sah etwas blass aus, befand Kuöhl und holte ihr einen Stuhl. »Die Arkaden hier. Die großen Säulenstücke. Das sind große, schwere Einzelteile. Die werden nicht hier, sondern in verschiedenen Hamburger Keramik-Manufakturen gebrannt. Dafür ist mein Ofen viel zu klein.«

Kuöhl tippte auf die maßstabgerechten Skizzen von verschiedenen Formsteinen und ihrer Längs- und Querschnitte. Für jeden Formstein musste zuerst ein Modell und anschließend eine Gussform hergestellt werden. Es gab für das Chilehaus einen eigenen Formsteinkatalog im Atelier.

»Aber dann könnte man ja nach den schon vorhandenen Formen ein zweites Haus nachgießen?«, bemerkte Renata, die den Katalog flüchtig durchblätterte.

»Was die meisten Teile aus meiner Werkstatt angeht, wäre das durchaus möglich. Säulen, Konsolen, Spitzbögen, Schmuckelemente, natürlich die Tiere. Auch die Wandkacheln im Eingangsbereich. Alles theoretisch reproduzierbar. Allerdings habe ich einen Vertrag unterschrieben, dass die Formen nur nach Absprache mit Herrn Höger an anderer Stelle wieder verwendet werden dürfen.«

Kuöhl mochte Renata Sloman. Sie hatte viel Herz und Intuition, Wärme. Auch wenn sie von Kunst nicht wirklich Ahnung zu haben schien.

»Diese Säulen«, begann Kuöhl jetzt und zog Zeichnungen unter einem Papierstapel hervor, »benötigen noch etwas Schmuck. Ich suche Blätter, typische Blattformen chilenischer Pflanzen. Bekannte landestypische Pflanzen. Auch für die Wandkacheln der Eingangshalle. Gibt es so etwas wie eine chilenische Nationalpflanze? Eine Nationalblume? Was für Österreich das Edelweiß ist, wäre im Fall von Chile was?« Er ließ seine Stimme im Ungefähren.

»Mama Coca!«, sagte Ricardo mit Entschiedenheit und grinste. Seine Mutter sah ihn streng an. Er hatte doch zu viel des englischen Humors von seinem Großvater geerbt.

Der Bildhauer strich über das Blatt seines Zeichenblockes, so als ob er es für etwas Unbekanntes vorbereiten wolle. »Wie sieht diese Pflanze aus?«, fragte er nüchtern und konzentriert, bereits ganz im Arbeitsmodus.

Ricardo antwortete: »Ein kleiner, unscheinbarer Busch, unauffällige gelbe Blüten. Nicht hoch. Aber die Blätter! Die haben es in sich!«

»Und wie sehen diese Blätter genau aus?«, fragte Kuöhl.

»Wie Lorbeerblätter. Mindestens der Form nach. Aber viel heller in der Farbe«, konkretisierte Renata. Sie war in der Familie die Pflanzenkundige. Sie hatte aus dem Garten in der Badestraße 30 ein kleines Paradies gemacht.

Henry Sloman erklärte: »Die Blätter dieser Pflanze werden getrocknet und zu Ballen gepresst verkauft. Sie sind eine wichtige Handelsware. Meist werden sie gekaut, ähnlich dem nordamerikanischen Kautabak. Die Indios in ganz Lateinamerika kauen diese Blätter, vor allem bei der Arbeit. Eine Gewohnheit, die sie schon seit Tausenden von Jahren pflegen. Der Sud, den sie dann über Stunden bei der Arbeit im Mund behalten, gibt ihnen Kraft und vertreibt den lästigen Hunger.«

Renata mischte sich ein: »Auch die Frauen kauen das Zeug. Die Coca-Blätter regen den Speichelfluss an. So können die Frauen, die überall mit Handspindeln Lamawolle spinnen, leicht die Finger befeuchten, um die Fäden fein und lang zu ziehen. Ich mache aber auch keinen Hehl daraus, dass ich das Coca-Kauen als unappetitliche Unsitte empfinde. Es schmeckt grässlich und verdirbt obendrein die Zähne.«

»Coca? Hat das etwas mit dem Rauschmittel Kokain zu tun? Ist das nicht ein Schmerzmittel oder so ähnlich?«, fragte Kuöhl irritiert. Er wusste, dass auf den Künstlerfesten in Hamburg ein weißes Pulver mit ähnlichem Namen für hemmungslose Feierlaune der sonst eher spröden Hamburger sorgte. Es war groß in Mode und wurde über die Nase eingezogen.

»Ja, das ist es: Kokain.« Ricardo war der leitende Chemiker im Minenbetrieb der Slomans. Er erläuterte: »In den Blättern des Coca-Busches steckt ein Alkaloid namens Kokain. Es wirkt anregend, desinfizierend und hilft, leichter Sauerstoff aufzunehmen. Es gilt den Indios zu Recht als heilende Medizin – aber nur, wenn man es mit etwas Kalk oder Pflanzenasche vermischt. Diese Zugaben verändern chemisch den Wirkstoff Kokain so, dass es beim Kauen der Blätter keine unerwünschten Nebenwirkungen gibt.« Seine Stimme klang ernst und wissenschaftlich.

»Isoliert man jedoch den Wirkstoff, ja entfremdet ihn seiner natürlichen chemischen Umgebung, dann wird daraus ein nicht ungefährliches Rauschmittel. Er wird als Aufputschmittel im

Krieg eingesetzt. Kokain vor dem Kampf. Heroin oder Opium nach dem Kampf. Alle Drogen sind gefährlicher Unfug, wie ich im Krieg selbst mitansehen musste. Soldaten brauchen in Wirklichkeit einen klaren Kopf«, ergänzte Ricardo, »keine vernebelten Sinne.«

Renata sah ihren Sohn liebevoll von der Seite an. Über die Erlebnisse im Krieg hatte sie Ricardo nie sprechen hören. Wie immer ganz auf Harmonie bedacht, ergänzte sie:

»Unser Kindermädchen in Iquique, Consuela, eine Aymara, erzählte über die Coca-Pflanze, dass sie ein Geschenk der Großen Mutter an die Erdenkinder sei. ›Mama Coca‹ sei die heiligste Pflanze der Anden. Beim Kauen ihrer Blätter verbinden sich die Aymara mit Patschá-Mama. Das Coca-Kauen sei eine uralte Form des Gebets bei der täglichen Arbeit. Mit dem Einspeicheln sauge man die Kraft ein, die Milch der Großen Mutter. Mit dem Ausatmen gelte es, Patschá-Mama im Gebet zu danken. Coca-Kauen bringe das Geben und Nehmen der Menschen mit den Rhythmen der Großen Mutter Natur in Einklang.«

Henry nickte und erzählte weiter: »Kein Wunder, dass die spanische Inquisition in der neuen Welt dieses ›Teufelskraut‹ verbieten wollte. Ich glaube mich zu erinnern, dass man mir damals in Peru erzählte, die Kirche habe gleich nach der spanischen Kolonisierung alles unternommen, um das Coca-Kauen zu verbieten. Im 16. Jahrhundert hat man in Lima eigens eine Bischofssynode einberufen mit dem Ziel, ein Verbot des Teufelskrauts Coca zu erwirken. Es sei unvereinbar mit der christlichen Heilslehre. Der Mensch müsse sein Leid und seinen Schmerz in christlicher und demütiger Hingabe im Leben ertragen.« Henry schüttelte darüber nur den Kopf. Der christliche Glauben der katholisch-spanischen Kirche war und blieb ihm fremd.

»Und sind die Bischöfe damit durchgekommen?«, fragte Renata, die diese Geschichte noch nicht kannte.

»Wo denkst du hin! Die sogenannte Coca-Steuer, mit der die Spanier den Verkauf der Blätter belegten, wurde einer der tragenden pekuniären Pfeiler ihrer Kolonien. Auch das ist Ausbeutung.« Henry schwieg nachdenklich.

Sein empfindlicher Magen begann zu knurren. Er hatte heute Morgen kaum etwas von dem Porridge gegessen. Aber regelmäßiges Essen hatte ihm sein Arzt dringend empfohlen.

»Und, ist der Cocastrauch nun eine Medizinpflanze?«, fragte Kuöhl in die Stille hinein.

Henry antwortete: »Doktor Martin, mein Arzt in Chile, war jedenfalls davon überzeugt. Er hatte umfangreiche Forschungen zur Wirkung der Coca-Blätter unternommen. Damals, beim Bau der Eisenbahn, wurde mir in der Höhe von gut viertausend Metern regelmäßig schlecht, die Höhenkrankheit hatte mich erwischt. Das Kauen von Coca mit Kalk half tatsächlich. Dr. Martin berichtete mir auch, dass die Indios Coca-Speichel zum Desinfizieren von Wunden und als Schmerzmittel seit Jahrtausenden erfolgreich verwenden.

Als ich es in Iquique mit Magenbeschwerden zu tun bekam, verschrieb er mir eine Mischung aus Matetee mit einem Prozent grüner Coca-Blättern. Das half ziemlich gut. Außerdem verbot er mir die amerikanische Konservenkost. Amerikanische Dosen wurden damals mit Formaldehyd konserviert. Formaldehyd sei schwer verdaulich, predigte er.«

»Für die Indios sind Coca-Blätter auch heilige Opfergaben!«, ergänzte Ricardo. »Auch der Speichelsud. So wie ein Katholik sich bekreuzigt, wenn man an einem Wegekreuz, einer Kirche oder einer Heiligenfigur vorbeigeht, so spucken die Indios Sud mit Coca auf heilige Steine, auf die Treppen der Kirchen, auf die Stelen und auf die Pfade der Inkawege durch die Wüste. Und überall dort, wo man um besonderen Segen bittet, beim Einsäen eines Ackers, aber auch dem Überqueren einer Brücke oder beim Durchschreiten eines Stadttores. Mit etwas Coca-Speichel teilt man die ›Speise der Götter‹ respektvoll mit den lokalen Gottheiten, durch deren Territorium man wandert.«

»Ich konnte mich an das Spucken am Anfang nur schwer gewöhnen«, stimmte Henry seinem Sohn zu und fuhr fort: »In Europa war damals Kautabak groß in Mode. Überall im öffentlichen Raum, in den Kneipen und Hotels, waren Spucknäpfe aufgestellt. Als ich nach Peru kam, bemerkte ich bald, dass auch hier gespuckt wurde, nur anders. Die Indios spuckten nicht in die aufgestellten Spucknäpfe neben den Eingangstüren, sondern auf die Türrahmen der Häuser! Das erschien mir zu Beginn mehr als respektlos. Aber da wusste ich ja auch noch nicht, dass dies ein uraltes Ritual des Opferns und Segnens war.«

Richard Kuöhl hatte einige Zeichnungen von Lorbeerblättern angefertigt. Einzeln, zu zweit und zu dritt hintereinander angeordnet. »Schön! Sehr schön! Genauso sehen sie aus«, bestätige Renata. »Aber nur einfache Blätter? Ohne Stängel und Blüten?«

»Vielleicht können wir einige kleine Ästchen hinzufügen, wenn es Ihnen Freude macht, gnädige Frau«, sagte Kuöhl. Während er die Blätter mit schmalen Ästchen und Zweigen verband, erklärte er:

»Für allen Schmuck am Haus, für jedes einzelne noch so kleine Blättchen, gelten strenge Regeln. Die moderne Gotik fordert Wahrheit in der Kunst! Jedes Einzelteil des Bauwerks folgt dieser Logik. Es heißt doch ›form follows function‹, die drei großen F der Architektur. Diese Forderung wahrer Baukunst geht noch weiter: Es muss heißen ›*Decoration follows form and function*‹. Der Architekturschmuck und meine Bauplastik befolgen diese strengen Regeln. Schmuck sollte immer auch einen Sinn tragen. Er dient der Betonung eines Details, einer Erhöhung, ja der Veredelung der Bauaufgabe in der Architektur. Nicht nur einer oberflächlichen Dekoration!«

»Und was bedeutet das für die Coca-Blätter?«, fragte Renata kritisch nach, der die hohen und hehren Ansprüche expressiver moderner Gotik fernlagen.

Kuöhl zog erneut die Skizzen für die Säulen und Spitzbögen hervor und erläuterte:

»Sehen Sie: hier! Bei dieser Säule beispielsweise, einem Architekturelement, das trägt und stützt, sollte der Schmuck diese wichtige statische Aufgabe auch betonen. Die Blätter werden also aufrecht angeordnet, als ob sie emporstreben, in die Höhe. In den Himmel wachsende Blätter heben den Kräfteverlauf, die Stützfunktion der Säule hervor. Die Pflanzendekoration präzisiert die tragende Aufgabe des Bauteils im Gesamtgefüge des

Klinkerbaus. Kurz gefasst lautet die Regel: aufrecht gestellte Schmuckmotive für tragende Säulen!«

Kuöhl holte noch weiter aus: »Noch vor wenigen Jahren hätte man für eine solche Säule ein etwas anderes Motiv gewählt, um das Gleiche auszudrücken. Eine sich emporschwingende Weinranke, wie wir sie in zahlreichen Vorbildern der Hochgotik finden. Die moderne Klinkergotik wählt eine reduzierte, schlichtere Formensprache. Ein, zwei oder drei Blätter hier und da reichen. Es geht um die Essenz. Einige Blätter an der Säule, und der Kunstkenner liest das Symbol einer ganzen Ranke.«

»Dabei hätte ich gar nichts gegen einen malerischen, naturalistischen Stil«, sagte Renata leise, fast kleinlaut. Kuöhl hörte es nicht.

»Die moderne expressive Gotik ist die Essenz aller vorhergehenden Klinkerstile. Wir wagen Neues. Die Zukunft braucht einen reinen, echt deutschen Stil. Nicht an der monumentalen Antike oder der Renaissance sollte sich die moderne Kunst orientieren, sondern an der Gotik. Technisch ist das für mich als Bildhauer eine Herausforderung, denn aller Schmuck, der erhaben ist, muss aus den einzelnen Gussformen herausgearbeitet werden. Um die Säulen noch mehr zu betonen, punziere ich zusätzlich die Gießgründe der Form. Das Punktemuster des Klinkergrundes schenkt den Säulen ein wechselndes Licht- und Schattenspiel im Reigen der Klinkeroberflächen«, ergänzte Kuöhl, ganz inspiriert von seiner eigenen Rede, und fragte: »Gibt es noch andere Pflanzen, die als Zierelement infrage kämen?«

»Ich denke an die *Copihue*, die *Chilenische Wachsglocke*«, warf

Renata ein. »Sie wächst ausschließlich in Chile. Wunderschöne, große, hängende, kelchförmige rotrosa Blüten. Wenn sie blühen, dann werden sie von Hunderten Kolibris aufgesucht. Riesige Schwärme. Das würde doch gut passen, oder?« Renata war etwas unsicher geworden.

Kuöhl blieb zurückhaltend. »Blüten sind nicht ganz das, was Herr Höger sich vorstellt. Die Vorgaben des Architekten sind klar: Der Pflanzenschmuck soll einem ›Haus der Arbeit‹, einem Kontorhaus, angemessen sein. Man könnte vereinfacht sagen, es geht um ›arbeitende Pflanzen‹. Sie sind ein ideales Schmuckmotiv für ›arbeitende Menschen‹. Also besser Nutzpflanzen. Mit einer überreichen Blütendekoration würde Herr Höger eher Häuser schmücken, die der leichten Muse gewidmet sind, ein Theater oder eine Oper«, erklärte Kuöhl etwas umständlich.

»Arbeitende Pflanzen? Was soll das schon wieder für ein Unsinn sein?« Henry Sloman wurde ungeduldig. Es war Mittag, Essenszeit.

»Nutzpflanzen sind gemeint!« Kuöhl konnte nichts aus der Ruhe bringen.

»Vielleicht Mais, Alfalfa, Kartoffeln, Paltas?«, entfuhr es Renata, die den knurrenden Magen ihres Mannes fürchtete. Kuöhl lächelte erleichtert und hintersinnig.

»Genau. Wunderbar. Könnten Sie mir bitte einige dieser Blattformen beschreiben?«

Renata beschrieb das geflammt geformte Blatt der roten Maispflanze, der Palta, und die typische Blattform der Wüstenbeere. Ricardo schaute dem Bildhauer über die Schulter. Er hätte selbst gern Kunst studiert, aber sein Vater hatte damals ein Machtwort gesprochen. Die Familie brauchte einen Chemiker. Der erste Sohn Kaufmann, der zweite Chemiker, der dritte Bankier. Basta!, hatte es damals geheißen. Ricardo staunte, wie exakt Kuöhl aus den Angaben seiner Mutter die Blattformen von Pflanzen nachzuzeichnen verstand.

Ricardo hatte zu Beginn Zweifel gehabt, ob es ratsam sei, so viele Details in der Werkstatt von Kuöhl anfertigen zu lassen. Er hatte vorgeschlagen, mehrere Bildhauer zu beauftragen. ›Konkurrenz belebt das Geschäft‹, hatte er zu Höger gesagt. Außerdem hatte Ricardo sich zu Beginn der Planungen Sorgen um die Haltbarkeit der Klinkerdekoration gemacht. Arkaden, Durchgänge und die vielen Spitzbögen: all diese Formen aus Tonmaterial? Das sei doch viel zu zerbrechlich! Ein Stein, von vorwitzigen Kindern gegen die Figuren geschleudert? Oder ein Lastwagen, der eine Säule der Durchgänge touchiert! Würde das halten?

Ricardo hätte das Haus lieber mit Elementen aus Sandstein gebaut. Aber Fritz Höger war entschieden gegen eine Mischbauweise. Er wusste zu begeistern und fachlich zu erklären. Also ein reiner Klinkerbau. Alles am Chilehaus muss eine große Bild- und Sinneinheit ergeben. Die Dogmen der hohen Schule des Klinkerbaus verlangen ein einheitliches Bausystem und eine gleichmäßige Horizontalschichtung der Klinkersteine, dozierte Höger.

Die Fugen verliefen horizontal von der Spitze bis zum Boden glatt durch. Das Chilehaus füllte nicht nur eine Baulücke, erklärte Höger, sondern auch eine Lücke in der Evolution der Bauten der Freien und Hansestadt Hamburg. Dieses Haus sei ein Bauwerk, das anderen zum Vorbild dienen solle. Ricardo hörte geduldig zu und lernte schnell. Höger beauftragte nach diesem Gespräch noch einige andere Bildhauerwerkstätten, allerdings nur für die Planungen der Klinkerskulpturen.

Ricardo wusste aus Gesprächen mit Höger, dass der Bildhauer Richard Kuöhl in Meißen, der Kaderschmiede der Keramikausbildungen, das Brennen aller Keramikmaterialien von der Pike auf gelernt hatte. Ricardo hatte in Kuöhl die verwandte Erfinderseele erkannt. Kuöhl gelangt es, alte Techniken des Porzellanbrennens auf das Material Klinker zu übertragen. In Hamburg war er zum Meister der Klinkerbildhauerei avanciert. Denn Klinker entwickelte beim Brennen seine Tücken. Das Material schrumpfte beim Brennen durch den Verlust der Feuchtigkeit erheblich, sodass es leicht zu Rissen kommen konnte. Vollplastische, große Figuren höhlte man gern innen aus oder brannte sie in mehreren Einzelteilen. Vor allem die vielen Säulen und Spitzbögen der Arkaden waren eine enorme Herausforderung. Risse durften wegen möglicherweise eindringenden Wassers und eventueller Frostschäden keinesfalls entstehen. Das spröde Klinkermaterial erforderte besondere Formen der Bildsprache des Künstlers. Figuren mit ausgestreckten Armen oder schwingenden Gewändern gab es nicht. Sie waren zu anfällig für Brandrisse.

Höger war überzeugt von der Arbeit Richard Kuöhls. Er hatte zu Beginn der Planungen zu Ricardo Sloman gesagt: »Er ist einfach der Beste. Er ist ein Erfinder und Klinkervirtuose. Kein anderer Bildhauer beherrscht die Klaviatur des Klinkers wie Meister Kuöhl. Er denkt in Klinker, fühlt das Material und ringt dem spröden Stoff Außergewöhnliches ab. Keiner kann diese Klinkersäulen, Spitzbögen und Baldachine in Hamburg besser für Sie herstellen als er. Ich gebe ihm eine grobe Skizze, und er weiß genau, wie breit ein Bogen sein darf, damit er die optimale Brennstatik und spätere Härte besitzt.«

Ricardo Sloman hatte sich damals gern und schnell überzeugen lassen. Es wurden tatsächlich keine Sandsteinskulpturen oder Steinsäulen am Bau verwendet.

Sein Vater erhob sich mit einem Ruck. »Mittag!«, sagte er einfach und griff nach seinem Hut. Kuöhl legte den Zeichenblock auf den Tisch und verabschiedete die Familie: »Es bleibt dabei: Blätter von Cocastrauch. Und weitere chilenische Nutzpflanzen, ja?«

Ricardo nickte: »Ja, der Cocastrauch. Aus dem kann man übrigens sogar Sirup herstellen. Mit viel Zucker und Colanüssen verkocht. Ich erinnere mich, auf einem amerikanischen Schiff dieses Getränk serviert bekommen zu haben. Braunrot und viel zu süß.« Er verzog den Mund zu einer Grimasse.

Renata nickte: »Ja, an dieses Gebräu kann ich mich auch noch gut erinnern. Der Sirup war mit Sodawasser verdünnt. Was für ein Ekelzeug. Ich konnte die ganze Nacht nicht schlafen. Was die Amerikaner immer so alles panschen! Das wird nicht lange in Mode bleiben.«

Die Pflege und die Ernte der Cocasträucher oblag den Frauen der andinen Bevölkerung (Holzstich von 1867)

Eidechsen als Schmuck der auslaufenden Handläufe der Treppengeländer im Aufgang C © Elio Stettler

Die Eidechsen ❽

Das Treppenhaus von Aufgang C befindet sich im Gebäudeteil der östlichen Spitze. Der Aufgang ist von beiden Straßen zugänglich. Beide Treppengeländer der mittleren Treppe laufen in schwungvollen Voluten aus. Diese spiralförmigen Enden werden jeweils von einer aus Holz geschnitzten Eidechse geschmückt. Sie ist das häufigste Reptil in den Küstenregionen Chiles.

Die Forschungsexpedition der Wüste Atacama im Auftrag der Regierung von 1854 bis 1855 hatte auch einen Prestigecharakter. Die großen Erforschungen der Wüsten Afrikas und Asiens, aber auch Nordamerikas und Australiens wurden als wissenschaftliche Errungenschaften in der Presse gefeiert. Chile wollte hier nicht nachstehen. Es beauftragte seinen namhaftesten Wissenschaftler, Professor Rudolph Amandus Philippi. Die Verehrung für seine großen Verdienste wurde auch bei seiner Beerdigung sichtbar: 30.000 Menschen nahmen von ihm Abschied.

Sehr allgemein ist der Glaube, die Wüste Atacama müsse enorme Schätze von edlem Metall einschließen, denn seit der ältesten Zeit nimmt man im spanischen Amerika als gewiss an, dass die Gegend umso metallreicher sein muss, je unfruchtbarer und trostloser sie ist. Und diese Meinung war durch die Entdeckung der reichen Silberminen in Tréspuntas in der Wüste und nordöstlich von Copiapó sowie verschiedener Kupferminen an der Küste nur noch wahrscheinlicher geworden.

Rudolph Amandus Philippi (1808–1904)

Der Traum der Eidechse

Hamburg, Baumwall, ein Büro im Slomanhaus, 23. Februar 1922. Anwesend: der Architekt Fritz Höger, Bauherr Henry Sloman und sein Sohn Ricardo.

»Eidechsen bringen Glück!«, sagte Henry Sloman und strich über den Stoff der Stuhllehne. Der Bezug stellte seine geschorenen Samthaare hoch. »Zumindest glauben das die Atacameños, die Indios der Wüste. Eidechsen als Motiv in den Eingängen an irgendeiner Stelle wären schön. Glück können alle dort ein- und ausgehenden Menschen gut gebrauchen!«

»Vielleicht an der Mauer? Auf den Kacheln, an der Wand? Sie sitzen doch immer auf warmen Mauern?« Fritz Höger begann erneut zu schwitzen. Alle Dekoration sollte immer sinnvoll platziert sein. Nicht einfach nur Schmuck, Dekoration.

»Decoration follows also function«, warf Ricardo Sloman ein und schaute den Architekten nachdenklich an. Er hatte die Verunsicherung des Architekten gespürt.

»Das mit dem Glück«, Henry Sloman sah seinen Sohn an, »das hat mir mein Freund Dr. Rudolph Amandus Philippi berichtet!«

»Der berühmte Wüstenforscher und Freund Alexander von Humboldts?« Fritz Höger horchte auf und zog die Augenbrauen hoch.

»Genau der!« Henry strich, zufrieden mit der Wirkung seiner Pointe, den Samt der Armlehne wieder glatt.

»Die erste Wüstenexpedition, am 23. Februar 1854 in der Wüste Atacama. Professor Rudolph Amandus Philippi machte Rast auf dem Rückweg der Expedition in Chañaral bajo. Ihn begleiteten der technische Leiter Ingenieur Döll von Winzhausen, der Führer und Fährtenleser Diego de Ameida, der Haupt-Maultiertreiber Roberto und sein Hilfstreiber sowie der Jäger José Maria nebst Freund.

Es war aussichtslos. Kein Reden hatte geholfen. Rudolph Amandus Philippi trat wütend mit dem Fuß gegen einen eisenroten Stein und kickte ihn fort, sodass er ein gutes Stück weit den Abhang hinunterkullerte.

Roberto, ihr Maultiertreiber, hatte ihnen auf der Zwischenrast mitgeteilt, dass er zurück nach La Peine reiten müsse, um dort von den Dorfbewohnern seinen ›Tribut‹, wie er es nannte, einzufordern.

Tribut, das waren undurchsichtige Steuern, die irgendwelche Eigentümer unrechtmäßig von den Indios einheimsten. Das mit dem Tribut war freilich eine glatte Lüge. Keine Menschenseele war weit und breit zu sehen gewesen, als sie gestern durch den Ort ritten. Wie überall um diese Jahreszeit waren die Männer wochenlang auf der Jagd in den Bergen und Wüsten.

Ohne ihren Haupttreiber würde die Expedition sehr viel langsamer vorankommen. Philippi hatte versucht, mit Don Roberto zu verhandeln. Er hatte ihm den von beiden unterzeichneten Vertrag unter die Nase gehalten. Aber Roberto blieb stur. Philippi verstand: Hier in der Wüste herrschen andere Gesetze. Nicht Verträge. Sondern das Gesetz der Willkür, als Freiheit verkleidet.

Jeder konnte kommen und gehen, wann er wollte. Es war zum Verzweifeln!

Philippi vermutete, das alles sei eine abgekartete Sache. Denn Roberto wollte eigentlich umkehren, um die verlassene Kupfermine, in der sie gestern auch etwas Silber gefunden hatten, abzustecken und schleunigst für sich zu sichern.

Die Nachricht von dieser ersten staatlichen Expedition hatte sich unglückseligerweise wie ein Lauffeuer verbreitet. Es war das fatale Gerücht entstanden, die chilenische Regierung wolle die alten verlassenen Gold- und Silberminen der Inkas und Spanier inspizieren und plane, sie selbst ausbeuten. Jeder Schatzsucher, der überlegt hatte, eine der verlassenen Minen in Besitz zu nehmen, machte sich jetzt auf den Weg. Immer wieder trafen sie unterwegs auf Reiter, die sich für einige Tage ihrer Expedition anschließen wollten. Philippi duldete das nicht. ›Das hier ist eine wissenschaftliche Expedition‹, schärfte er allen in schneidendem Ton ein. Alle Glücksritter, die sich ihnen anschließen wollten, beschied er mit einem ›Schert euch zum Teufel‹.

Tatsächlich war etwas dran an diesen Gerüchten. Aber es ging um weit mehr. Die Wüste war damals noch zu großen Teilen Terra incognita. Erst im November hatte Dr. Philippi den Regierungsauftrag und die notwendigen Mittel erhalten, um diesen Teil der Wüste zu erforschen. Die Dringlichkeit war durch die kriegerischen Auseinandersetzungen zwischen Bolivien und Peru entstanden. Denn die genauen Grenzverläufe zwischen Chile und Bolivien waren in der Atacama nicht kartografiert und nicht fixiert. Das sollte schleunigst geändert werden. Aber erst, bitte schön, nachdem man in Erfahrung gebracht hatte, ob und wo im Grenzgebiet Bodenschätze auf ihre Ausbeutung warteten.

Ein Glücksfall für die Expedition war Diego de Ameida. Dieser schmale, drahtige Mann verfügte über scharf geschnittene Gesichtszüge und einen ebenso scharfen Verstand. Trotzig behauptete er, dass er sich in seinem 70. Lebensjahr befinde, aber er musste viel älter sein. Er war auf Empfehlung des Hafenmeisters von Caldera zu ihnen gestoßen. Don Diego war eine Legende. Es hieß, er kenne die Wüste wie seine Westentasche. Es hieß, kein anderer Cateador habe so viel Edelmetall gefunden wie er. Er hatte mit Gold und Kupfer ein riesiges Vermögen gemacht und wieder verloren. Dann gab er die Sache auf, teils wegen der fallenden Kupferpreise, teils, weil die Arbeiter ihm davonliefen, als die großen Silberminen von Chanarcillo entdeckt wurden.

Es sei ihm eine Ehre, die Regierungsexpedition der chilenischen Republik durch die Wüste zu führen, sagte er mit gewichtiger Miene zu Philippi, als er den Vertrag unterschrieb. Als Philippi ihn nach Fundstellen für Kupfer, Silber, Gold fragte, brach kindliche Begeisterung aus Don Diego hervor. ›Überall! Überall!‹, rief er, und seine Stimme stolperte dabei. Auch Silberstufen, Gold natürlich, viel Gold, und vielleicht Kupfer. Er fabulierte von sagenhaften Riesenschätzen, die aus Felsspalten blinken. Philippi erkannte, dass Diego eine Menge über die Eisenerz führenden Schichten, die mantas und retas, wusste. Wie ein Rutengänger schien er die Schichten zu wittern, hielt seinen Muli an, stieg ab, rieb Steine gegeneinander und leckte an ihnen, um die Metalle zu schmecken.

Und dann war da noch das Aqua del oro, das goldene Wasser.

Irgendwo gab es in der Atacama, so erzählte Don Diego, diese sagenhafte Mine, deren Gold aus einer hellen, warmen Quelle an die Oberfläche tritt. Ein alter Freund Diegos war angeblich dort gewesen. Als er im Fieber starb, fand man jedoch bei der Leiche kein einziges Körnchen Gold. Don Diego begrub den toten Freund unter einem Baum, nie aber den geheimen Traum, diese Quelle doch noch zu finden und das sagenumwobene Aqua del oro.

Don Diego war in jeder Hinsicht ein Gewinn. Abends am Lagerfeuer war er ein unterhaltsamer Erzähler. ›Gute Geschichten sind die wichtigste Währung, wenn man in der Wüste auf Reisen ist‹, stellte Philippi fest.

Am folgenden Tag traf der Tross auf Jäger, die mehrere Guanakos erlegt und zur großen Freude von Don Diego Zwiebeln und Knoblauch dabeihatten. Gemeinsam feierte man ein kleines Fest. Es gab Guanako-Gehirn und ein Schulterblatt, beides in der glühenden Asche gebraten. Philippi erkundigte sich nach den Reptilien der Wüste.

›Eidechsen! Ja, die gibt es überall‹, antworte José Maria.

›Eidechsen, hmmm, nützliche Tierchen‹, brummte Don Diego. ›Für die Atacameños heilige Tiere. Sie bringen Glück, sind Wegweiser und zeigen Bodenschätze an. Und manchmal führen sie zu einer schönen Frau.‹ Er kicherte vor sich hin. ›Vor allem die hübschen Eidechslein mit dem dicken roten Bauch.‹ Don Diego wischte seinen Mund am Ärmel ab. Dann begann er umständlich, seine Tonpfeife zu stopfen.

›Schatzhüter?‹, warf Philippi ein. ›Bei uns in Deutschland sind das die schwarz-gelben Feuersalamander. Lurche, ähnlich den

Eidechsen. Und natürlich wachen die Drachen über verborgene Schätze. Wie Fafner, der Drache in der Nibelungensage.‹

›Dann sollten wir doch eher den Spuren der Eidechsen folgen statt Ihren Hinweisen, Don Diego, nicht wahr?‹, feixte Döll.

›Warum nicht? Die Indios und Inkas tun das schon seit Jahrhunderten, wenn sie Gold suchen. Oft huschen die Tierchen in Felsspalten, und nicht selten blitzt dort das Gold auf.‹ Don Diego nahm ein glühendes Stück Wurzelfaser und entzündete seine Pfeife.

José María warf ein: »Eidechsen sind mächtige Boten der Patschá-Mama. Sie fordern uns Amayas auf, dem Pfad unserer Träume zu folgen. Jedes Mal, wenn ein Aymara eine Eidechse sieht, murmelt er ein Gebet und spuckt etwas Coca auf den Platz, wo sie ihm erschienen ist. Ein Opfer an die Große Mutter, damit sie ihnen den Mut verleihen möge, dem Weg der Eidechse zu folgen.‹

Es entstand unter den Männern ein Augenblick der Stille. José María fuhr fort: »Es sind Tiere der Freiheit. Sie schaffen es immer und immer wieder, sich aus Not und Gefahr zu befreien!‹

Philippi nickte: »Sie können bei Gefahr sogar die Schwanzspitze abwerfen, weil sie dort keine Wirbel haben. Ein Opfer, das sie oft aus den Mäulern der Fressfeinde rettet. Das ist doch bekannt!‹

Don Diego spuckte Pfeifensud aus. ›Ja, deshalb war eine Eidechse das geheime Zeichen der Freiheitskämpfer, die genau vor zehn Jahren in Tacna durch die Gewehre der Polizei niedergemäht wurden. Träume mag die Eidechse ihnen geschenkt haben, aber retten konnten sie die armen Teufel nicht.‹

›Und eine Eidechse ziert die Schnapsflaschen. Guter Pisco soll ja dem menschlichen Geist zur Freiheit verhelfen‹, warf Señor Lazolo ein. ›Wenigstens für ein paar Stunden. Kennt ihr die Geschichte von der Schlange und der Eidechse?‹

›Die kenne ich‹, rief José María erfreut. Er stand auf und legte noch einige Wurzeln nach. Funken stoben in den klaren Nachthimmel. Es war empfindlich kalt geworden.

Don Diego paffte sein Pfeifchen und nickte. Dann zog er zog seinen Poncho fester um die Schultern. Der Abendwind der Wüste, der Sereno, schickte eisige Schneeluft über die Berge. José María begann zu erzählen:

Einst lag eine Eidechse träge im Schatten eines großen Steins und schützte sich so vor der sengenden Wüstensonne. Eine Schlange kroch herbei, denn auch sie suchte die Kühle des Schattens. Die Schlange beobachtete die Eidechse eine Weile. Die Eidechse schien zu schlafen, aber hinter ihren geschlossenen Lidern wanderten die Augen hin und her. Die Schlange wollte die Eidechse erschrecken und zischelte. Langsam öffnete die Eidechse zuerst ein Auge, dann das andere. ›Schlange, du störst mich. Was willst du von mir?‹, schimpfte sie.

Die Schlange zischte mit ihrer gespaltenen Zunge: ›Eidechse, du wählst immer die besten Schattenflecken der Wüste. Weit und breit ist dies der einzige größere Felsen. Ich möchte den Schatten mit dir teilen.‹

Die Eidechse schloss ihre Augen, überlegte eine Weile und willigte dann ein: ›Schlange, ich kann heute meinen Schattenplatz mit dir teilen. Du musst aber auf der anderen Seite des Steines liegen und mir versprechen, dass du dich ruhig verhältst.‹

Wütend zischelte die Schlange: ›Wie kann ich dich stören, du einfältige Eidechse, wenn du doch nur schläfst!‹ Da öffnete die Eidechse die Augen: ›Oh Schlange, wie bist du dumm. Ich schlafe nicht. Ich träume.‹

›Das ist doch dasselbe!‹, zischelte die Schlange. ›Worin soll denn ein Unterschied sein zwischen Schlaf und Traum?‹

›Im Traum gehe ich in die Zeit jenseits der Zeit. Ich gehe in die Sternenzeit. Ich sehe die Zukunft und die Vergangenheit und träume sie neu in der Gegenwart. Ich erschaffe neue Welten, Schlange. Davon verstehst du nichts!‹ Träge schloss und öffnete die Eidechse ihre Lider. ›Deshalb weiß ich auch‹, fuhr sie ruhig fort, ›dass du mich heute nicht fressen wirst. Ich habe lange bevor du kamst, von dir geträumt und weiß, dass du mit Wüstenratten vollgefressen bist.‹

›Das stimmt‹, sagte die Schlange. ›Ich habe mich schon gewundert, weshalb du nicht vor mir geflohen bist.‹

Die Eidechse lachte: ›Schlange, ich suche Schatten. Du suchst Schatten. Wo Träume lebendig sind, da ist immer auch Schatten.‹ Die Schlange ließ es gut sein, rollte sich zusammen und beschloss, die Eidechse später zu verspeisen.

Die Eidechse begann, einen neuen Traum zu träumen. Sie träumte von einer Wüste, in der keine Schlangen leben. Sie träumte alle Schlangen aus der großen Wüste hinaus. Und also verschwanden die Schlangen aus der Atacama. Seit jenem Tage loben die Menschen die Weisheit der Eidechse.

Und José María schloss seine Erzählung: ›Wer immer sich aufmacht, einen Traum zu verwirklichen, bittet die Eidechse um Beistand und Schutz bei der Verwirklichung seiner Träume. Die Ayamas sagen, Eidechsen leben im Schatten der Wüste. Und genau dort leben auch die Träume.‹

›Eine schöne Geschichte und eine wichtige Geschichte‹, bemerkte Philippi. ›Man sollte sie aufschreiben, bevor sie vergessen wird. Sie klingt wie eine Fabel. Wie die Geschichte vom Fuchs, dem Raben und den Weintrauben.‹

›Ja, vielleicht, aber doch anders‹, ergänzte Döll. ›Wie alles in diesem Land anders ist, tiefer, rätselhafter, dunkler.‹

Am folgenden Morgen beschloss Philippi, einen Ausflug zu unternehmen und dem ausgetrockneten Flussbett eine Strecke stromaufwärts zu folgen. Er war schon gut eine Stunde gewandert und nahe bei den rosa-grauen Porphyrfelsen. Der Boden war hier mit Rapilli bedeckt. Abermillionen kleiner, runder, grauer Chalcedonkörnern. Es sah aus, als ob es gehagelt hätte. Er hob einige der Körnchen auf, drehte sie nachdenklich zwischen Daumen und Zeigefinger und rieb sie beim Weitergehen aneinander. Er ließ seinen Blick schweifen. Wo war hier ein Vulkan, der die für Vulkanausbrüche typischen Rapilli erklären könnte? Alle Berge und Hügel hatten abgerundete Kuppen. Hoch, aber einförmig. Und noch nicht einmal Namen, dachte er bei sich.

Philippi unterbrach seinen Gedankengang. Hinter einem Felsen tat sich vollkommen unerwartet eine kleine Oase auf. Hier versickerte ein Rinnsal in einen Tümpel, an dessen Rändern sich kleine Salzkrusten zeigten. Ein wenig hartes Gras wuchs um die

Wasserstelle und seitlich des Bächleins. Er fand Hufspuren von Guancos, die hier zur Tränke kamen. Er kniete nieder, wusch seine Wunde aus und kostete vorsichtig das Wasser. Das warme Wasser schmeckte leicht salzig, war aber durchaus genießbar. Er zog seinen Kompass heraus. Im Notizbuch notierte er: ›41,6 Grad West. Warme Quelle, salzhaltiges Wasser, genießbar.‹

Er trat zu dem größten Baum und betastete dessen Rinde. ›Ein Algarrobo‹, murmelte er zärtlich, das Wort aus der Sprache der Atacameños für diesen Baum, in dessen Schatten er sich nun stellte. Der kleinwüchsige Algarrobo stand in voller Blüte. Seine Blütenkätzchen verströmten ihren milden Duft. Goldfarbene Bienen umschwärmten ihn. Aber wo lebten die Bienen? Waren es die berühmten Felsenbienen der Wüste, von denen er schon gehört hatte? Es muss hier noch mehr blühende Pflanzen geben, von denen die Bienen leben, dachte Philippi bei sich. Mitten im Wunder dieser unerwarteten Fülle hielt er inne und spürte er zum ersten Mal den Zauber der Atacama.

Etwas Lebendiges vor ihm zuckte. Philippi erschrak. Eine große Eidechse starrte ihm in die Augen. Sie saß auf Kopfhöhe direkt am Stamm. Eine *Aporomera ornata*! Noch nie hatte er diese seltene Eidechse gesehen. Chiles größte Eidechse war die unangefochtene Königin aller Wüstenreptilien. Er atmete flach, um möglichst keine Bewegung zu verursachen. Der Körper des Tieres war gut 13 Zentimeter lang, der Schwanz noch einmal 25 Zentimeter, so schätzte er. Ein wirklich stattliches Exemplar! Es zeigte auf seinem schwarz-braunen Rücken die charakteristische Zeichnung: vier Reihen schwarzer, weiß eingefasster Flecken.

Wie der Hermelinmantel einer europäischen Königin, dachte er. Und dann noch ein Hofstaat fleißiger Bienen. Philippi wagte kaum zu atmen. Einige Bienen waren auf seinen Kopf geflogen. Eine verfing sich in seinen verschwitzten Haaren. Bei ihrem Befreiungsversuch brummte sie gefährlich. Langsam hob Philippi seine rechte Hand. Da zuckte es vor seinen Augen erneut. Blitzschnell war die Aporomera ornata in einer Öffnung des Stammes verschwunden. Kurz leuchtete ihr roter Bauch. Die Audienz der Königin war beendet.

Abends am Lagerfeuer berichtete er von seinen Entdeckungen.

›Wüstenbienen! Die sind selten. Aber wenn die Wüste nach einem Regen erblüht, sind sie plötzlich überall‹, meinte Lazolo.

Don Diego war unruhig. Dann ließ er sich von Rudolph Philippi den Baum und die Form des Tümpels und die ganze Gegend genau beschreiben. Daraufhin wurde Don Diego ungewohnt einsilbig.

Am nächsten Tag musste alles ganz schnell gehen. Ein Sandsturm drohte. Während des Packens bemerkte Philippi, dass Don Diego fehlte. Sein Maultier hatte die Angewohnheit, beim Satteln laut zu schreien. Doch Maultier und Don Diego fehlten. Señor Lazolo wusste mehr. Er solle dem Herrn Professor einen Gruß von Don Diego übermitteln. Der hatte mitten in der Nacht sein vernarbtes, weißes Maultier gesattelt und ihm dabei das Maul zugebunden. Als Lazolo ihn ansprach, bat Diego auszurichten, es hätten sich unaufschiebbare Dinge ergeben, die er erledigen müsse. Man möge sein ausstehendes Gehalt dem Hafenmeister von Calgera geben. Dann sei er fortgeritten.

Don Diego fehlte Philippi jetzt schon. Er hatten den alten Wüstenkauz ins Herz geschlossen. Aber auf der anderen Seite der Hügelkette würde die Expedition zu Ende sein.

›Don Diego‹, flüsterte Philippi halblaut. ›Ich hoffe, du findest deine Goldmine!‹«

Die erste wissenschaftliche Wüstenexpedition unter Leitung von Professor Philippi entdeckte neue Eidechsenarten

Wertvolle Schmiedearbeit aus Eisen und Bronze am repräsentativen Haupteingangstor. Das chilenische Wappen fertigte Richard Kuöhl © Jutta Hartwieg

Ein Tor zur Stadt, ein Tor zur Welt

Beim Neubau des Kontorviertels besaß das Chilehaus eine Schlüsselrolle. Seine Lage, direkt an der Speicherstadt, gestaltete entscheidend auch seine Architektur und seine Dekoration.

Eine repräsentative Sichtachse wurde ausgebaut und betont. Vom Brückentor der Wandrahmsbrücke über den Vierländerbrunnen auf dem Meßbergplatz durch die Fischertwiete, den repräsentativen, zwingerähnlichen Hof des Chilehauses bis über den Burchardplatz. Diese neue schnurgerade Achse galt damals als städtebauliche Sensation und gehörte zu den häufigsten Fotomotiven des neuen Viertels.

Zur Speicherstadt führte die Wandrahmsbrücke über den Zollkanal. Diese repräsentative Brücke besaß einen malerischem Torüberbau mit einem galerieartigen Torzimmer im ersten Stock, einem Wärterzimmer und seitlichem Türmchen. Die Torbrücke war im Zuge der Erbauung der Speicherstadt im neugotischen Stil der hannoverschen Architektenschule errichtet worden.

In seinen Planungen hatte Höger für den Toreingang zur Speicherstadt, zur äußeren Welt hin, Großes vor. Hier sollten eine Art symbolisches Stadttor von der geschäftigen Welt der Speicherstadt zum Kontorviertel und zur Innenstadt Hamburgs entstehen. Höger setzte wesentliche Elemente einer Torgestaltung in seiner Architektur ein. Er zog das Dachgeschoss darüber um ein Stockwerk höher. Ein umfangreiches Skulpturenprogramm, charakteristisch für Tore, wurde hier geplant.

Ein Tor ist traditionell die Visitenkarte eines Gebäudes (Burg, Schloss, Kirche) oder einer Stadt. Das geplante Figurenprogramm am Tor des Chilehauses sollte wie ein Empfangskomitee die Eintretenden begrüßen. Gleichzeitig sollte hier durch Figuren die Funktion des Gebäudes und seine Geschichte ablesbar werden. Auch hier folgte Höger dem Prinzip »*Decoration follows form and function*«.

Drei Reihen Figuren im pyramidalen Aufbau waren geplant. Eine repräsentative Gesellschaft wäre es geworden. Die zwölf Figuren stellten historische Persönlichkeiten der Geschichte Chiles durch alle Jahrhunderte dar: Inkakönige, Entdecker, Forscher. Ein erhaltender Entwurf zeigt vier moderne Allegorien: einen Mann, der die Seefahrt und den Handel darstellte (mit einem Segelschiff in der linken Hand, er legt seine Rechte auf eine Weltkugel, die ein Kind trägt). Es folgen die Allegorien der Wissenschaft (mit Buch), der Technik (mit Zahnrad) und der Chemie (mit Glaskolben und einem kleinen Kind, das eine Feuerschale trägt). Diese Allegorien verkörpern die Firmen und Institutionen, die sich im Chilehaus niederlassen sollten. In der untersten Reihe waren Vertreter verschiedener Gewerke geplant: ein Minenarbeiter, ein Schlosser und ein Schiffszimmermann. Interessant ist die hier gefundene Form der zeitgemäßen Allegorie, die ganz den Regeln der modernen Klinkergotik folgt.

Vorbild sind die prächtigen Skulpturenprogramme der gotischen Portale der Kathedralen. Die seitlichen Gewändefiguren und die über den Eingangstüren dargestellten Skulpturen passen Form und Aussehen ihrem Aufstellungsort an. In der Hochgotik sind sie lang und schlank, meist stehen sie auf kleinen Sockeln und unter Baldachinen.

Höger greift diese Form auf, passt die Skulpturen in die hochlaufenden Wandvorlagen, den gliedernden Klinkerlisenen, ein. Auch sie haben einen kleinen Sockel und oben einen Baldachin. So werden die Figuren ein sichtbarer, struktureller Teil des Gesamtkunstwerkes.

Ein andere Variante sah folgendes Figurenprogramm vor: ganz oben zwei wappenhaltende Allegorien, Chile und Hamburg. Darunter berühmte Europäer der Entdeckung Chiles in charakteristischer Tracht der Zeit, so mit einem Mühlsteinkragen Ferdinand Magellan, Christoph Kolumbus in Adelstracht (um 1520), daneben Alexander von Humboldt. Noch darunter Arbeiter der Speicherstadt: Fischer (Netz), Fischfrau (Fisch und Messer), Mechaniker (Rad), Schlosser (Zange), Arbeiter (Hammer und Schaufel).

Ideen gehen nicht verloren, und Kuöhl sollte später einige dieser Figuren, so die Fischer und Schlosser, an anderen Häusern ausführen.

Ein weiteres klassisches Motiv eines Stadttores führte Höger mit den zwei drohenden Pumas ein. Sie sollten seitlich der breiten Torbogen auf zwei länglichen Podesten stehen und das Tor nach außen verteidigen. Torlöwen sind schon in der Antike aus dem Zweistromland, Ägypten und Rom bekannt.

Bis ganz zum Schluss hoffte Höger, dass die Figuren über dem Tor doch noch verwirklicht werden konnten. Aber die Inflation machte der Planung einer Schauseite ein Ende. Die Lücken der kleinen Wandpfeiler wurden so geschlossen, dass man heute kaum mehr sieht, wo einst Platz für die Aufstellung der Figuren freigelassen wurde.

Die städtebauliche Geschichte geht eigene, neue Wege. Diese Seite des Durchgangs am Chilehaus verlor an Bedeutung. Der Krieg und die neuen Planungen einer autogerechten Stadt führten dazu, dass das Klingbergfleet zugeschüttet wurde. Der Meßbergplatz verlor seine städtebauliche Funktion, der Vierländerbrunnen fand auf dem Hopfenmarkt eine neue Heimat. Die dekorativen Torbauten der Wandrahmsbrücke wurden als »historistischer Kitsch« abgerissen, und die Speicherstadt wechselte ihre Aufgaben.

Die Form des Tores, das einen gedrungenen, weiten Spitzbogen bildet und als eines der Charakteristika des Chilehauses gilt, geht auf eine Idee Ricardo Slomans zurück. Fritz Höger hatte hier ursprünglich Rundbögen geplant. Ricardo Sloman wusste jedoch Fritz Höger von seiner Lösung zu überzeugen. Er erzählte:

> *Högers Entwurf sah für diese Überbauung der Straße Halbkreisbögen vor, wie er auch für all die Schaufenster des Lagengeschosses Halbkreisbögen gewählt hatte. Meines Erachtens erhielt unser Haus durch sie etwas Finsteres, ein burgartiges Aussehen. Deshalb schlug ich damals vor, die Rundbögen durch flache Spitzbögen zu ersetzten. Ich war darauf gekommen, weil unsere Familie zu der Zeit in der Badestraße 30 das 1909 von meinem Vater gekaufte Haus bewohnte. Ein Mitglied der Familie Münchmeyer hatte es sich um 1860 als*

Wohnhaus erbauen lassen, und zwar im neugotischen Stil. Der gleiche Architekt hatte mehrere solcher Häuser gebaut, und alle zeichneten sich durch Spitzbögen dieser gedrückten Form aus. Herr Höger ließ sich umstimmen, und so kam es zu der Bogenform am Chilehaus, die dessen Anblick nach meinem Dafürhalten besser auflockert.

Betritt man durch diese Bögen die Fischertwiete, so wirkt die Umbauung wie ein Hof. Hier ist die Architektur symmetrisch gegliedert. Um diese Harmonie zu erzielen, musste Höger einen Weg finden, die unterschiedlichen Höhen zu verstecken, denn die Fischertwiete hat hier eine Steigung von gut 1,50 Meter, die es optisch auszugleichen galt. Einer seiner Wege war es, die Eingangsportale so zu betonen, dass sie gleich ins Augen fallen und von anderem ablenken. Beide Portale sind in wuchtigen Ausformungen als Klinkerplastik von der Werkstatt Kuöhl ausgeführt. Aufgang B war über dem Türsturz mit einem Fischerboot, unter vollen Segeln und mit einem sein Netz einziehenden Fischer verziert. Diese Plastik ging im Krieg verloren.

Aufgang A ist mit erhabenen vergoldeten Buchstaben dekoriert: CHILEHAUS. Das Staatswappen Chiles schmückt den geraden Türsturz über der doppelten Eingangspforte. Das Wappen ist eine Terrakottaplastik aus der Werkstatt von Richard Kuöhl. Hier wurde die repräsentative Variante der Wappendarstellung mit zwei begleitenden Wappentieren gewählt.

Der Wappenschild selbst ist horizontal zweigeteilt und trägt in der Mitte einen fünfzackigen silbernen Stern. Zum Wappen gehört zudem der traditionelle Federbusch aus drei Straußenfedern. Als Schildhalter dient auf der heraldischen rechten Seite ein gekrönter Andenhirsch, auch *Huemul* genannt. Auf der heraldisch linken Seite flankiert ein gekrönter Andenkondor das Wappen. Der fünfzackige Stern im Wappen symbolisiert die Freiheit. Er steht auch für die indigenen Chilenen, die einen fünfzackigen Stern auf ihren Standarten führten. Der Kondor wird heute im Wappen als Symbol der Freiheit und der Unabhängigkeit der chilenischen Nation gedeutet. Der Andenhirsch gilt als Symbol der Könige. »Herrschen heißt dienen«, daran erinnert der stolze *Huemul.* Beide Kronen der Tiere sind in ihrer Form Marinekronen nachempfunden und stammen aus der Schifffahrt. Marinekronen waren Auszeichnungen für die Matrosen. Sie wurden dem ersten Matrosen verliehen, der im Kampf lebend vom gegnerischen Schiff zurückkehrte.

Fritz Höger schildert seine Hoflösung:

> *So kamen nun wieder Schwierigkeiten auf die Seitenwände innerhalb der Fischertwiete. Will man aber wissen, wie hier die Lösung lautet, will ich es ihm erzählen. Je in der Mitte der besagten Seitenwände liegt ein Hauseingang. Diese habe ich so bedeutend gestaltet, sodass sie allem vorweg das Augenmerk auf sich ziehen. Mächtige Rundbogenöffnungen, darin wertvolle schöne Schmiedearbeit in Eisen, Bronce usw.*

Zwölf historische Persönlichkeiten sollten über dem südlichen Durchgang die Menschen willkommen heißen

© Staatsarchiv Hamburg, Bestand 621/16 Höger-Nachlass

Durchblick durch die Fischertwiete nach Süden

© Privatarchiv Arends/Sloman

Gipsmodell einer der beiden Pumas, die seitlich des Messbergtores die Durchfahrt schmücken sollten © Staatsarchiv Hamburg, Bestand 621-2/16 Höger-Nachlass

Die Pumas – zwei, die nicht einfach so verschwanden

9

Zwei imposante Portalplastiken mit drohenden Pumas sollten rechts und links die südliche Außenseite der Tordurchfahrt des Chilehauses zur Speicherstadt hin schmücken. Geplant war, die beiden Pumas als vollplastische Freifiguren in natürlicher Größe auf seitlichen Sockeln zu präsentieren.

Die Entwürfe stammten von Richard Kuöhl und sollten von dem Bildhauer Ludwig Kunstmann ausgeführt werden. Kunstmann lieferte ein Gipsmodell. Fast zeitgleich schuf er die Bauplastik für das benachbarte Ballinhaus. Die Fertigstellung der Pumafiguren fiel der Inflation zum Opfer, da die Baukosten des Chilehauses zu stark gestiegen waren.

Aber: Gute Ideen gehen nicht verloren. Richard Kuöhl sollte 1924 zwei sehr ähnliche Pantherfiguren ausführen: die Portalplastiken seitlich des Haupteingangs des Handelshofes in Lübeck. Auch eine Klinkerkeramik: Zwei Kinder reiten auf einem drohenden Panther, ein Entwurf, der auf das Gipsmodell für das Chilehaus zurückgeht.

Der heute seltene Puma Südamerikas (PUMA CONCOLOR) überlebte die großen Ausrottungswellen vor allem in den abgelegenen Hochgebirgstälern. Pumas können bis zu 70 Kilo Gewicht erreichen, schlagen aber weit größere und schwerere Tiere, die über 450 Kilo wiegen können, wie Maultiere. Eine Besonderheit dieser Großkatzen ist, dass der Puma fünf Zehen an den Vorderpfoten, aber nur vier an den Hinterpfoten hat. Das erlaubt dem Puma eine besonders gute Trittsicherheit auf glatten und gefrorenen Felsböden.

In der Pampa, in der Cordillere und im Urwald, zwischen Robles und Raulies hat sich schon so mancher Kampf zwischen jenen unerschrockenen Löwenjägern und dem König der chilenischen Wildnis abgespielt, dem amerikanischen Löwen, der sein Leben bis zum letzten Atemzug verteidigt.

Hans Helfritz (1902–1995)

Der Puma – Jäger der verlorenen Träume

Hamburg, Badestraße 30, 1. Weihnachtstag 1922. Anwesend: Henry Sloman, seine Frau Renata, die drei Söhne Enrique, Ricardo und Herbert und Herberts Verlobte, Margaretha Krogmann. Sie werden am 6. Januar 1923 heiraten.

»Die Jagd auf den Puma ist die aufregendste in Chile. Besonders dann, wenn die Hunde das Tier in einer Schlucht in die Enge treiben. Das ist ein spektakuläres Schauspiel: Von Hunden umstellt sitzt der Puma sprungbereit und geduckt am Boden.« Herbert war beim Erzählen in Fahrt gekommen und genoss es, vor seiner Verlobten zu glänzen.

»Es geht dabei um Leben und Tod. Das scheinen beide Seiten zu wissen. Der Leithund setzt sich vor den Puma hin. Nur er ist darauf dressiert worden, den Puma zu stellen. Bis in die letzte Muskelfaser angespannt starrt der Hund dem wilden Puma in die Augen. Man sieht die Unsicherheit des Pumas in seinen Augen. Er, der König der Anden, der große Kämpfer, starrt auf die Augen des feindlichen Rudelführers. Regungslos, ohne mit der Wimper zu zucken. Er weiß, eine winzige Bewegung, ein Zwinkern mit den Augen, es wäre sein Aus.«

Margaretha hing an seinen Lippen. Sie freute sich darauf, mit ihm in Zukunft jagen zu gehen. Herbert fuhr fort:

»Und in diesem Moment des Starrens beginnt der Puma zu weinen. Seine Tränen zeichnen lange nasse Spuren in sein Gesicht. Sie machen den Puma blind. Er sieht alles nur noch verschwommen. Und dann kommt der Moment, in dem er seine Lider nicht mehr offenhalten kann und sie erschöpft schließt. Diese kleine Bewegung. Sie ist sein Todesurteil und ein Signal für die Hundemeute. Der Leithund springt dem Puma an die Kehle.«

»Kein schönes Ende für den König der Anden«, Renata mochte es nicht, wenn beim Essen über Jagen und Töten gesprochen wurde, aber sie hatte es schwer, sich gegen ihre drei Söhne und ihren Mann durchzusetzen. Ihre neue Schwiegertochter würde da in Zukunft auch keine große Hilfe sein. Als erfahrene Jägerstochter …

Renata reichte Herbert die Platte mit dem aufgeschnittenen Truthahn. Männer, die essen, reden nicht, war ihre Erfahrung. Herbert nahm sich noch eine Scheibe. Traditionell gab es bei Slomans am Ersten Weihnachtstag ein englisches Menü: Truthahn mit Äpfeln und Maronen gestopft, dazu Erbsen und Kartoffeln. Und Preiselbeer-Apfel-Chutney mit Zimt. Und natürlich Renatas Spezialität, die braune Rotweinsauce mit Rosinen.

Herbert erzählte weiter: »Pumas gibt es in ganz Amerika. Vom tiefsten Norden der USA bis nach Feuerland. Jedes Land hat eigene Namen für den Berglöwen. Die Andenvölker in Peru und Chile nennen ihn Puma, ein Wort der Ketschua. Bei den Araukanier in Mittelchile heißt er Pangui, die Mexikaner nennen den Puma Mistlí.« Herbert begann zu essen.

Sein Vater ergriff das Wort: »Die Nordamerikaner nennen ihn oft auch Panther. Bei den Chilenen heißt er einfach León chileno. Und tatsächlich haben die Pumas eine gewisse Ähnlichkeit mit einer afrikanischen Löwin.«

»Wie ein Löwe?«, fragte Margaretha und reichte Herbert das Chutney.

Herbert nickte: »Wie eine *Löwin*, nicht wie ein Löwe. Überhaupt! Löwen und Pumas kann man nicht miteinander vergleichen! Pumas sind nicht wirklich mutig. Wenn sie ein Tier beim ersten Sprung nicht töten können, geben sie gleich auf. Sie jagen fast nie den fliehenden Tieren hinterher. Man könnte sogar sagen: Der Puma ist faul und feige.«

Renata mischte sich tadelnd ein: »Kein Geschöpf Gottes ist feige! Sie sind so, wie sie erschaffen wurden. Jedes Geschöpf handelt nach seiner Natur. Alles hat seinen Sinn. Es heißt zu Recht: *Liebe alles, was lebt, weil es von Gott so geschaffen ist.*«

Henry gab zu bedenken: »Vielleicht können die da oben in den Bergen, irgendwo zwischen dreitausend und fünftausend Metern, bei der Jagd nicht so lange Sprints hinlegen wie ein afrikanischer Löwe in der Savanne. Immerhin ist die Luft dort oben ja sehr dünn. Da oben muss man mit seinen Energien haushalten, sonst ist man verloren.«

»Und wart ihr in Chile oft auf Löwenjagd?«, fragte Margaretha ihren Verlobten. Margaretha stammte aus einer Reeder- und Bankiersfamilie, die über Generationen wohlhabend war. Regelmäßige Jagdvergnügungen waren traditioneller Teil der vielen Familienfeste, die die junge Dame als selbstverständlich kannte. Dass die Familie Sloman in Chile fast nur gearbeitet hatte und es kaum Zeit für Vergnügungen gab, lag fern von ihrem Vorstellungshorizont.

Margarethas Familie war traditionell jeden Herbst zur Jagd

in Schleswig-Holstein. Man besaß dort ein Jagdhaus. Dieses Jahr war Herbert schon mit von der Partie gewesen. Ausgerechnet Herbert! Der kann doch gar nicht schießen, dachte seine Mutter. Aber da hatte sie ihren Jüngsten unterschätzt. Der verliebte Herbert hatte sich kurzerhand im Schießklub Hamburg angemeldet und so lange Unterricht genommen, bis er ganz passabel die Wildschweine im Beisein seiner Verlobten zur Strecke bringen konnte. Herbert und sein Geltungsdrang, dachte Renata öfter. Wildschweine zu schießen kam für Renata nicht infrage. Da war sie abergläubisch. Ein Löwe und ein Wildschwein. Das waren die Wappentiere der Slomans. Wappentiere schießt man nicht. Ihr Mann hatte ihr verboten, darüber zu sprechen. »Wildschwein gehört in Deutschland auf den Tisch. Da passt man sich dem Land, in dem man lebt, an. Basta!«, hatte er sie zurechtgewiesen. »Dann lass die Viecher doch von deinem Jagdaufseher schießen. Das musst du ja nicht selbst tun!«, beharrte sie, und tatsächlich hatte Henry begonnen, mehr Rehe und Hirsche zu schießen.

Renata dachte an die großen Herbst-Jagden auf Gut Bellin. Es war ihr nie wohl dabei. Die feine Gesellschaft, die Henry einlud, war ihr fremd. Hier hatte sie keine Freunde. Auch war ihr das Jagen und Töten von Tieren zutiefst zuwider. Das laute Schießen und das ganze Brimborium, das die Männer veranstalteten, setzten ihr zu. Herbert antwortete Margaretha: »Nein, auf Löwenjagd waren wir in Chile nicht. Es gibt in Chile eigens den Beruf des Löwenfängers, den ›Leonero‹.«

Herbert wusste, dass Margaretha sich sehr für Jagdhunde interessierte, und fuhr fort. »Vor Hunden haben Pumas eine unerklärliche Angst. Die Hunde, die für die Pumajagd eingesetzt werden, sind eine englische Rasse. Sie heißen ›Perro leoneros‹ und werden in Chile für die Pumajagd gezüchtet. Man muss sie lange trainieren. Nur dem Leithund, dem ›Perro maestro‹, steht das Recht zu, den Puma zu töten. Die anderen Hunde helfen ihm, indem sie den Puma in einem engen Kreis einkesseln. Jede größere Hazienda, die Pferde, Kühe und Schafe hat, beschäftigt einen Pumajäger.«

Renata mischte sich ein: »Pumas sind vor allem sehr kluge Tiere. Es gibt zahlreiche Berichte, dass der Puma an kleinen Kindern vorbeigeht und ihnen kein Härchen krümmt. Erinnerst du dich noch an die bemerkenswerte Geschichte, die uns Professor Roberto Rengifo berichtete?« Renata sah Henry an. Der nickte mit vollem Mund.

Renata fuhr fort: »Señor Rengifo war Forscher und hatte jahrelang die Gewohnheiten der Pumas studiert. Er erzählte uns:

Eine Indio-Familie ritt zum Kräutersammeln auf einem Pferd in den Wald. Der Mann machte auf einer Lichtung Rast und gab der Frau das Pferd zum Halten. Er selbst entfernte sich, um Kräuter zu sammeln. Die Frau trug ihr Kind auf dem Arm. Plötzlich erschien ein Puma. Das Tier ging langsam auf die Frau zu. Diese hielt ihr Kind im Arm und versuchte, den Puma durch Schreien zu erschrecken. Erst zog sich das Tier etwas zurück, aber dann näherte sich der Puma von hinten. Er sprang vor und entriss der Frau ihr Kind. Der Puma verschwand im Wald, und die Frau lief schreiend hinterher. Er trug das Kind ein gutes Stück weit in das Dickicht hinein. Dort legte er es ab und verschwand. Der Mann kam angelaufen und beruhigte seine Frau. Dem Kind war nichts geschehen. Als sie zurück zur Lichtung kamen, hatte der Puma dem Pferd das Genick gebrochen und schleppte bereits einen großen Teil des Rumpfes in den Wald. Allein das Pferd war es, worauf er es von Anfang an abgesehen hatte.«

Henry schaute Renata liebevoll an: »Ja, die sind wirklich schlau. Und Ausdauer haben sie. Sie können stundenlang unbeweglich auf Lauer liegen.«

Ricardo mischte sich in das Gespräch ein. »So wie der Kondor der König der Lüfte ist, ist für sie der Puma der König der Erde. Weitsicht und Mut. Das sind die Eigenschaften, die die Indios der besonderen Medizin dieses Tieres zuschreiben.«

»Medizin aus Pumas? Was bitte muss ich mir darunter vorstellen?«, fragte Margaretha ihren zukünftigen Schwager.

»Nein, nicht so wie du denkst, Maggi«, sagte Ricardo amüsiert. »Medizin für die Seele. Jeder Mensch hat ein besonders Krafttier, heißt es. Der Puma ist häufig das Seelentier der Stammesführer. Die Puma-Medizin ist sehr eine machtvolle Medizin und hilft, Verantwortung mit Weisheit zu tragen.«

»Das ist wunderschön. Ich hatte die Geschichten der magischen Welt der Anden fast vergessen«, bemerkte Renata. »Jedes Krafttier der Indios hat auch so eine Art Lebensmotto, eine besondere Weisheit. Ricardo hat früher diese Tierbedeutungen gesammelt und aufgeschrieben«, führte sie aus. »Wie war noch gleich der Spruch des Pumas, Ricardo?«

Ricardo grinste. »Mit Weitsicht will ich jagen!«

Die Portalplastik »Der Panther« von Richard Kuöhl am Handelshof im Lübeck (1924) geht auf das Vorbild des Pumas (1922) am Chilehaus zurück

Das Medaillon der vier Kormorane ist ein symbolischer Dank Henry Slomans an die Guano produzierenden Seevögel © Privatarchiv Arends/Sloman

Vier Kormorane ⑩

Betritt man, von der Speicherstadt kommend, die Fischertwiete und wählt den linken Durchgang, so kann man hoch oben an der Decke ein Schmuckmedaillon mit vier Vögeln erkennen. Es sind Kormorane, die hier im Kreis fliegen, kenntlich am vorgestreckten Hals im Flug und der charakterlichen Winkelposition der Flügel. Die Kormorane zählen in Chile zu den typischen Guanovögeln. Es war versteinerter Guano, Salpeter, der Henry Sloman, dem Bauherrn des Chilehauses, zu seinem Reichtum verhalf. Das Medaillon ist eine dankbare Referenz an alle Gunanovögel.

> *Häufiger erblickt man auf Klippen, welche aus dem Wasser hervorragen, den schwarzen Kormoran, den Yeco (GRACULUS BRASILIANUS). Die Chilenen nennen ihn gewöhnlich Cuervo (Rabe). Ich möchte ihn als sehr hässlich bezeichnen. Er kommt an der ganzen chilenischen Küste vor und ist einer der ersten Vögel, deren Anblick sich dem Spaziergänger am Strande einprägt. – Auf größeren einsamen Klippen sitzen oft zahlreiche Cuervos. Abends ziehen sie in langen Reihen oder Haken, ein jeder mit weit vorgestrecktem Hals, nach ihrem Nistplatze, der oft zahlreiche Heimstätten enthält.*
>
> Carl Eduard Martin (1838–1907)

Königswasser und Kormorane

Wiese am Mühlteich der Kupfermühle Wohldorf, im Norden Hamburgs, lauer Frühsommertag, 3. Juni 1923. Ein Picknick. Anwesend: Ricardo Sloman, seine Verlobte Nora, ihre Schwester Erica und deren Ehemann, Professor Jonas Fränkel.

»Königswasser!« Fränkel ließ das Wort nachklingen »Das klingt nach der Krönung der Alchemie.«

»Das ist *aqua regis* auch!« Ricardo war der Chemiker in der Familie. »Für die Herstellung von Königswasser benötigt man vor allem Salpeter. Salpetersäure und Salzsäure. Und voilà! Schon hat man Königswasser.«

Ein großer Schwarm Kormorane kehrte krächzend und klagend in die Nester seiner Kolonie am anderen Ufer des Mühlteiches zurück.

»Und ich dachte, das höchste Ziel des Alchimisten sei es, Gold herzustellen«, warf Nora ein und nahm sich noch ein Küchlein. Ricardo sah sie verliebt an. Immer sah sie elegant aus. Selbst auf der grauen Wolldecke inmitten der Wiese war sie eine elegante Dame.

Jonas, sein neuer Schwager, Professor der Philosophie, antwortete. »Die Herstellung von Gold ist nicht das wirkliche Ziel. Eher ein symbolisches Ziel. Die Alchemie ist ein geistiger Weg, ein Wandlungsprozess, ein Transformationsvorgang, den ein nach Wissen strebender Mensch durchläuft. Auch die Philosophie kennt den Weg des Alchimisten.«

»Das verstehe ich nicht!«, sagte Nora. Jonas schaute seine Schwägerin an. Nora schien, ganz wie ihre Schwester, immer sehr an allem interessiert. Aber wirklich Neues zu lernen oder auch Gehörtes länger zu behalten schien ihr nicht gegeben. ›Deine Schwester Nora – die hat die Muse der Naivität geküsst‹, spöttelte Jonas manchmal Erica gegenüber.

Die Teichwiese war voll gelber Löwenzahnblüten. Endlich war es wärmer geworden. Jonas war bester Stimmung. Seine außerordentliche Professur an der Universität Bern war gerade verlängert worden. Er mochte die Arbeit mit seinen Studenten und erklärte gern komplexe Sachverhalte.

»Es haben vermutlich keine Alchimisten je Gold hergestellt!«, konnte sich Ricardo nicht verkneifen, der die besserwisserische Art seines Schwagers nicht ausstehen konnte.

Jonas fuhr fort: »Gold ist doch nur das Symbol einer Läuterung, einer seelischen Reinigung, begleitet von tiefen Erkenntnissen um den großen Zusammenhalt der Dinge in der Schöpfung. Das Ziel des alchimistischen Prozesses ist es, zur Reinheit des Herzens zu gelangen.«

»Deshalb heißt es auch ›Ein Herz aus Gold‹«, sagte Erica und nahm sich noch ein Stück Brot mit Leberpastete. Sie reichte den Korb mit den Schnittchen herum. Auch Ricardo griff zu.

Gänseleberpastete, dachte Ricardo. Die Köchin war die gute Seele des Hauses Sloman, wie sich immer wieder zeigte. Sie hatte alles in ihrem Haushalt im Blick. Sie hatte sogar daran erinnert, Frau Fränkel zu fragen, ob das Ehepaar nur koscher essen werde. Das verneinte Erica, erwähnte aber, dass sie kein Schweinefleisch essen würden. Die Köchin vollbrachte in den Notzeiten der Wirtschaftskrise immer wieder wahre Wunder. Wo sie die Delikatessen auf den Märkten auftrieb? Ihr Vorteil war freilich: Sie konnte in englischen Pfund zahlen. Das war eine der gefragtesten Währungen auf allen Märkten. Nur erwischen lassen durfte sie sich nicht. Ihr Arbeitgeber Henry Sloman hatte allen in der Familie verboten, mit englischen Pfund einzukaufen. Auf keinen Fall sollte der gute Ruf des Hauses Sloman beschädigt werden. Schon gar nicht jetzt, da durch den Bau des Chilehauses alle Aufmerksamkeit auf die Bauherrenfamilie gerichtet war.

Ricardo sah das lockerer. Er steckte der Köchin reichlich englische Pfund zu. Zum Einkaufen und dann noch ein »Extra« für die Hausangestellten. Auch auf der Baustelle des Chilehauses hätte er gern die Arbeiter mit Pfund bezahlt. Der Bauleiter hatte ihn eindringlich darum gebeten. Denn man hungerte. Mit den englischen Pfund hätten die Arbeiter gut einkaufen können. Eine für alle Parteien ideale Lösung. Aber sein Vater und Höger hielten sich eisern an das Verbot des Senats, der Bezahlung mit Fremdwährungen verbot. Und so verfiel der Wert des Geldes, das wegen der Krise nun täglich an die Arbeiter ausgezahlt wurde, schon auf dem abendlichen Heimweg. Höger hatte vorgeschlagen, sogenannte *Sloman-Gutscheine* als alternatives Zahlungsmittel auszugeben. Alles war besser als das fast wertlose Papiergeld im Jahr 23.

Jonas unterbrach Ricardos Gedankengänge. »Warum sollte ein Alchimist das Gold wieder auflösen?«

»Das Prinzip der Freiheit. Wer in seinem Handwerk ein Meister geworden ist, der hat die Freiheit erreicht, zu tun und zu lassen, was er möchte«, erklärte Ricardo.

»Ich sehe im Prozess der Auflösung den Weg des goldenen Feuervogels Phönix. Dann wenn er am schönsten ist und prachtvoll durch die Himmel fliegt, verbrennt er und wird kalte schwarze Asche. Damit beginnt alles vom Neuen.«

»Du könnest recht haben. Es wäre eine neue Seelenphase, wie der Freund deiner lieben Mutter, Rudolf Steiner, sagen würde.« Er pflückte nachdenklich eine rosa Lichtnelke und drehte sie zwischen den Fingern.

»Steiner ist davon überzeugt, dass alles im Leben eine tiefere Bedeutung hat. Jedes Erlebnis zieht wirksam eigene Kreise. In diesen Kreisbewegungen lernt die Seele. Ist *ein* Erkenntniszustand erreicht, beginnt eine neue Seelenphase.« Jonas schwieg. Er hielt eine der kleinen Blüten an seine Nase und roch an ihr.

»Königswasser ist das stärkste Lösungsmittel, das die Alchemie kennt«, bemerkte Ricardo.

»Königswasser ist auch auf anderen Ebenen wirksam«, ergänzte Jonas. »Man darf es als ein universelles Heilmittel verstehen und anwenden. Es kann als homöopathisches Mittel eingesetzt werden. Es hilft dabei, starre Muster loszulassen und ungesunde Beziehungen zu lösen. Ein Mittel also, das wirkliche Neuanfänge begleitet. Phönix lässt grüßen.«

»Der Salpeter ist, geistig gesehen, ein Stoff der großen Transformationen. Das war auch den Indios schon bekannt. Für sie ist Salpeter ein Stoff der Verwandlung.« Erica sah Ricardo an und sagte:

»Salpeter. Erzähl noch mehr über diesen Wunderstoff. Ich

weiß, dass dein Vater einen Großteil seines Vermögens mit diesem Pulver gemacht hat. Eigentlich habe ich keine Ahnung, was das eigentlich ist.«

»Natronsalpeter und Kalisalpeter«, erklärte Ricardo. Er zeigte auf die Kormorane.

»Vor allem ist es einfach Vogelschiet, wie man in Hamburg sagt. In Chile gibt es unvorstellbar viele Vögel. Früher dürften es noch mehr gewesen sein. Sie haben meterhohe Berge von Guano produziert«, sagte Ricardo und nippte an seinem Weinglas. »Gut gekühlt schmeckt er einfach am besten!«

»Guano. Das ist doch Blumendünger. Dann ist Salpeter also Guano?«, fragte Erica weiter.

»Nicht ganz. Salpeter ist versteinerter Guano. Fossiler Guano«, erklärte Ricardo. Dann schnitt er mit seinem Messer ein Stück Salami ab und reichte es Nora.

»Der Salpeter, den wir abbauen, ist Jahrtausende alt. Damals war die Wüste Atacama ein urzeitliches Meer. Man nimmt an, dass beim Hochsteigen der Kordilleren aus dem Meer neue Landmassen mit hohen Bergen entstanden. Die Lagunen und Meeresarme lockten Millionen von Vögeln an, die in den flachen Gewässern brütet konnten. Mit den weiteren tektonischen Anhebungen des Kontinents verschwanden die Binnenmeere und hinterließen meterhohe Guanofelder. Vermischt war der Tierkot mit Kleinkadavern und Pflanzenresten. Eine dicke Schicht Erde, Sand und Lehm legte sich darüber und versteinerte im Verlauf von Jahrtausenden.« Ricardo verschloss den Picknickkorb, weil die Sonne zu sehr auf das Essen brannte.

»Dann war ganz Chile in Urzeiten unter Wasser?«, fragte Erica.

»So sagen es jedenfalls die Geologen. Alle Versteinerungen, die wir vorfinden, sprechen dafür. Wir suchen in den Minen diese besondere Erdschicht, die sogenannte *Caliche.* Sie liegt unter knüppelharter Erde, etwa einen Meter tief. Die Caliche-Schicht selbst ist meist nicht so dick. Die freigesprengten Brocken werden vor Ort so zerkleinert, dass sie auf Karren oder Wagons geladen und ins Werk gefahren werden können. Hier steht die große *Machina*, die Steinzertrümmerungsmaschine. Die Brocken werden aufgebrochen und weiter zermahlen.«

»Das muss ja ein Höllenlärm sein!«, vermutete Nora. Sie wollte unbedingt nach Chile und alles mit eigenen Augen sehen.

»Diese gemahlene Masse wird in großen Bassins mit Wasser erhitzt, sodass der Salpeter sich löst. Die so entstandene Lauge wird nach und nach konzentrierter. Ist sie schließlich gesättigt, muss sie nur noch trocknen. Das geschieht in weiteren großen Becken im Freien. So wird Salpeter heute bergmännisch gewonnen«, Ricardo schenkte Weißwein nach. Jonas hielt ihm sein Glas vor die Nase:

»Und wo in der Welt wird Salpeter noch abgebaut?«, fragte er und streckte sich. Die Sonne schien warm.

»Nur in Chile. Dieses Land hat das absolute Monopol auf Salpeter«, erläuterte Ricardo.

»Das kann ich mir gar nicht vorstellen. Salpeter wird doch noch anderswo auf der Welt zu finden sein«, wunderte sich Jonas.

»Es gibt kleinste Vorkommen in China. Aber die sind nicht der Rede wert. Es war Marco Polo, der zuerst vom ›Chinesischen Schnee‹ sprach. So beschrieb er das besagte weiße Pulver. Im alten Venedig war Salpeter auf den Märkten als Medizin zu kaufen. Aber nicht lange war der ›Chinesische Schnee‹ zu bekommen. Sehr bald verhängte China ein Ausfuhrverbot für den seltenen und kostbaren Stoff. Immerhin brauchten die Chinesen den Salpeter für ihr beliebtes Feuerwerk und auch die späteren Feuerwaffen. Beides sind Erfindungen aus dem alten China.«

»Und seit wann wird Salpeter von Chile nach Europa exportiert?«, erkundigte sich Jonas.

»In großem Stil erst seit der Mitte des 19. Jahrhunderts. Als mein damaliger Chef, Jorge Hilliger, nach Iquique kam, steckte die ganze Salpeterindustrie noch in den Kinderschuhen.«

»Und woher hatten die Europäer ihren Salpeter? Salpeter ist ein wichtiger Bestandteil im Schwarzpulver und wurde für die Kanonen und die Feuerwaffen benötigt, nicht wahr?«

»Ja. Die herkömmliche Herstellung in Europa war sehr mühsam. Es waren die berüchtigten und wilden *Salpeterer*, die Salpeter produzieren. Sieder, die im Auftrag der Landesfürsten und mit eigenen Privilegien ausgestattet, den begehrten Stoff herstellten.«

»Warum *wild*?«, fragte Jonas nach.

»Die Gewinnung von Mauersalpeter«, erklärte Ricardo, »ist aufwendig. Mauersalpeter kommt meist in Tierställen vor. Die Mauern müssen von Urin getränkt sein. Der Salpeter steigt die Wände hoch und blüht auf den Wänden aus. Es ist eine Art kristalliner Staub. Das Pulver kann man dann abfegen oder abkratzen. Er schmeckt kalt auf der Zunge und bitter.«

»Pfui!« Nora schüttelte sich. »Du wirst das doch nicht probiert haben!«

»Doch, meine Liebe. Ich bin Chemiker. Schmecken ist eine unserer verlässlichsten Testmethoden«, sagte er und wollte Nora auf den Mund küssen, die sich kichernd wegdrehte.

»Woraus stellt man Schießpulver her?« Nora wollte es jetzt genau wissen.

»Aus Schwefel, Salpeter und Holzkohle. Waren früher die Vorräte verbraucht oder drohte ein Krieg, schickte der Landesherr seine wilden Hunde los, wie die *Salpeterer* auch genannt wurden.«

»Warum wilde Hunde?«, fragte Nora neugierig.

»Wild, weil der Tross Salpetersieder über die Bauernhöfe und Kuhställe im Fürstentum herfiel. Sie bauten vor den Ställen der Bauernhöfe ihre großen Kessel auf. Die Sieder gruben die Erde in den Ställen und unter den Misthaufen aus. Dabei beließen sie es oft aber nicht. Sie rissen die unteren Stallwände heraus, Holzplanken, Mauersteine. Alles, was uringetränkt war, wurde in den Hof gebracht, zerkleinert und landete im Bottich. Häufig brachen die Ställe der armen Pächter zusammen.«

Ricardo hielt inne. Die Kormorane kehrten zurück. Schreiend umflogen sie ihre Brutplätze.

»Und wie gewann man aus der Erde der Ställe dann Salpeter?«, wollte Jonas nun wissen.

Ricardo fuhr fort: »*Salpeter, den man grabt aus Erden – muss zum Gebrauch geläutert werden.* Dieser alte Vers der Alchemisten gilt noch immer. Der Gewinnungsprozess hatte mehre Stufen des Auskochens und Reduzierens.«

Erica schüttelte den Kopf. »Wurden die Bauern nicht vom Fürsten entschädigt?«

»Nee, das waren damals andere Zeiten. Die Bauern waren ›Unfreie‹. Für den Lehnsherr waren die Bauern sein Besitz. Die verzweifelten Bauern wehrten sich immer wieder gegen die Salpeterer. Das Wüten der Salpeterer provozierte immer wieder Bauernaufstände mit vielen Toten. Einige sehr reiche Bauern kauften sich von dieser elenden Pflicht heimlich frei.«

Ein Kormoran landete auf einem der Ruderboote, die im Stausee am Ufer vertäut waren. Er streckte seine Flügel aus, um sie zu trocknen. Jonas stand auf, um eine weitere Flasche Wein aus dem Teich zu ziehen. Der Vogel flog erschreckt auf und drehte eine Runde über dem Teich. Dann ließ er sich auf einem knochenweißen Totholz nieder, das aus dem Wasser stach.

Nora schaute suchend über Dächer, die durch die frisch belaubten Bäume von der anderen Seite des Stausees herüberwinkten. »Und hier hat dein Vater gelebt?«, fragte sie.

»Ja, aber nur einige Jahre. Zusammen mit seinem ältesten Bruder John«, erzählte Ricardo. »Die anderen fünf Geschwister meines Vaters kamen bei einem Fräulein Schuster in Nienburg unter. Mein Großvater versuchte in der damaligen Wirtschaftskrise in Hamburg Fuß zu fassen. Doch das war aussichtslos. Warum sein reicher Onkel, der Reeder, ihn nicht beschäftigte? Da waren irgendwelche Unstimmigkeiten. Keiner redete je darüber. Großvater versuchte, der Mutter zu helfen, die immer noch schwer nervenkrank war. Beide gingen dann mit Alwin, ihrem jüngsten Sohn, nach England.«

»Alwin? Warum kenne ich den noch nicht?«, fragte Nora und schaute Ricardo an. Die Familie barg wirklich viele Geheimnisse.

»Onkel Alwin ist vor zehn Jahren gestorben«, antwortete Ricardo und ließ seinen Blick über den Mühlteich schweifen.

»Und dein Großvater?«, bohrte Nora weiter.

»Der ging nach Amerika. Hier kämpfte er in einem deutschen Regiment. Gegen die verfluchte Sklaverei, wie er schrieb. Er hat in 14 Schlachten mutig gekämpft, schied hochdekoriert aus der Armee aus. Den grausamen Krieg hat er überlebt. Kurz darauf starb er unglücklicherweise in Buenos Aires an Gelbfieber.«

Ricardo schwieg. Der schwarze Vogel schüttelte sich. In der Sonne schimmerten die Farben glänzend-lila an Hals und Brust.

Er ist nicht gänzlich schwarz, dachte er und bewunderte die stumme Eleganz des Kormorans.

Nora strich ihr hellblaues Kleid glatt.

»Und hier wurde also Kupfer hergestellt?«, fragte sie Ricardo und blickte in Richtung der Siedlung am Teichrand.

»Nein, nicht hergestellt, gehämmert wurde das Metall und dabei zu Drähten gezogen. Das geschah alles dort drüben in dem Langhaus bei dem Wehr. Die Maschinen wurden von der Wasserkraft des Stauteichs angetrieben.« Ricardo zeigte auf das längliche Gebäude mit einem Fachwerkgiebel.

»Kupferdrähte, vor allem auch Messingdrähte, brauchte der Bruder meines Urgroßvaters für seine Schiffe. Er war nicht nur Reeder, sondern verkaufte auch Schiffszubehör. Später lief das Geschäft nicht mehr gut. Urgroßvater hatte eine neue Geschäftsidee. Er baute um. Eine Wollkämmerei und eine Spinnerei waren sein neuer Traum. Ganz einfach: aus Alt mach Neu. Er kaufte alte Wollkleider aus England in Ballen auf. Dort hinten im zweistöckigen Haus trennten Arbeiterinnen dann von den alten Kleidern die Knöpfe und öffneten die Nähte. Die Stoffe wurden neu gekämmt, Wolle daraus gesponnen und neu gewebt. Ein nachhaltiges Geschäft. Man nannte die Stoffe Shaddy-Ware.«

»Das kann ich mir nicht vorstellen. Die waren doch alle dreckig, diese Sachen!« Nora öffnete den Picknickkorb und griff nach einem Rosinentörtchen.

»Aber Liebes, die wurden hier mit dem Teichwasser und viel Kernseife gut gewaschen. Die Reste der Kleider, die Säume und Knopflöcher, die nicht versponnen werden konnten, wurden mit den Stoffen in Säcken wieder zurückgeschippert. Damit hat man die Hopfenfelder in England gedüngt«, erklärte Ricardo.

»Was für ein Hin und Her von hüben nach drüben und wieder zurück. Da wird einem ja ganz schwindelig«, klagte Nora.

»Das stimmt. Aber Wolle war kostbar. Der große Krieg hatte fast alle Wollvorräte verbraucht. Das ist auch die Zeit, in der die Wolle aus Chile, also aus Patagonien, so wertvoll wurde. Großvater Johns Geschäft hier in Wohldorf lief aber nur kurz Zeit wirklich gut. Als die Dänen das Gebiet im Umland besetzten, blieb Wohltorf Hamburger Staatsgebiet. Eine Insel inmitten von Dänemark. Und damit begann der Niedergang des Shaddy-Handels. Denn auf die Transporte vom Hafen zur Mühle und wieder zurück musste man durch einen kleinen Streifen dänisches Hoheitsgebiet. Die Dänen kassierten auf alle Transporte zweimal Zoll. Mit dieser Belastung war das Geschäft nicht mehr zu halten. Die Gewinnspannen waren einfach zu gering.

John Sloman klagte in dieser Sache mehrfach vor dem Hamburger Senat. Er war in dieser kleinen Hamburger Enklave der einzige Arbeitgeber für die Frauen der Landbevölkerung. Aber der Hamburger Senat duckte sich vor der dänischen Verwaltung. Enttäuscht verpachtete mein Urgroßvater die Mühle und zog mit seiner Werkstatt in das Haus dort drüben.« Ricardo zeigte auf ein hübsches weißes Häuschen. »Er liebte diesen Ort und das Landleben und wäre niemals freiwillig fortgezogen.«

»Werkstatt, wofür brauchte er eine Werkstatt?«, fragte Jonas neugierig und aß zwei saure Gürkchen auf einmal, aus jeder Hand eines.

»Ja, die Werkstatt. Von der erzählt mein Vater heute noch. Die muss was ganz Besonderes gewesen sein. In seiner Werkstatt verschwand er stundenlang und tüftelte tagein, tagaus an der Erfindung eines *Perpetuum mobile.*«

Ricardo strich die Wolldecke glatt, auf der er saß, und erzählte weiter: »Und eine ähnlich schöne Werkstatt, mein ›Labor‹, wie ich es nenne, wird oben in einer Dachwohnung im Chilehaus gerade eingerichtet. Endlich genug Raum für meine Erfindungen«, sagte er und blinzelte in die Wolken.

Schreiend flogen einige Kormorane aus ihren Nestern auf und zogen in Formation über den Himmel. Wohl in Richtung der nördlich liegenden Sumpfseen zum Fischen, dachte Ricardo.

»*Perpetuum mobile*? Was ist das?«, fragte Nora, die dem Vogelschwarm hinterherschaute.

»Eine Maschine, die so gebaut ist, dass sie sich von allein in Bewegung hält und am besten dabei auch noch andere Maschinen antreibt«, erklärte Ricardo.

»Eine Idee, die an sich Unfug ist«, warf Jonas ein. »Es braucht doch einen Energieimpuls. Einer muss die Maschine ja in Gang setzen. Dabei wird schon Energie verbraucht. Und dann gibt es das physikalische Gesetz des Abriebs, des Verschleißes, dem alle Maschinen unterliegen. Keine Maschine der Welt läuft von selbst und immer und ewig. Das ist gegen alle Naturgesetze.«

Ricardo fuhr fort: »Mein Vater erzählte, Großvater John sei ein ›Maschinenflüsterer‹ gewesen. Seine Maschinen hier auf der Kupfermühle wären wie Butter gelaufen, also – wie geschmiert.« Ricardo lachte über die eigene Formulierung.

»Ein Alchimist der Maschinen«, bemerkte Erica heiter, die nie viel Wein trank. Sie stellte gerade fest, dass drei Gläser Wein in netter Gesellschaft eine feine Sache waren.

»Das war er wohl«, stimmte Ricardo ihr zu.

Jonas war mit seinen Gedanken noch ganz beim *Perpetuum mobile* und überlegte:

»Ein richtiger Alchimist hat nicht nur die Geheimnisse der Materie durchdrungen, sondern auch das Arkanum der Bewegungsenergie. Das *Perpetuum mobile* ist nicht nur eine mechanische Idee oder ein technischer ›Unfug‹! Was dem chemisch forschenden Alchimisten das Gold ist, ist dem philosophierenden Mechanisten das *Perpetuum mobile.* Energie in Bewegung. Bewegung ist eines der Geheimnisse des Universums. Alles hängt voneinander ab, bewegt sich und wird bewegt.«

Ein in Angriff genommenes Salpeterlager in der Atacama – Grafik von 1902

Medaillon Seejungfrau und Meermann, gefangen in einem Netz © Privatarchiv Arends

Fischweib und Fischmann – »Doppelt hält besser!« ⓫

Zwei glückliche Meerwesen, ein Meermann und eine Seejungfrau, gefangen in einem Netz, grüßen den Spaziergänger, der von der Speicherstadt kommend den linken Arkadengang wählt. Sie schmücken den zweiten runden Schlussstein der Decke. Selbstbewusst stützt der bärtige Mann seinen linken Arm an seine Hüfte. Den anderen Arm hat er unter seine rechte Kopfseite gelegt. Sein Ellbogen geht über den Rand des Medaillons, der ihm als bequeme Stütze dient. Eingedreht wie Yin und Yang liegt ihm gegenüber die Meerjungfrau. Auch sie lehnt ihren rechten Ellbogen über den Rand des Schlusssteines. Mit der linken Hand hat sie den Oberarm des Mannes gepackt. Ihre Fischflosse liegt, anders als beim Fischmann, im Kreisinneren. Mit ihren Flossenspitzen hat sie zärtlich den Hals des Mannes umfasst. Beide lächeln die Passanten an. Fischmänner und Seejungfrauen gelten in Südamerika als Glücksbringer.

Das Netz ist hochgezogen. Es sieht aus, als sei es an den Rippen der Decke stramm aufgespannt. Der Bildhauer Richard Kuöhl wählt hier wieder die Form eines Netzes, um das Thema der Meerjungfrau nebst Mann, das eigentlich an einer Decke als Schmuck nichts zu suchen hat, im wahrsten Sinne des Wortes »hochzuziehen«. Denn den Regeln der Dekoration nach durften nur Wesen, die ihrer Natur nach auch im Oben, sprich in der Luft, in Bäumen oder im Himmel leben, Decken schmücken.

Der Gesang der Sirenen

Caldera, Chile, 21. Dezember 1894, 22.30 Uhr. Im Ruderboot: Henry Sloman, sein Bruder Robert W. Sloman, Helene Gräfin zu Dohna und Wilhelmine Betz.

»Ich habe noch nie eine Meerjungfrau gesehen!« Wilhelmine war aufgeregt.

»Die sind gar nicht so selten – zumindest, was die Märchen und Mythen Chiles angeht.« Henry war seit zwei Wochen gemeinsam mit seinem jüngeren Bruder Robert in Copiapó. Sie logierten im *Green Man*. Henry hatte Möglichkeiten studiert, Geschäfte außerhalb der Salpeterwelt anzulegen. Seit die erste Mine besser lief und die Salpeterkrise zu Ende war, suchte Henry nach neuen vielversprechenden Investitionschancen. Vielleicht eine Kupfermine oder Silbermine? Eine bestimmte Kupfermine in Taltal lockte. Aber Henry war sich bei dieser Gelegenheit nicht sicher, er kannte sich wenig mit dieser Art von Geschäften aus.

Ihr Aufenthalt in Copiapó war fast zu Ende, man saß im Frühstückssalon gemeinsam mit den Fräuleins Helene und Wilhelmine gemütlich beieinander. Eine Neuigkeit war an diesem Morgen in aller Munde, es war der Aufmacher der heutigen Tageszeitung. Die Fischer in der nahe gelegenen Küstenstadt Caldera hatten die Meerjungfrauen, die Sirenen, singen gehört. Einige, so wurde berichtet, waren sogar gesichtet worden.

Diese Nachricht war in Copiapó der Startschuss zu einem bekannten Volksvergnügen. Alle packten Picknickkörbe, Musikinstrumente, Kind und Kegel. Flugs hatten Helene und Wilhelmine die Brüder zu dem Ausflug überreden können.

Die pazifische Hafenstadt Caldera war von Copiapó mit der Eisenbahn halbwegs gut zu erreichen. Es waren noch Zimmer zu haben, aber sämtliche Boote waren bereits zu horrenden Preisen vermietet. Henry musste eine Goldmünze mit vielen guten Worten zücken, um noch ein Ruderboot zu ergattern.

Der Gesang sollte erst am Abend zu hören sein. Am Ufer herrschte bereits ein heiteres Jahrmarkttreiben. Man flanierte die Promenade entlang oder erfrischte sich bei einem Bad im kalten Pazifik. Für ihre Badegäste hatte das Städtchen eine Reihe eleganter Holzhäuschen auf Stelzen in das Meer gebaut. Meist waren die Badehäuschen mit einer Pier verbunden. Einige waren auch um einen quadratischen Hof errichtet, sodass man aus der Umkleidekabine über ein wackeliges Treppchen ins Wasser steigen und gemeinsam ein vergnügliches Bad nehmen konnte. Oben in einem Speisesaal konnten die Tafelnden den Badenden zuschauen.

Überall, so schien es, standen schon wieder Spieltische. Die Bank war gelegt, wie es so schön hieß. Man spielte erhitzt das berüchtigte Kartenspiel Monte. Einige Hinterhöfe luden die Vorbeiziehenden zu Hahnenkämpfen ein.

Es war zehn Uhr abends, als die Fischer zu den Booten riefen. Alles begab sich nun in die Lastkähne oder kleineren Ruderboote. Nachdem am Ufer den ganzen Tag ein vergnügt lautes Treiben stattgefunden hatte, begann überall eine lauschende Stille.

Es war eine herrlich warme Vollmondnacht. Das Meer war spiegelglatt, kein Wind wehte. Man hörte nur das schwache Geräusch der auslaufenden Wellen, die sich am Ufer brachen. Gut über fünfzig Boote, alle mit Laternen erleuchtet, glitten mit sanften Ruderschlägen im Hafen hin und her.

»Es soll Glück bringen, Sirenen singen zu hören. Bei manchen Menschen hat es das ganze Leben verändert, heißt es«, sagte Wilhelmine und schaute Robert glücklich an.

»Und wie sollen die Meerfrauen aussehen?«, fragte Robert.

»Frauen mit langen blonden Haaren. Sie haben einen großen Fischschwanz statt Beinen.«

»Haben Sie schon ein solches Wesen gesehen?«, fragte Helene den Fischer auf Spanisch.

»Ich nicht, aber mein Neffe Fabio, der will eine große schwere Frau im Netz gehabt haben. Nur kurz, dann hat sie das Netz zerrissen und alle Fische sind mit ihr davon geschwommen«, erwiderte der Fischer.

»Wenn das mal kein Albinoseehund war«, brummte Henry auf Deutsch.

»Die Sirenas bleiben nur in den Netzen, wenn sie das auch wollen. Dann lächeln sie den Fischer an. Lässt der Fischer sie frei, bringen sie ihm Glück und als Dank reichen Fang. So wird es erzählt«, sagte der Fischer und machte ein paar Schläge mit dem Ruder.

Er fuhr fort: »Die Sirenas sind Wandler. Sie verändern oft ihr Aussehen. Sie können sich in große Fische und Meerlöwen verwandeln. Immer gilt es, ihnen voller Respekt zu begegnen – man weiß nie, was sie im Schilde führen.«

»Wandler? Nie gehört«, sagte Helene und sah Henry fragend an.

Henry wechselte wieder ins Deutsche: »Wandler sind halbgöttliche Naturwesen. Sie verändern ihre Form. Die Sirenen Südamerikas tauchen schon in den alten Mythen der Inkas auf. Die Wasserwesen haben mal Beine, ja, sie können aussehen wie eine Frau. Dann wiederum können sie sich in einen Vogel verwandeln oder in einen Fisch, eine Seekuh, in eine Frau mit Flügeln und Fischschwanz. Man erkennt sie nicht an ihrer äußeren Gestalt, sondern an ihrem Tun und Handeln.«

»Und heute singen sie hoffentlich«, schwärmte Wilhelmine. Sie zogen mit ihrem kleinen Boot an großen Schiffen, die im Hafen ankerten, vorbei. Hoch ragten die schwarzen Schiffswände in den Himmel. Matrosen standen an der Reling und winkten ihnen zu. Auch sie genossen das ungewohnte Schauspiel.

Henry erzählte weiter: »Für die Indios der Küsten ist eine Wasserfrau eine heilige Angelegenheit. Sie ist für sie eine Wassergöttin, eine Art Vermittlerin zwischen Meer, Meerestieren und Menschen. Sie wird von den *Changas*, den Fischern hier, sehr verehrt. Es heißt, wo immer sie auftaucht, bringt sie Glück.«

Im Hafen wurde es noch ruhiger, eine erwartungsvolle Stimmung herrschte.

Henry sprach leise: »Die ganze Küste entlang, von Mittelamerika bis nach Mexiko, werden die Sirenen hochverehrt. Jedes Volk hat ihnen andere Namen gegeben. Die Pincoyas, so heißen Wasserfrauen in Mittelamerika, werden vor allen wichtigen Lebensereignissen um ihren besonderen Schutz und Segen gebeten. Vor Hochzeiten, wenn man ein Haus baut oder auch die Felder einsät. Kleine Bilder von Meerjungfrauen hängen als Schutz über den Eingängen der Haustüren. Sie bewachen Haus und Hof.«

»Schau, da!«, Wilhelmine zeigte auf etwas auf der schwarzen Wasseroberfläche.

»Das ist nur ein Brett, das da schwimmt!«, sagte Robert erheitert.

Helene sah Henry an und dieser erzählte weiter: »Selbst in der Wüste soll es Meerfrauen gegeben haben: in den Wasserlöchern, den Salzseen, den unterirdischen Flüssen, ja in den alten großen Tunneln der Wasserleitungen, die die Inkas anlegten. Jeder Indio, der in der Wüste auf Wasser trifft, zollt zuerst den Wasserwesen seinen Respekt. Ein kleines Gebet und etwas Coca-Speichel sollen sie günstig stimmen. Die Indios der Wüste glauben, dass die Wüstenwasserwesen besonders gerne ihren Schabernack mit den Menschen treiben. So schicken sie ihnen Bilder der Fata Morgana. Sind es schöne Männer, die sich unbedarft neben den Wasserlöchern schlafen legen, dann können Wasserfrauen im Traum von ihnen Besitz ergreifen. Oft schlüpft eine Wasserfrau unbemerkt in seinen Körper und wandert mit ihm. In der Wüste überkommt den Besessenen dann ein solcher Riesendurst, dass er wahnsinnig wird.«

»Sirenas in der Wüste!«, rief Wilhelmine verwundert aus.

»Schsch!«, machte Helene. »Du vertreibst noch die Sirenen.«

»Gerade dort«, warf Robert amüsiert ein. »Die Wüste war ja früher eine Lagune oder auch ein Urmeer. Wer kann das heute schon genau sagen? Also wird es dort Sirenas gegeben haben. Vielleicht sind die Wasserfrauen in den Restwasserpfützen des ablaufenden Meers oder der austrocknenden Lagune hängengeblieben?«

»Werden Meerjungfrauen denn so alt?«, staunte Wilhelmine.

Henry lächelte seinen Bruder an. Er war froh, dass Robert da war, und fuhr fort.

»Berühmt und gefürchtet unter den Wüstenreisenden sind die Sirenas der Salzseen. Man darf sie nicht anschauen, denn sie erscheinen nackt, nur in ihre langen Haare gehüllt. Oft haben sie silberne Flügel. Sie tragen einen Stern im Haar, der so gleißend hell ist, dass er ihre Nacktheit überstrahlt. Jeder, der sie anschaut, wird für einige Zeit geblendet. Wer sie zu lange anstarrt, verliert sein Augenlicht, heißt es. Die Atacameños schauen deshalb auf den Salzseen nie ins helle Licht. Ich denke, der alte Aberglaube beschützt die Augen der Wüstenvölker.«

»Aqui! Aqui!«, schallte es vom Nachbarboot. Man begann von allen Seiten in die Richtung dieses Bootes zu rudern. Aber es waren nur die Köpfe von zwei großen Seelöwen. Sie schwammen zwischen den Booten hin und her, verwundert und neugierig schauten sie mit hoch aus dem Wasser gestreckten Köpfen in alle Richtungen.

»Gibt es in den Mythen hier auch ganz normale Meermänner? Ich kenne nur Poseidon, den griechischen Gott der Meere«, wollte Helene wissen, die bequem zurückgelehnt die nächtliche Kahnfahrt genoss.

»Aber ja. Im tiefen Süden Chiles finden sich Mythen von Meermännern. Eine bekam ich in Punta Arenas erzählt, dem wichtigsten Handelszentrum Südpatagoniens.« Henry streckte seine Hand über den Rand des Bootes ins Meer. Das Wasser war wie immer sehr kalt, stellte er fest und erzählte weiter.

»Punta Arenas liegt an der Magellanstraße – an der berühmten Durchfahrt vom Atlantik zum Pazifik«, sagte Henry und sah seinen Bruder an. »Punta Arenas ist der einzige Freihafen Chiles. Ein Freihafen, wie auch Hamburg einen hat. Keine Steuern oder Hafengebühren werden hier fällig. Das hat die Wirtschaft in der verlorensten Ecke der Welt angekurbelt.«

»Und die Meermänner?«, hakte Wilhelmine nach.

»Die gehören bei den Inselindios zum Alltag. Die Meermänner sind für sie eine Art von verbündeten Naturwesen, die man um Mithilfe beim Fischfang bittet. Die Völker der Chono, Kaweskar und Yagan glaubten, dass die ganze Natur beseelt ist. Wer im Einklang mit der Natur lebt, darf auch die Mithilfe der Naturgeister erbitten. Viele Stämme im Süden leben als Nomaden in Kanus. Ihren ganzen Hausstand samt ihrer Feuerstelle haben sie immer im Boot dabei«, erzählte Henry.

»Kommt von da unten nicht auch dieser besondere Schinken?«, fragte Robert und nahm sich noch ein Stück Brot.

»Stimmt, den hatte ich schon vergessen. Die Schweine in Ancud sind Strandschweine. Sie fressen Algen und Muscheln. Das verleiht dem Schinken seine besondere Note. Mir fischelte der zu sehr. Aber Gourmets schwören auf diesen Geschmack.«

»Bringen die Meermänner auch Glück – wie die Meerjungfrauen?«, überlegte Helene.

»Aber ja. Man sagt in Magallanes und Chiloé, sie retten Ertrinkenden das Leben. Es gibt eine alte Legende über die Meermänner, die ich unten in Ancud im kleinen Süden erzählt bekam. Wir waren zum Dinner beim Hafenmeister geladen. Verrückter Kerl. Wusste aber gute Geschichten zu erzählen. Der hatte über der Tür eine ausgekochte Meerspinne angenagelt. Eine Meerspinne sieht aus wie ein großer Krebs oder vielleicht wie ein Hummer, aber mit einem runden Körper. Da unten nutzt man die toten Meerspinnen als Wetteranzeiger. Krümmen sich die langen Beine, dann steht gutes Wetter ins Haus. Streckt sie alle sechs von sich – dann kommt eine Regenfront.« Henry hielt sein Glas hin, als sein Bruder eine Runde Wein nachschenkte.

Helene blieb hartnäckig. »Und die Meermänner?«

»Genau. Der Hafenmeister erzählte folgende alte Insellegende.« Henry hielt inne und lauschte dem Platschen der Ruder. Von einem anderen Boot drang ein verhaltenes Lachen herüber. Dann begann er:

»Es wird seit Urzeiten erzählt, dass einst eine große Sintflut drohte, über das Land zu kommen. Die Große Mutter hatte Mitleid mit ihren Kindern, den Menschen. Sie schickte der Machí, der Medizinfrau des Stammes, einen Traum mit einer Warnung für ihr Volk. Die Frauen folgten den weisen Worten und flohen auf die höchsten Berge. Die Männer aber verlachten die Medizinfrau. Sie beschlossen, ein Fest zu feiern, auf dem reichlich Gegorenes floss. Da kam aus der Dunkelheit die große Welle und riss die Männer mit sich in die Tiefen des Meeres. Alle ertranken. Ein Wehklagen hob unter den Frauen an. Hatten sie auch hier und da unter den Männern zu leiden gehabt – ganz ohne Männer wollten sie dennoch nicht leben. Da hatte die Große Mutter wieder Mitleid. Sie schenkte den Männern das Leben. Allerdings blieben sie ver-

zauberte Fischmänner, die im Wasser leben mussten. Ab und zu ließen sie sich von ihren Frauen in Netzen fangen. Seit der Zeit sind die Frauen auch Fischerinnen, so erzählt man sich.«

Plötzlich ein Ruf. Er kam von dem Boot, auf dem sich der Hafenkapitän von Caldera und der Gouverneur von Copiapó mit dessen Familien befanden. Das verabredete Zeichen: anhalten und horchen.

Da waren sie. Töne aus der Tiefe des schwarzen Wassers. Ganz schwach waren sie zu hören. Dann wurden sie etwas lauter, klangen ähnlich den langgezogenen Tönen einer alten wohlklingenden Orgel. Mehrere Töne verbanden sich zu einem Chor lang gezogener Klänge.

»Das klingt ja wie Windharfen!«, flüsterte Helene aufgeregt und starrte in das dunkle Wasser.

»Ja, aber mehrere Windharfen«, ergänzte Wilhelmine leise. Sie lauschten den Tönen gut eine halbe Stunde. Dann wurde es unvermittelt still. Eine heiße Diskussion setzte ein, woher und von was die Töne kämen.

»Sirenen. Das glaube ich nicht!«, sagte Helene. »Was meinen Sie?«, fragte sie den Fischer auf Spanisch.

»Man sagt, das die Töne hier in der Bucht durch das Vor- und Zurückweichen des Wassers bei hoher Flut an Vollmond entstehen. Es soll unterirdische Höhlen geben. Das durch Steinkanten und Löcher gepresste Wasser soll die Töne hervorrufen«, erklärte der Fischer. »Aber ich glaube das nicht!«

»Was glauben Sie?«, fragte Robert und sah ihn an.

»Señor Don. Das sind *las animas de los antiguos*, die Geister der Ertrunkenen, die bei Vollmond klagen«, sagte der Fischer.

»Ich möchte glauben, dass es Sirenas sind«, erklärte Wilhelmine. Eine Gruppe junger Menschen auf dem Nachbarboot begann mit Scherzen.

»Da! Ich habe eine Sirena gesehen! Sie schwimmt zu euch!«

Man lachte, als Wilhelmine sich plötzlich von Backbord nach Steuerbord warf und sich weit hinausbeugte, um die dunkle Wasserfläche zu studieren. Das Boot schaukelte gefährlich.

»Ich folge da lieber der Theorie des französischen Gelehrten Onffroy de Thoron. Er sagte, das seien singende Fische!«, bemerkte Henry trocken.

»Das kann ich nicht glauben. Wie sollen Fische denn solche Töne unter Wasser hervorbringen?«

»Vielleicht handelt es sich ja um unbekannte Seetiere. Oder Schildkröten? Oder noch exotischere Tiere?« Angeregt sponnen die Damen ihre Vermutungen weiter aus ins Groteske.

»Eine Sirene!« Ein Ruf aus der Ferne. Viele Boote machten sich in diese Richtung auf. Aber es waren wieder nur Seehunde.

Das Mondlicht glänzte silbrig und überstrahlte die Szene, für diese eine Nacht ein magischer, verwunschener Ort. Die warme Vollmondnacht lud zum Verweilen, ein und so ließ sich die kleine Gruppe vom geduldigen Fischer zwischen den Booten hin und her rudern. Von anderen Booten klang Gitarrenmusik herüber.

Helle Stimmen trällerten Barcarolen, Balladen und romantische Liebeslieder. Ab und zu schallte es herüber und hinüber:

»Ahi! Ahi! Una sirena!«

Ein Engel trägt das Schriftband mit dem Datum des Gießens der Betondecke

Die Himmelswesen ⓬

An drei Stellen sind am Chilehaus an den Decken der überdachten Gehwege der Fischertwiete Himmelswesen zu finden.

1. Betritt man die Fischertwiete und wählt den westlichen, rechten Durchgang, der zum Aufgang A des Chilehauses führt, so begrüßt einen in der Mitte der Decke ein Medaillon mit einem Engel. Dieser hält ein Spruchband mit der Inschrift »1922/23 KUÖHL« und benennt den Zeitpunkt, zu dem die Betondecke gegossen wurde.

2. Betritt man die Fischertwiete von Süden her, vom Meßplatz, und wählt den rechten Arkadengang, dann begrüßt einen im ersten Deckenabschnitt ein Medaillon, das die Allegorie der Fortuna schmückt. Fortuna ist mit Flügeln und einem erhobenen Füllhorn dargestellt.

3. Wer die Fischertwiete vom Buchardtplatz aus betritt und den linken Durchgang wählt, findet im zweiten Deckenmedaillon zwei dralle Putti mit kleinen Flügelchen.

Aus Fritz Högers Manuskript *Zum Chilehaus*

Man sehe auch die Betonuntersichten der Bürgersteigdecken bei den beiden Überbauungen der Fischertwiete. Hier sieht man plastischen Schmuck, sodass der Beschauer, der solch gediegene Ausführung wohl noch nie gesehen hat, annehmen muss, dass dieser plastische Schmuck nachträglich unter diesen starken Eisenbetonuntersichten angebracht, versteckt aufgehängt und verankert oder darunter »geklebt« sei. Dem ist aber ganz anders – fast umgekehrt, wie beim Gießen einer Glocke. Genau wie da wurde auch hier die plastische Untersicht der besagten Bürgersteigdecken in Negativformen gegossen. Hierbei zeigt sich dann in der fertigen Betonarbeit ein sehr schönes Spiel von Farbe und Struktur des Betons – ein schönes natürliches Spiel.

Fortuna schmückt ein Medaillon, bereit, ihr erhobenes Füllhorn auf die unter ihr Stehenden auszuschütten

Immer im Kreis herum!

Hamburg-Uhlenhorst, Lerchenfeld, Atelier Richard Kuöhl, 24. August 1921. Anwesend: der Bildhauer und Fritz Höger, der Architekt, Henry Sloman, der Bauherr, seine Söhne Enrique und Ricardo.

»Von oben das Unten gießen!«

»Sie gießen die Dekorationen gleich mit?«

Ricardo Sloman ließ sich von Fritz Höger den Vorgang erklären.

»Ja, das ist alles ein Guss. Die Decken der Durchgänge, ihr Schmuck und auch die Zierfriese zum Hof hin. Wir verwenden einen besonders feinen Beton. Das sieht später dann aus wie Kunststein. Ist aber Beton.« Fritz Höger tippte auf eine Zeichnung mit einem Fries nebeneinander angeordneter, gebauchter Spitzbögen.

Henry Sloman war mit seinen beiden Söhnen Enrique und Ricardo zu einer Besprechung im Atelier des Bildhauers. Die Herren standen um den großen Zeichentisch. Milchiges Licht fiel durch die hohen Fenster herein. Eine Seite des Ateliers war ganz mit einem breiten, quadratischen Sprossenfenster verglast. Eine Schiebetür stand offen. Von draußen klangen der Spätsommer und das Hämmern eines Lehrlings herein.

Höger setzte seine Einführung fort: »Das Chilehaus wird ein Vorzeigebau moderner Backsteinkunst. Wir zeigen hier, wie man neue Baumaterialien wie Beton werkgerecht anwendet. Backstein-Tradition und Beton-Moderne stehen gleichberechtigt nebeneinander, meine Herren. Beide zeigen auf ihre Weise materialtypisches Dekor. Für den Backstein die aufwendige Musterung, für den Beton neue Schmuckformen der Oberflächen, die Kuöhl entwickelt. Materialgerecht, funktionell und schön!«

Höger sah Kuöhl an und schob die Unterlippe vor. »Decken mit solch aufwendigem Schmuck zu gießen, das ist für Hamburg neu. Was sage ich: Das ist neu in ganz Deutschland. Vielleicht ein Wagnis. Aber gut, wenn einer das kann, dann Kuöhl.«

Fritz Höger nahm seine Brille ab, strich über ihren sehr breiten, schwarzen Rand. Er zog ein Taschentuch aus seiner Weste und begann gedankenverloren und umständlich mit der Säuberung der Gläser.

»Die Hauptleistung liegt in der Schalung. Vor dem Betonguss. Hier wird Herr Kuöhl«, er nickte, ohne aufzusehen, in dessen Richtung, »die Motive negativ, also umgekehrt, denken, entwerfen und ausführen. Die Gussform für den Beton wird dann zuerst in die Verschalungen eingebaut. Also ähnlich wie bei einer Kuchenform.« Er setzte seine Brille wieder auf und sah jetzt den Bildhauer herausfordernd an.

Richard Kuöhl war aufgestanden. Wie immer im weißen Kittel.

Er sieht wie ein Oberarzt aus, mit dem man einen heiklen Eingriff zu besprechen hat, dachte Ricardo bei sich.

Der Architekt führte weiter aus: »Alles. Die Rippen, die kristallinen Zwischenmuster und auch der seitliche Fries werden als Gipsmodelle gearbeitet. Von denen dann Formen abgenommen werden. Vor dem Guss werden diese Negative am Grund der Decken montiert.«

Fritz Höger war ganz in seinem Element.

»Nichts, absolut gar nichts ist dem Zufall überlassen. Dabei sind die Formen der Rippen exakt auf den Verlauf und die Biegungen der Backsteinfugen abgestimmt.«

Höger nickte Kuöhl zu und fuhr fort: »Die besondere Form des Kunststeins, des Betons erfordert eine neue künstlerische Form der Figuren. Der Stil: deutsch, echt gotisch.«

»Aber modern im Ausdruck«, ergänzte Kuöhl die Ausführungen.

Kuöhl zog eine große Zeichnung aus einer Schutzmappe. Sie zeigte maßstabsgetreu einen Schlussstein, einen Engel mit großen Flügeln.

Der Engel lächelte heiter, so als ob ihn sein stark zur Seite gelegter Kopf überhaupt nicht störe. Sein lockiges Haar zeigte seine Freude. Die halbrunde Fläche wurde durch den großen seitlichen Engelsflügel abgerundet.

»Das hier wäre der Klassiker. Ein Schlussstein mit dem entsprechenden Datum. In diesem Falle der Vollendung des Deckengusses, seitlich von Aufgang A«, erläuterte Kuöhl und schien mit sich zufrieden.

Ach so, dachte Ricardo. Das also ist der moderne Stil für Figuren in Gussbeton. Etwas zu magere Frauen in Hemdkleidern. Engel müssen stromlinienförmig fliegen.

Das Schriftband zeigte die optimistische Jahreszahl 1922. Zu Füßen des Engels die Signatur des Bildhauers. Auch beim Halten des Schriftbandes schien der Engel mit viel Einsatz bei der Sache zu sein. Er hielt mit der linken Hand das Schriftband so umgriffen, als ob ein Handwerker einen schweren Balken packen würde, um das Gewicht zu balancieren. Das Band selbst schien, trotz der luftig zurückschwingenden Enden, eine gewichtige Angelegenheit zu sein. Ricardo lächelte. Er mochte die moderne Kunst Kuöhls, die ihn an die Kunst der Urvölker aus Lateinamerika erinnerte. Ein holzschnittartiger und zugleich beschwingter Stil. Ricardo Sloman zog die Skizze etwas näher zu sich heran.

»Werkgerechte moderne Betongotik! So würde ich das nennen. Der Engel sieht aus, als ob er sich auf dem Schlussstein im Kreis dreht!«, überlegte er laut.

»Ja. Richtig. Das Motiv der Drehung. Die Bewegung. Das ist für alle Schlusssteine geplant. Es ist zwingend notwendig. Dekoration darf nie sinn- oder funktionslos sein!«, mischte sich Fritz Höger ein.

»Hier laufen am Tag Hunderte von Menschen durch. Diese Arkadengänge sind Teil der Wege und Straßen, die wie pulsierende Adern die Innenstadt durchziehen. Fußgänger, die zur Arbeit gehen, in die Fischertwiete, auf dem Weg von oder zur Wandrahmsbrücke. Diese Unruhe zeigt sich in der Kreisbewegung.«

»Der Schmuck sollte doch vor allem Bezug zum Chilehaus haben!«, gab Henry Sloman zu bedenken und zog die Zeichnung zu sich heran.

»Ja, Herr Sloman. Das wird auch genauso sein! Aber wir müssen Inhalt und Form unterscheiden. Das, was hier abgebildet ist, die Art der Darstellungen, bestimmt der Ort am Bauwerk. Werkgerechte Dekoration! Das sind die Regeln echter, zeitgemäßer deutscher Baukunst.«

»Hier!« Kuöhl legte die Vorskizze einer Fortuna auf den Tisch. Auch sie mit abgeknicktem Hals.

Viel zu mager für eine Allegorie der Fülle, schoss es Ricardo durch den Kopf. Diese Fortuna wirkte sportlich und entschlossen im Ausdruck. Die weiß, was sie will. Sie schien direkt im Anflug nach vorne.

Kuöhl tippte auf den Hinterkopf der Figur und führte aus: »Hier habe ich die Locken kürzer gestaltet. Ihre Haare liegen in parallelen Lockenlinien. Locken zeigen in der Bildhauerei Bewegung an. Das Vorbild sind die klassischen Skulpturen der alten Griechen. Wehendes, lockiges Haar. Wehende, flatternde Kleidung. Das ist die Bildsprache, die Aktion und große Gefühle andeutet. Denken Sie an Botticellis Venus!«

»Sie stemmt das Füllhorn eher wie ein nordisches Trinkgefäß für Met!«, befand Henry Sloman nachdenklich.

»Ja, aber mit der nächsten Drehung schüttet sie es aus. Auf all die Menschen, die unter ihr täglich diese Durchgänge passieren!«

»Und warum schaut sie so streng?«, fragte Henry Sloman.

»Fortuna weiß, dass wahre Fülle eine ernste Angelegenheit ist. Große Fülle und innerer Reichtum bedeuten immer große Verantwortung.«

Schweigen im Raum. Kuöhl bemerkte es gar nicht. Er war schon weiter. Er zog eine neue Skizze hervor. Zwei dralle Putti mit winzigen Flügelchen. Beide strampeln mit ihren speckigen Beinchen. Die beiden Engel sind gegenständig dargestellt. Ein wenig sieht es so aus, als stoße sich ein Engelchen sanft am Kopf des jeweils anderen ab. Sie halten zwei Sterne in ihren Händen.

Schau, Kuöhl kann auch pummelig, wenn er will, dachte Ricardo amüsiert und sagte: »Wie das asiatische Yin und Yang.«

Richard Kuöhl hielt kurz inne, lächelte knapp und fuhr fort. »Tag und Nacht. Eine Allegorie für den Tagesrhythmus des Angestellten im Kontor. Auch die Werftarbeiter und Schauerleute, sie laufen alle durch die Arkaden vom Chilehaus weiter über die Brücke zu den Schiffen. Morgens geht man zur Arbeit, abends wieder nach Hause. Der eine Engel hält den Morgenstern. Der andere den Abendstern. Dieser schläft ein, jener erwacht.«

Fritz Höger nickte zufrieden.

»Für mich sieht das eher aus wie das Sternbild der Zwillinge«, brummte Henry Sloman. Er mochte die Tiere von Kuöhl lieber als die für seinen Geschmack zu strengen Figuren. Aber er ist ja auch schon ein älteres Semester, und die neue Zeit verlangt nach neuen Formen.

»Vielleicht ein paar mehr Tiere und weniger Engel!«, schlug er vor. Er hatte es nicht so mit Engeln. Kuöhl seufzte und atmete aus. Den Unterschied zwischen einem Engel und einer Allegorie jetzt zu erklären wäre vermutlich unhöflich.

»Warum nicht auch noch die Engel der Meere: die Meermänner und Meerjungfrauen. Ein um sich kreisendes Pärchen, das sich gegenseitig am Schwanz packt!« Ricardo, der das Zuviel an englischem Humor von seinem Urgroßvater geerbt hatte, fing sich einen strengen Blick von seinem Vater ein.

Kuöhl nahm den Faden auf. »Das sind Wasserwesen. Die haben an der Decke nichts verloren. Es sei denn … darüber müsste ich noch mal nachdenken …«

Zwei dralle Putti mit winzigen Flügelchen, Allegorien des Morgen- und Abendsterns © Privatarchiv Arends/Sloman

Eine Nest mit drei Küken und einem Elternvogel, der einen zappelnden Fisch herbeiträgt © Elio Stettler

Ein Nest mit drei Küken ⓭
Die Guanovögel

Betritt man die Fischertwiete aus der Richtung der Speicherstadt und wählt die rechte Seite des Durchgangs, dann findet sich im zweiten Deckenabschnitt ein Medaillon, das als Motiv ein Vogelnest zeigt.

Das Kreismotiv ist so gestaltet, dass die eine Hälfte das heranfliegende Elterntier einnimmt. Der Elternvogel, ein *Piquero*, hält einen kleinen zappelnden Fisch im Schnabel. Seine großen Flügel sind weit ausgebreitet. Auf der anderen Seite des Medaillons befindet sich ein Nest. Drei Küken mit aufgerissenen Schnäbeln und ausgebreiteten Flügeln betteln um Futter. Spiralig eingedrehte Äste am Rande des Medaillons deuten das Nest an. Das Motiv mit den drei Küken und dem Elterntier ist eine humorvolle Anspielung auf die Bauherren: Henry Sloman und seine drei Söhne.

Die Piqueros (SULA VARIEGATA) heißen bei uns Guanotölpel. Sie gehören zu den wichtigen »aves guaníferos«, den Guanovögeln. Außer dem Tölpel zählen dazu der Kormoran und der Pelikan.

Übrigens: Slojungens nannte man die Söhne von Sloman.
Handschriftliche Notiz unter Högers Manuskript *Zum Chilehaus*

Viele Federn!

Nienstedten, Lindenterrasse des Hotels Jacob, 24. Juni 1923. Anwesend: Renata Sloman, ihr Sohn Ricardo, der Philosoph Hermann Alexander Graf Keyserling.

»Möwen bringen den Wind der Veränderung«, sagte Renata. Sie schaute nachdenklich auf die Elbe. Schreiende Möwen stießen ins Wasser, zankten und flogen wieder auf. Drei Möwen zogen eine große Runde über die Terrasse.

»Möwen?«, Graf Keyserling sah sie fragend an.

»Zumindest sagt man das in Iquique. Aber man meint damit die Piqueros! Das sind große Tölpelvögel. Sie sehen den Möwen ähnlich.«

»Vor allem bringen sie Glück. Die großen Tölpel zählen zu den Guanovögeln«, erklärte Ricardo.

Auf der stahlblauen Elbe segelten kleine Boote. Weiße Segel, die parallelen Bahnen folgten.

»In Iquique gibt es so viele Vögel, wie man sich das hier in Europa gar nicht vorstellen kann«, bemerkte Renata. Sie freute sich über den Besuch von Graf Keyserling. Man kannte einander aus dem Deutschen Club in Valparaiso. Renata Sloman hatte ihn herzlich nach Hamburg eingeladen. Dieser Einladung war er Jahre später endlich gefolgt. Graf Keyserling traf sich in Hamburg mit anderen Philosophen. Er suchte Mitstreiter für seine Akademie.

»Sie haben nur in Iquique gelebt?«, fragte Graf Keyserling.

»Nach meiner Heirat, ja. Iquique ist eine Stadt der Veränderung, ja der Transformation. Das Leben schenkt einem dort nichts, sagen die meisten Einwanderer. Für mich war es anders. Ich war dort so glücklich wie noch nie«, sie lächelte und legte ihre Hand auf Ricardos Arm.

»Es ist der wichtigste Salpeterhafen der Welt. Hört man von Chile, dann ist das immer mit dem klangvollen Name Iquique verbunden.« Graf Keyserling zog seinen weißen Holzstuhl näher an den Tisch heran.

Ricardo erläuterte: »Die Wüstenstadt verdankt ihren Ursprung der Entdeckung der reichen Silberminen von Huanatajya. Damals entwickelte sich das kleine Fischerdorf zu einer Stadt. Erst später wurde es dann zum wichtigsten Hafen für die Salpeterexporteure. Eine Stadt, die heute nur vom Export des Salpeters lebt. Eine Stadt zwischen Meer und Wüste. Alles, was die Menschen zum Leben benötigen, muss herbeigeschafft werden.«

Renata strich mit ihrer Hand eine Strähne von der Stirn. Der stetige Wind hier auf der Terrasse hatte ihr Haar unter ihrem hellblauen Sommerhütchen gelockert. Renata mochte diesen Ort. Hier oben hatte man einen weiten Blick über die Elbe.

Ricardo erzählte weiter: »Es waren die Vögel, die der Stadt ihren Namen gaben. ›Iquique‹ heißt ›viele Federn und noch mehr Federn‹ in der Sprache der Atacameños. Das Wort ›Aikiú‹ bedeutet Federn. ›Ayquique‹ setzt sich zweimal aus diesem Wort zusammen: ›Aikiú! Aikiú!‹ – ›Federn! Federn!‹ Die Verdoppelung des Wortes soll die schiere Menge von Seevögeln zum Ausdruck bringen.«

Renata stimmte ihrem Sohn zu: »Iquique ist wahrhaft eine

Stadt der Vögel. In nicht enden wollenden Zügen fliegen morgens Millionen Vögel dicht über der Wasseroberfläche gegen Süden. Sie jagen ihrer Nahrung nach. Abends geht es auf die gleiche Art und Weise in entgegengesetzter Richtung zurück. Sie haben ihre Schlafplätze weit im Norden von Iquique, an steil ins Meer abfallenden Felsen und auf kleinen Inseln.«

Ricardo spähte seitlich zu Graf Keyserling. Er mochte ihn. Er war ein sehr interessanter Gesprächspartner. Auch wenn dessen Weltbild Ricardo oft zu religiös war. Graf Keyserling hing der irrwitzigen Idee der Wiedergeburt an. Jede Seele würde in ihr Leben hineingeboren. Schicksal sei, wer in welche Familie geboren werde. Alles folge einem großen Plan, der dazu diene, dass die Seele der Menschen auf der Erde lernen und sich entwickeln solle. Für Ricardo war das Unsinn.

Graf Keyserling träumte davon, europäisches Wissen mit asiatischen Philosophien so zu verschmelzen, dass die geistige Zukunft Europas auf sicheren geistigen Füßen stehe. Er machte Yoga, meditierte. Er hatte einige der Techniken mit ihm und seiner Mutter geübt. Ricardos Sache waren diese asiatischen Übungen nicht. Er bevorzugte Sport und Luftbaden, Sonne auf nackter Haut, Kaltwassergüsse und gute Ernährung. Das waren Ricardos Ideen einer guten Gesundheit. Ricardo freute sich auf seine neue Wohnung im obersten Dachgeschoss des Chilehauses. Das Haus war so hoch, dass er sich von Fritz Höger hier oben eine Terrasse zum Luftbaden hatte bauen lassen. Keiner würde ihn hier sehen, wenn er nackt in der Sonne liegen würde. Kein Mensch weit und breit und er nackt und frei wie ein Vogel.

Graf Keyserling war für eine Woche in der Villa Sloman zu Besuch. Renata wurde von Tag zu Tag glücklicher. Er hörte ihr aufmerksam zu, wandelte mit ihr durch den Garten und vergrub hier und da kleine Kristalle, die er aus Chile mitgebracht hatte. »Die Erdenergien des Gartens werden so ins Gleichgewicht kommen und die Rosen noch prächtiger blühen«, erklärte er ihr. »Alles hängt mit allem zusammen«, wiederholte Graf Keyserling gebetsmühlenartig. »Ein glückliches Haus – eine glückliche Alster. Eine glückliche Alster – ein glückliches Hamburg. Bereite im Kleinen den Weg für das Gute, damit die Transformation im Großen beginnen kann.« Dem Ehemann von Renata war dieser Besuch so fremd, dass er auf sein Gut Bellin im Mecklenburgerischen geflohen war.

Die Lindenterrasse an der Elbe war heute gut besucht. Es war einer der ersten warmen Sommertage in diesem Jahr. Renata hatte ostfriesischen Tee und eine Erdbeerkuchenplatte bestellt. Unter den Tischen hüpften Spatzen, die nach Krümeln spähten.

»Vögel, das sind immer auch Boten der Naturwesen. Was das wohl für den so vogelreichen Landstrich bei Iquique bedeuten mag«, überlegte Graf Keyserling.

Renata legte die Gabel beiseite und schaute ihren Gast an: »Die *Changas* und die *Atacameños,* die Indiostämme der Wüstengegend, sehen in den vielen Vogelschwärmen, die jeden Tag hin- und herfliegen, einen großen Rhythmus der Natur. Sie begreifen sich als Teil der Natur und folgen ihr. Treffen morgens die Vogelzüge vor Iquique ein, dann fahren die Indios mit den Booten los zum Fischen.«

Ricardo blieb pragmatisch: »Das macht ja auch Sinn. Die Fischer folgen den Fischschwärmen, die am Morgen ausschwärmen. Und die Vögel zeigen ihnen dabei den Weg.«

Renata schaute auf die Elbe und erzählte: »Für die Indios ist dieser Vogelflug mehr. Das Hin und Her der riesigen Schwärme ist wie der große Atem von Patschá-Mama, der großen Göttin, die die Schöpfung selbst präsentiert.«

»Der Vogelflug als ein Ausdruck des Ein- und Ausatmens der Großen Mutter. Das ist ein wundervolles Bild, Frau Sloman.« Graf Keyserling lächelte. Er ruckelte seinen Stuhl zurecht. Der Kies der Terrasse war uneben, sein Stuhl wackelte. Er begann zu erzählen.

Graf Keyserling hob an: »Iquique. Die Stadt am Meer. Was für ein großes Bild. Auf der einen Seite die trostlose Küste. Auf der anderen Seite der eiskalte Pazifik mit seinen unerforschten Tiefen und dem fischreichen Humboldtstrom. Dazwischen fliegen Millionen Vögel seit Urzeiten. Sie fliegen hin – und her. Sie bringen Bewegung – Leben. Ja, sind selbst Lebensboten.«

»Und vor allem lassen sie jeden Tag einiges aus der Luft fallen«, Ricardo fing sich einen strengen Blick seiner Mutter ein.

Graf Keyserling zog die Kuchenplatte zu sich heran und wählte ein Stück Erdbeertarte.

Ricardo war in der Familie der Vogelkenner. »Die großen Vogelzüge in Iquique gehen die ganze Küste hoch und runter. Denn brüten und nisten tun die Guanovögel hoch oben in Peru auf kleinen Inseln. Hier finden sie für ihre Nester zum Brüten absolute Ruhe. Meist beginnt die große Wanderung im Februar«, berichtete Ricardo und fuhr fort:

»Die Natur regelt die Gefahr einer zu großen Vogelpopulation von selbst. In wiederkehrenden Abständen treten epidemische Krankheiten auf, oft eine Art der Vogelgrippe. Meist in Zyklen von sieben Jahren. Der Zoologe Professor Philippi begann die historischen Berichte über große Vogelsterben in Chile zu sammeln und auch die aktuellen zu dokumentieren. Mir bekannt sind die Jahre 1869, 1891, 1911, 1918.«

Renata sammelte einige Kuchenkrümel auf und warf sie den Spatzen zu, die sich darauf stürzten. Schnell waren auch die Möwen da.

Ricardo berichtete weiter: »So ein Vogelsterben in Chile ist eine schreckliche Angelegenheit. Tagelang fallen sterbende Vögel vom Himmel. In Santiago und Valparaiso hat man sie in Karren täglich von den Straßen, Plätzen und Häuserdächern gesammelt. Man hat die kranken Tiere außerhalb der Stadt verbrannt. Das Vogelsterben von 1891 war besonders schlimm. Gut 60 Prozent aller Tiere sollen damals verreckt sein.«

Ricardo trat in Richtung eine Möwe, die unter dem Tisch durchlief. Er zog ein silbernes Etui mit Zigarillos heraus und bot Graf Keyserling einen Zigarillo an. »Chilenischer Tabak. Ganz frisch. Freunde schicken mir jedes Jahr zu Weihnachten neuen Vorrat.«

Graf Keyserling nahm Feuer von Ricardo. Der Tabak war hervorragend. Lange hatte er nicht mehr etwas so Gutes geraucht. Er bemerkte: »Man sagt, dass die Vogelgrippen oft den Epidemien der Menschheit vorausgehen. So bei Gelbfieberepidemien oder auch bei der Spanischen Grippe!«

Ricardo nickte und fuhr fort. »Ja, aber in Chile geht der Aberglaube – rund um die Vogelwelt – in weitreichendere Dimensionen. Für die Küstenindios sind tote Vögel Botschaften der Götterwelt! Sie fürchten, dass tote Vögel tote Fische bedeuten. Und das heißt immer auch, dass ihnen Hunger drohen könnte. Und sie glauben, dass Vogelsterben Erdbeben, Flutwellen oder Vulkanausbrüche ankündigen.«

Renata schaute auf die Elbe. Ein großer Segler wurde von Schleppern hochgezogen. Die Flut kam.

»Es gibt sogar Kaufleute in Chile, die glauben fest, dass große Wirtschaftskrisen sich ankündigen. Auch diese würden in Zyklen verlaufen. Und sie kündigen sich an durch ein großes Vogelsterben«, beendete Ricardo seine Erläuterungen.

Graf Keyserling schaute Ricardo interessiert an: »Und können Sie das bestätigen?«

»Zumindest für alle Wirtschaftskrisen, die ich erlebt habe, trifft es zu. Das letzte große Vogelsterben war 1918.«

»Das hieße ja im Umkehrschluss, dass man bei einem großen Vogelsterben sofort sein Geld sichern müsste. Am besten in Gold anlegen? Und sich bevorraten«, Graf Keyserling war amüsiert und etwas ungläubig.

»Dieses Vorgehen hat sich in Chile jedenfalls bewährt!« Ricardo paffte an seinem Zigarillo.

»Alles hängt eben doch mit allem zusammen«, triumphierte Graf Keyserling.

Eine Guanaco-Jagd. Stich von Carl Oechsenius 1885

Die Schildkröte flankiert als Torhüter die Treppenaufgänge

Zwei Schildkröten ⓮

Eile weise mit Bedacht, so hat es mancher weit gebracht.

Volksweisheit

Zwei Schildkröten schmücken die seitlichen Treppensockel in der Haupteingangshalle im Aufgang A des Chilehauses. Diese ungewöhnlichen Torhüter wollen den Eintretenden zu Bedachtsamkeit und Ruhe bei all seinem Handeln und Wirken auffordern.

Schildkröten als architektonischer Dekor kommen mit der Epoche des Jugendstils als Schmuck vermehrt in Mode. Der französische, verspielte Jugendstil führte ungewöhnliche »exotische« Tiermotive in der Architekturplastik ein. Der klassische Kanon des Architekturschmucks, bei dem vor allem Löwen, Drachen oder Sphingen die traditionellen Tor-, Treppen- und Türwächter waren, veränderte sich. Die nachfolgenden Stilepochen des Art déco und des Expressionismus greifen die Freiheit neuer Tiermotive auf. Im Fall des Chilehauses sind es zwei südamerikanische Landschildkröten.

Die Insel der Schildkröte

Muséo National Santiago de Chile, 1884. Im Büro des Direktors Professore Dr. Rudolph Amandus Philippi. Henry Sloman besucht seinen Freund.

»Wenn du mir heute ein Schildkrötengefäß mitbringst, lieber Henry, dann gilt das auch als Glücksbringer! Ein gutes Zeichen für einen guten Tag.« Professor Rudolph Amandus lächelte seinen Freund glücklich an.

»Schildkröten sind für die Indios die Mutter Erde selbst!« Philippi war in seinem Element. Die Altamerikanistik war ein Schwerpunkt der Sammlungen des Museums, die er seit Jahren aufbaute. Begeistert fuhr er fort »Wo immer Schildkröten auftauchen, werden sie von den Indios als wichtige Boten von Patschá-Mama, der Großen Mutter Natur angesehen. Patschá-Mama überbringt mit dem Tier eine Botschaft, die es zu verstehen gilt. Umso mehr, da Schildkröten als Glücksboten der Fülle gelten. An ›Schildkrötentagen‹, also wenn man diesen Tieren begegnet oder auch von ihnen träumt, darf es heißen ›Obacht! Augen auf!‹. Heute ist ein Tag der Fülle. Schildkröten können auf einen reichen Fischzug, eine gute Jagdbeute oder auch gute Ernte auf den Feldern hinweisen.«

Sloman drehte das Geschenk für seinen Freund in der Hand. Das glänzende schwarze Tongefäß hatte die Form einer Schildkröte: Tier und Panzer waren fein ausgearbeitet und umschlossen eine hohle Form. Obenauf, mittig des Panzers, befand sich ein kleiner runder Ausguss. Der geschwungene Panzerrand, das lächelnde Köpfchen und die fein geritzten Beinchen gaben der Kalebasse eine lebendige Ausstrahlung.

Ein durchreisender Händler hatte Sloman die Schildkröten-Kalebasse in Iquique angeboten. Ein Händler der Sorte, die Henry eigentlich nicht ausstehen konnte. Sie verkauften archäologische Antiquitäten, denen man ansah, dass sie Diebesgut aus Gräbern oder sonst wo her waren. Henry kaufte grundsätzlich keine Antiquitäten. Diese Schildkröte-Kalebasse hatte ihn jedoch in den Bann gezogen. Bevor der Händler das Gefäß wieder in den Abgrund des Transportkorbes versenken konnte, hatte Henry es schon gekauft. Er beschloss, es bei seinem nächsten Besuch in Santiago seinen Freund Rudolph Philippi zu zeigen und dessen Urteil abzuwarten. Wenn es echt war, würde er es dem Museum schenken.

»Es ist echt! Vielleicht eine Grabbeigabe. Hat der Händler gesagt, woher er es hat?« Philippi zog ein Blatt Papier heran, um die Stiftung mit Datum und einem Vermerk über die Herkunft zu dokumentieren.

Henry stellte das Gefäß wieder vorsichtig hin. »Er sagte nur, er habe es einem Indio abgekauft. Irgendwo in den Anden.«

»Irgendwo ist auch ein Ort!«, sagte Philippi und seufzte. Sein ganzes Museum war voll von Ausstellungstücken, die *irgendwo* gefunden worden waren. Herkunft unbekannt. »HU« – das war das Kürzel, das bei der Mehrzahl der Stücke der andinen archäologischen Sammlung im Findbuch stand.

»Wie der Töpfer das wohl aus dem Ton ausgeformt hat, sodass

die Gefäßform oben wieder geschlossen ist? Und der schwarze Ton?«

»Der Ton ist durchgefärbt mit Asche. Alle mesoamerikanischen Hochkulturen waren Meister in der Töpferkunst.«

»Und hier!« Henry strich über die glatt schwarze Oberfläche. »Das ist ein Muster, das wohl mit einem Stempel eingeprägt wurde. Sieht aus wie kleine Maiskolben?« Er reichte das Gefäß vorsichtig über den Tisch.

»Tatsächlich. Kleine Maiskolben. Ja, es sind ja Opfergefäße – für Speisen, Getränke …«, sagte Rudolph Philippi. »Dabei besagt die Tierdarstellung auf dem Gefäß, für wen das Opfer bestimmt war. Oder auch noch ist. Die Gefäße werden in Mittelamerika heute immer noch verwendet. Ein Gefäß in Form eines Krokodils beinhaltet Opfergaben für den Flussgott.« Henry hörte gefesselt zu und Rudolph erzählte weiter:

»Ein Gefäß in Form einer Schildkröte besagt: Dies ist ein Opfer für die Große Mutter. Die Schildkröte ist ihr wichtigstes Tier. Gleichzeitig stellt diese Gefäßform auch sicher, dass das Opfer an der richtigen Adresse ankommt. Das Gefäß besagt: Dieses Opfer ist ausschließlich für Patschá-Mama bestimmt. In der Vorstellung der Indios muss alles seine Ordnung haben.«

Rudolph Philippi strich über die kleinen Maiskolbenstempel, die den halbrunden Rücken schmückten. Er drehte die Schildkröte in der Hand und betrachtete das Gefäß von allen Seiten. Eine erstaunliche Form, die er so noch nicht gesehen hatte.

»Ich werde es mit Sicherheit ausstellen. Wirklich schön. Bemerkenswert, wenn so alte Gegenstände angesichts der vielen

Erdbeben heute noch ganz sind. Eine Schildkröte spielt übrigens in einer alten Schöpfungslegende der Aymaras-Indios eine bedeutsame Rolle.« Philippi stellte das Gefäß auf den Tisch und erzählte:

»Einst soll eine große Sintflut alles Leben der Welt ausgelöscht haben. Nach Ewigkeiten stieg eine Schildkröte aus den schwarzen Fluten empor. Sie hatte als einziges Lebewesen überlebt und reckte ihren Hals zum Himmel hoch, auf der Suche nach der Großen Mutter. Das rührte das Herz von Patschá-Mama, und sie legte drei Handvoll mit Erde, einige Maiskörner, Eier und Coca-Blätter auf den Panzer der Schildkröte. Dann blies sie all diesen Dingen Leben ein. Auf diese Weise erschuf sie eine neue Erde, mit einer wunderschönen Tier- und Pflanzenwelt. Die Schildkröte wurde die erste Dienerin der Großen Mutter. Sie versprach, eine getreue Trägerin der Erde zu sein und niemals wieder in die Tiefen des schwarzen Meeres zu tauchen. ›Schildkröteninsel‹, so wird dieser Kontinent heute von einigen Indiostämmen genannt. Zürnt Patschá-Mama, weil das Verhalten der Menschen ihr Kummer macht, dann schüttelt sich die große, uralte Schildkröte vor Kummer.«

Philippi hielt inne.

»Das sind dann die Erdbeben. Natürlich«, ergänzte Sloman. »Nein, diese Geschichte kannte ich noch nicht. Sie klärt aber endlich die alte Frage: Was war zuerst da, das Ei oder das Huhn? Im Falle von Südamerika: das Ei!« Er schmunzelte.

Im Büro seines Freundes war es kühl. Das Museum war in einem alten spanischen Palazzo untergebracht. Die dunklen und schweren spanischen Möbel hatten bei Rudolph eine neue Funktion gefunden. Durch die geöffneten Fenster sah man in den Patio. Prachtvolle grüne Palmen und eine Fülle von Blumen umstanden einen glasklar sprudelnden Springbrunnen. Das Pfeifen und Krächzen von einem Schwarm grüner Papageien, die an den Dattelfrüchten pickten, drang in den Raum. Wie anders als in den Wüstenstädten war das Leben hier, dachte Henry. So leicht und unbeschwert.

Henry hatte Rudolph auf einer denkwürdigen Postdampferfahrt kennengelernt, bei dem das Schiff vor La Serena auf einen Felsen gelaufen und leck geschlagen war. Er hatte dem aufgeregten älteren Herrn geholfen, Kisten mit Artefakten im angstvollen Durcheinander sicher an Land zu bringen.

Seitdem waren sie gute Freunde, und Henry besuchte ihn immer, wenn er in Santiago zu tun hatte. Rudolph war früher ein geschätzter Kollege von Alexander von Humboldt gewesen und immer ein kenntnisreicher, spannender Gesprächspartner. Auch Rudolph Philippi hatte Deutschland als politischer Flüchtling im Jahr 1849 Hals über Kopf verlassen müssen. Jeder Deutsche, der in Südamerika lebte und arbeitete, hatte seine eigene Geschichte, warum er hier war. Es waren Geschichten von Ausgrenzung, Hunger, Not, Kränkung und äußeren Verfolgungen oder einer inneren quälenden Gejagtheit.

»Selbst die Abbilder der Schildkröten gelten den Indios als glücksbringend.« Die Stimme von Rudolph riss Henry aus seinen Gedanken. »Und dann ist sie natürlich auch eine Schutzgottheit, die von den Indios anrufen wird, um sich vor Erdbeben, Steinschlägen und Fluten zu bewahren«, erläuterte Rudolph weiter und fuhr fort:

»Vor allem die Miñeros, die Bergleute, bitten die Schildkröte um Schutz. Denn wenn Patschá-Mama sich durch Bohrungen beim Kohle-, Kupfer- oder Silberabbau und auch bei euren Salpeter-Sprengungen gekitzelt fühlt oder gar erschreckt, dann könnte auch die Schildkröte ins Wanken geraten und sich schütteln. Deshalb opfern die Bergleute vor den Sprengungen etwas Sud von der heilige Cocapflanze, um beide zu beruhigen. Tun sie das bei euch oben in der Wüste auch?«

Henry antwortete: »Natürlich. Sie spucken Speichel mit zerkauten Coca-Sud als Opfer neben die Sprenglöcher. Manchmal murmeln sie dabei ein Gebet, einen Segen oder Ähnliches. Es gibt wirklich erstaunliche Ähnlichkeiten mit der Schutzheiligen des Bergbaus in Deutschland, mit der heiligen Barbara.«

Henry erinnerte sich mit Schaudern, wie er zu Beginn seiner Arbeit in Iquique seinen Chef Jorge Hilliger fragte, warum so viele Menschen mit nur einem Arm in Chile herumlaufen. »Schlampereien bei Sprengungen«, hatte dieser schlicht geantwortet.

Henry vertiefte seine Ausführungen: »Bei der Vorbereitung von einer Sprengung spielt das Element des Coca-Opfers oder auch ein Vaterunser eine große Rolle. Das Gebet oder Opfer bringt noch mal einen eigenen Moment der Ruhe und Konzentration in den Ablauf. Als ich hier ankam und von den vielen Unfällen erfuhr, habe ich neue Sicherheitsmaßnahmen entwickelt und eingeführt. Es gibt jetzt einen penibel festgelegten Ablauf für alle Sprengungen in den Minen, die ich früher geleitet haben, und in meinen eigenen. Das hat sich vorzüglich bewährt.« Er hielt mit einem bitteren Gefühl inne: »Gelacht haben sie am Anfang über mich. Aber das kenne ich ja schon. Menschen mögen keine Veränderungen. Inzwischen übernehmen die Vorarbeiter der anderen Minen meine Sicherheitsmaßnahmen. Es gibt viel weniger Unfälle. Keiner möchte Opfer und Verletzungen riskieren. Wir brauchen dort oben jeden Arbeiter.«

Rudolph stand auf: »Darf ich dich zum Essen einladen? Meine Frau ist eine gute Köchin, wie du weißt. Es gibt heute Königsberger Klopse.«

»Sehr gerne!« Die Aussicht auf ein gutes deutsches Essen war vielversprechend – er mochte nicht nur die Klopse mit den Kapern. Besonders liebte er die sauer eingelegte Rote Bete, die Frau Philippi gut zubereitete. Sie gingen durch den Patio zum hinteren Wohnhaus. Rudolph blieb vor einem Steinhaufen stehen, der neben dem Springbrunnen lag. Der Hof wurde neu gepflastert. Nachdenklich sagte er:

»In diesem Land wird so viel Erde umgedreht. Da hilft es, sich ab und zu daran zu erinnern, dass wir alle auf einer lebendigen Schildkröteninsel leben.«

Zeichnung einer Patagonischen Landschildkröte (CHELONOIDIS CHILENSIS) von G. H. Ford 1871

Das Deckenmedaillon zeigt zwei spielende Kapuzineraffen © Elio Stettler

Zwei Affen – ein Affentanz ⑮

Wer in die Fischertwiete vom Burchardplatz eintritt und den rechten Durchgang wählt, der findet als zweites Motiv an der Decke ein Medaillon, auf dem zwei Äffchen im Kreis laufen. Die beiden Kapuzineraffen halten sich spielerisch jeweils an ihren Schwänzen und scheinen im Kreis zu springen.

Die Affen Südamerikas bezeichnet man als »Neuweltaffen« im Gegensatz zu den »Altweltaffen«. Altweltaffen nennt man die Affenarten Afrikas. Neuweltaffen unterscheiden sich vor allem durch ihren langen Greifschwanz, der als zusätzliche Kletterhilfe dient. Bei Neuweltaffen stehen die Augen weiter auseinander als bei den afrikanischen Arten. Sie besitzen anders als die Affen Afrikas fünf Zehen. Die Kapuzineräffchen sind vom Aussterben bedroht. Sie leben vor allem in den Nebelwäldern der Andentäler Perus, Boliviens und sind in Chile nur noch sehr selten zu entdecken.

Neuweltaffen in der Alten Welt

Hamburg-Uhlenhorst, Lerchenfeld, Atelier Richard Kuöhl, 14. April 1923. Anwesend: der Bildhauer, sein Meisterschüler Diederik Freiser, Ricardo Sloman, seine Mutter Renata und seine Verlobte Nora Wilisch.

Im Atelier von Richard Kuöhl war es kalt. Es roch nach frischem Ton und Zigarettenrauch. Der Bildhauer hatte sich an die regelmäßigen Besuche der Familie Sloman gewöhnt, die den Fortgang der Skulpturen im Künstleratelier verfolgten. Vor allem mit Gästen kamen sie gern vorbei. Man besprach mögliche Motive der Schlusssteine für die Decken der seitlichen Durchgänge der Fischertwiete.

Richard Kuöhl hatte als Motive vor allem verschiedene fliegende Vögel aus Chile vorgeschlagen. Kormorane, Pelikane, Möwen.

»Vielleicht können wir ja noch einen Hahn unterbringen? Du weißt schon …«, sagte Nora bedeutungsvoll.

Ricardo sah sie an und lächelte. Er hatte sich damals sofort in Nora verliebt. Sie war so anders als alle Frauen, die er bisher in Hamburg kennengelernt hatte. Sie stammte aus dem Rheinland, lachte viel und war mit einer exaltierten Mutter aufgewachsen. Noras Bildung überraschte ihn. In einigen Bereichen wie Literatur und Kunst kannte sie sich über die Maßen aus. Dagegen schienen sie die Gebiete der Naturwissenschaft zu verwirren. Hier wusste sie wenig. Wie sich herausstellte, hatte ihre Mutter Antonie einen Hauslehrer für die fünf Töchter durchgesetzt und ihren eigenen

Lehrplan festgelegt. In Antonies Vorstellung waren Naturwissenschaften überbewertet.

»Meine Töchter werden nicht in diese fürchterlichen Staatsschulen gehen«, da war Antonie einer Meinung mit ihrem Freund Rudolf Steiner. »Staatsschulen machen dumm«, sagte sie. »Wer Neues in die Welt bringen will, muss in allen Lebensbereichen Neues wagen«, pflegte sie zu sagen.

Es war eine bunte Familie, in die Ricardo Sloman da einheiraten würde. Noras ältere Schwester, Erica, war mit einem Professor für Philosophie verheiratet, Dr. Jonas Fränkel. Ein ehemaliger Rabbiner, der sich für neue freie Glaubenswege einsetzte. Die zweitälteste Schwester, Alix, war begeisterte Kunstfliegerin, die mit ihrem Doppeldecker die Himmel im Rheinland unsicher machte. Ricardo genoss die lebendige Herzlichkeit der Familie seiner Zukünftigen. Genau das hatte er gesucht.

Kuöhl zog seine Taschenuhr heraus und schaute nach der Zeit. »Vielleicht setzen wir uns und ich skizziere einige der Ideen?«, lud er seine Auftraggeber ein. Sein Assistent brachte noch zwei Stühle.

Der Bildhauer breitete einige Zeichnungen auf dem Tisch aus. Ricardo starrte gedankenverloren auf die Skizze einer dicken Ente. Nein, so sahen die chilenischen Enten wirklich nicht aus. Da würde man etwas korrigieren müssen.

Wirklich heimisch wie in Chile hatte er sich in Hamburg nie gefühlt. Überall wurde er seltsam beäugt. Er wurde Mitglied im hanseatischen Ruderclub an der Alster. Ein Versuch, Freunde zu finden. Nachdem Ricardo einige Zeit richtig zu rudern gelernt hatte, sprang sein Erfindungsgeist an. Er begann über bessere Formen für die Konstruktionen der Sitze in Ruderbooten nachzudenken. Er entwickelte eine neue Art des Sitzes: einen beweglichen Sitz auf Rollen und Schienen. Der Ruderer konnte so seine Kräfte ideal einsetzen. Auf diese Idee hatten ihn die Draisinen bei den Salpeterminen in Chile gebracht mit all dem vor und zurück ihrer Hebel.

Ricardo fertigte Konstruktionsskizzen für den neuen dynamischen Sitz eines Ruderbootes an. Er zeigte seinem Vater seine neue Idee. Henry Sloman studierte die Skizzen für den Rollsitz und ließ ein seltenes Lob hören. Der alte Knauser drückte ihm sogar Geld in die Hand, um einen Prototyp bauen zu lassen. Ricardo stellte sein neues Ruderboot im Club vor und überließ es allen Mitgliedern zum Ausprobieren und zum Training. Sein Traum war, eine neue Ruderboot-Reihe zu bauen.

Der Vorstand des Alsterruderclubs studierte das Boot von allen Seiten. Die alten Herren waren aber nicht dazu zu bewegen, es zu fahren. Sie taten es als lächerlichen Schnickschnack ab. Es sei eine sinnlose Erfindung.

»Was der Sloman da für einen Affentanz abzieht!«, soll einer der Vorstände gesagt haben, wie Ricardo zu Ohren kam. Rudern sei Sport. Der habe mit einem rollenden Sitz nichts zu tun. Die Muskeln junger Männer würden am besten an statischen, harten Strukturen trainiert. Ricardo ließ sich aber von seinem Rollsitz nicht abbringen.

Er vermisste in Deutschland die Offenheit, die in Chile so natürlich gewesen war. In Iquique war es üblich, dass alle neuen technischen Ideen mit großem Interesse studiert wurden. Neue Ideen konnten in dieser kargen Stadt, die einem nichts schenkte, überlebenswichtig werden. Das wussten alle. Ricardo ruderte mit seiner Erfindung freundlich lächelnd und unter dem Gespött aller auf der Alster weiter.

Ein Lärmen im Hof. Eine der großen Gussformen war umgefallen. Kuöhl stand auf und schaute nach dem Rechten. Nora griff nach Ricardos Hand. Er lächelte sie an: Mit seiner neuen rheinländischen Verlobten fiel er in Hamburg wieder so sehr aus dem Rahmen, dass er begann, sich wohlzufühlen in dieser Stadt.

Ricardo zog ein großes Blatt Papier heran, auf dem ein Bogensegment für die Laubengänge skizziert war.

»Wir sollten für die Dekoration nur chilenische Tiere nehmen. Damit es einheitlich ist!«, bemerkte Kuöhl vorsichtig. »Vielleicht eine fliegende Eule?«

»Affen!«, sagte Ricardo heiter. »Am besten einen ganzen Affentanz!«

Alle schauten Ricardo an, der begeistert fortfuhr. »Die Affen Südamerikas fliegen zwar nicht. Aber sie springen weit. Die Neuweltaffen sind geniale Kletterkünstler. Sie leben in den riesigen Baumkronen der geheimnisvollen Nebelwälder!«

Ricardo hielt dem überraschten Blick des Bildhauers stand.

»Ja, das sind wirklich süße Äffchen. Sie sind klein. Sehr elegant in ihren Bewegungen. Sie klettern anschmiegsam, fast zärtlich, in den Zweigen, die Bäume kosend«, schwärmte Renata Sloman.

»Ja, das ginge. Zwei Affen könnten oben an einem Schlussstein klettern«, nickte Kuöhl. Er sagte seinen Assistenten Diederik Freiser, er solle für die Damen, nein, gleich am besten für die ganze Runde einen Sherry bringen. Und dann bitte ein Protokoll schreiben. Neuweltaffen! Wie soll man sich das wieder merken. Das konnte ja heiter werden! Kuöhl begann zwei Tierchen in einem Kreis zu skizzieren.

»Und wie sehen die Neuweltaffen genau aus?«, fragte der Bildhauer.

Ricardo antwortete: »Sie sind ganz anders als die afrikanischen Affen. Feingliedriger. Nicht so bullig. Ihre Augen stehen weit auseinander. Und sie haben einen Greifschwanz, der sie in den Baumkronen zu wahrhaften Akrobaten macht«, erklärte Ricardo.

»Hagenbecks Tierpark müsste Kapuziner haben«, überlegte Renata Sloman.

»Einer alten chilenischen Legende zufolge sollen Affen die Baumeister der Welt gewesen sein! Die symbolischen Baumeister. Das wäre doch als Motiv für einen Schlussstein ideal!«, bemerkte Ricardo folgerichtig.

Renata freute sich, dass sich ihr Sohn an diese Geschichte erinnerte: »Professore Philippi. Der hat euch Kindern in Chile diese Schöpfungsgeschichte erzählt.« Sie drehte sich Nora zu und fuhr fort. »Professore Philippi ist der Gründer des Zoologischen Gartens in Santiago de Chile.«

»Bitte erzählen Sie diese Schöpfungsgeschichte!«, sagte Kuöhl und ergab sich in sein Schicksal. Er überlegte, ob er es heute Nachmittag noch nach Bremerhaven schaffen würde. Er würde über die Elbe müssen. Eine Springflut war angekündigt. Er hatte diese Reise schon so oft verschoben. Ein neuer Brunnen für den Vorplatz des Rathauses in Bremerhaven. Er war mit der Ablieferung seiner Vorschläge eine Woche im Verzug. Er dachte: Geduld ist die Mutter aller Kunst. Oder hieß es Muse? Wer hatte das noch mal gesagt? Es fiel ihm wieder ein: Goethe! Er lächelte die Wand an und trankt aus Versehen das ganze Glas leer.

Renata Sloman begann:

»Alles Leben erwachte einst im großen Nichts der Sterne. Zwischen den Sternen begann in dieser Zeit die Urmutter Patschá-Mama zu singen. Und während sie sang, erschuf sie mit ihren Tönen aus Versehen das Gefühl der Einsamkeit. Die Einsamkeit kam mit viel Selbstbewusstsein daher. Und ehe die Große Mutter wusste, wie ihr geschah, schlüpfte die Einsamkeit durch ihren Nagel des großen Zehs und drang von dort in ihr Herz.

Da begann die Große Mutter traurig zu werden. Alle Freude verließ sie. Sie sang ein trauriges Lied, das so schmerzvoll war, dass alle Sterne ihr Funkeln aufgaben. Die Klänge ihres neuen Gesanges erschufen zwei Affen. Mit den Affen kehrte die Freude wieder zurück. Und die Große Mutter lachte und tanzte zwischen den Sternen. Jetzt war sie nicht mehr einsam. Denn sie kannte die Affen und die Affen kannten sie!

Und die Affen sprangen von Stern zu Stern und zogen mit ihren langen Schwänzen prächtige Sternschnuppen hinter sich her. Nach einigen Jahrtausenden musste die Große Mutter plötzlich niesen. Das unterbrach ihren Gesang der Freude. Ihr Niesen erschuf das Gefühl der Sehnsucht. Die Sehnsucht kroch in ihr Ohr hinein und drang von dort in ihr Herz.

Die Große Mutter begann ein Lied voller trauriger Sehnsucht zu singen. Ihr Herz quoll über und der Tropfen einer Träne fiel auf einen kleinen Stern. Dieser begann zu wachsen und zu wachsen und wurde zum schönsten Stern des ganzen Himmels, sodass die Affen die Große Mutter baten, dort für immer leben zu dürfen. Die Große Mutter wurde nachdenklich:

›Dort wird das Leben anders für euch sein‹, sang sie.

›Wie denn, wie denn, liebe Mutter?‹, fragten die beiden Affen und umschlangen sie mit ihren langen Armen. ›Ihr werdet Hunger bekommen. Und Durst. Ihr werdet fressen und gefressen werden.‹ Dann gab sie den Affen einen Beutel voller Samen. ›Springt, meine kleinen Kinder, über die Erde. Und überall, wo ihr springt, sollt ihr diese Samen verteilen. Und immer, wenn ihr Früchte esst, verteilt weiter die Samen und lauscht dabei meinem Lied!‹

Und die Affen sprangen, glückselig über ihre neue Heimat. Überall verstreuten sie die Samen aus dem Beutel der Großen Mutter. Und jeder Samen wurde zu einer Pflanze, zu einem Baum, einem Tier, einem Gebirge, einer Wüste, einem Fluss oder einer Melodie. Als sie zum ersten Mal Hunger verspürten, aßen sie die Früchte der Wiesen und des Waldes. Die Kerne aber verteilten sie sorgsam überall, so wie es die Große Mutter sie gelehrt hatte. Immer ihres Liedes gedenkend. Und auf diese Weise entstand die ganze Welt.«

Renata hielt inne.

»Deshalb singen die Indios in der Neuen Welt auch heute noch, wenn sie Mais, Alfalfa oder Kartoffeln säen«, ergänzte Ricardo. »Sie glauben, dass die Samen schlafen. Ihr Lied wecke die Samen auf. Erwacht können sie dann leicht keimen. Die Indios erinnern die Samen durch ihren Gesang an die liebevolle Kraft von Mutter Erde, der Patschá-Mama, die alle nährt.«

Renata Sloman probierte ein Schlückchen Sherry. Er war herb und brannte.

»Die Indios singen häufig bei all ihrer Arbeit«, erzählte Ricardo weiter. »Vor allem die Frauen. Wenn sie spinnen, weben, kochen. Es verbindet die Gemeinschaft.«

»Bei dieser Geschichte denke ich an die Lieder der Schnitter in meiner Heimat«, erinnerte sich Kuöhl. »Sie sangen beim Sensen, beim Zusammenbinden der Korngarben, ja selbst beim Dreschen, eigentlich immer.«

»Wie die Matrosen im Hamburger Hafen. Die singen auch beim Einholen der Anker und Segel«, sagte Ricardo.

Renata lächelte: »Kein Lied der Großen Mutter wird je vergessen, sagen die Mapuche!«

Detailaufnahme der Kapuzineraffen

Vier Fische im Netz

Vier Thunfische im Netz – das Glückssymbol der Fischer ⓰

Betritt man vom Burchardplatz die Fischertwiete und wählt die linke Seite des Hofdurchgangs (östlich zur Spitze hin), findet man an der Decke ein Medaillon, das als Schmuck vier Fische im Netz zeigt. Der Fischfang war vor den Küsten Chiles ein wichtiger Wirtschaftsfaktor der damaligen Welt. Begehrt waren die Walfische, die mit dem Humboldtstrom wanderten und zu Hundertausenden abgeschlachtet wurden.

Die Frage: Wie bekomme ich das Glückssymbol »Vier Fische« an die Decke der Durchgänge? löste der Bildhauer Kuöhl auf seine eigne Weise. Er wählte das Motiv der gefangenen Fische, die sich in einem hochgezogenen Netz befinden. Ein hochgezogenes Netz kann man von unten sehen und auch darunter hergehen. Nur das dürfe eine Decke schmücken, was sich seiner Natur nach auch theoretisch oben im Raum befinden könne. So ist den Regeln der modern gotischen Baukunst Genüge getan.

Der Bildhauer geht noch weiter. Jede Ecke vom Netz ist aufgespannt an einer Rippe der Betondecke. Die wiederum laufen in die vertikalen Strukturen der Fassadengliederungen aus. Der reiche Fang ist eingebracht.

Der Bildhauer Richard Kuöhl wird noch ein weiteres Netz aufspannen, in dem sich zwei glückliche Seefabelwesen haben fangen lassen.

Die Tränen der Delphine

Iquique, Sommer 1870, General Store »Ugarte Ceballos y Compania«, das Kauf- und Kontorhaus von Hilliger. Anwesend: Jorge Hilliger, Henry Sloman. Später kommen dazu: Señor Sanchez und der Hilfsarbeiter Chiu.

»Es sind Seeschlangen vor Iquique gesichtet worden! Seeschlangen!! Eine über sechs Meter lang. Liegt tot am Strand. Alle gaffen!«

Henry Sloman stürmte in das Geschäft von Jorge Hilliger. Er hatte die Lieferung von 24 Kisten Schiffszwieback und amerikanischen Schokoladenkuchen in Dosen auf die FELICITAS begleitet und übergeben. Das Schiff war bereits auf dem Rückweg nach Hamburg.

Henry lehnte sich an die Ladentheke.

»Alle fürchten nun, dass ein großes Erdbeben bevorsteht. Im Hafen beginnen einige damit, die Türen der Lagerhallen mit Brettern zuzunageln.«

»Unfug!«, schimpfte Jorge Hilliger. Er mochte diese Geschichten nicht hören. Immer wenn Seeschlangen auftauchten, begann ganz Iquique zu zittern. Es kursierten viele vom Aberglauben getränkte Geschichten. Seeschlangen als Vorboten von Erdbeben. Wenn ein Spiegel zerbricht, droht ein Erdbeben. Wenn eine missgebildete Katze geboren wird, droht ein Erdbeben. Hilliger wollte von diesem albernen Kinderglauben nichts wissen.

»Außerdem sind das keine Schlangen. Es sind sehr, sehr lange Fische. Riemenfische, Plattfische, wie auch immer die heißen. Gott weiß, wo die leben und warum sie manchmal ans Ufer schwimmen. Fischer haben die jedenfalls nie in ihren Netzen«, sagte Hilliger und begann, Lampen aus dem Regal zu räumen und geräuschvoll auf der Theke abzusetzen.

»Hol Eimer und Lappen. Wir wischen hier alles mal durch«, sagte Hillinger, und fügte knurrend hinzu: »Der verdammte Wüstenstaub!« Der Laden war zur Mittagszeit menschenleer und döste vor sich hin. Alles dunkel und still. Die Angestellten machten Siesta.

Eine Lampe schlug beim Ausräumen um. Der Glaskolben zerbrach mit dumpfem Klirren. »Mist!«, fluchte Hillinger halblaut. Die Angst vor einem großen Erdbeben. Oder vor noch Schlimmerem. Diese Angst lag immer und überall in der Luft und legte sich wie der Wüstenstaub auf die Gemüter der Menschen und verwirrte ihre Sinne. Das letzte Erdbeben und der unvermeidliche Tsunami hatten fast ganz Iquique dem Erdboden gleichgemacht. Das steckte allen noch in den Knochen, die das miterlebt hatten. Nur die Kirche war damals stehengeblieben.

Der junge Sloman kam mit Eimer und Lappen zurück.

»Die Seeschlange war wirklich riesig!« Er war immer noch beeindruckt.

»Jetzt mach mal halblang!«, beschwichtigte Hilliger. »Riemenfische, mein Junge! Wie eine Scholle. Nur in platt und lang.«

Henry begann, mit aller Ruhe und Sorgfalt, die Regale auszuwischen.

»Mit diesen Biestern kocht übles Seemannsgarn hoch. Seeschlangen … Die fürchten alle Matrosen. Sollen ganze Schiffe in die Tiefe ziehen. Weil diese Fische keine Schuppen haben, glauben alle, es wären Schlangen. Haie, Wale und Delphine haben auch keine Schuppen. Diese dumme Angst vor allem, was man nicht kennt.«

»Vielleicht tauchen sie ja wirklich vor einem Erbeben auf«, gab Henry zu bedenken. Er hatte die Angst in den Augen der Indios gesehen. »Vielleicht fliehen sie vor etwas? Unterirdische Vulkane, Raubtiere, Seeungeheuer. Wer weiß das schon?«

Jorge Hilliger sammelte vorsichtig die scharfen Glasstücke des zerbrochenen Kolbens ein. »Hier gibt es alle möglichen seltsamen Fische. Denk nur an den Marlin mit seinem Schwert.«

Er räumte die zweite Sorte Lampen, die sie im Angebot hatten, hinüber auf den Tresen. Kleine tragbaren Tranlampen. Er prüfte sorgfältig ihre winzigen Scheiben. Kräftige Drahtstreben schützten das quadratisch geformte Glas.

Jorge Hilligers Familie besaß in Iquique den größten General Store. In goldenen Lettern prangte »Ugarte Ceballos y Compania« stolz auf dem Ladenschild über der Tür. Sie führten so gut wie alle Waren des täglichen Gebrauchs. Vor allem aber belieferten sie die immerzu gefräßige Salpeter-Industrie. Hilliger fungierte außerdem für die kleineren Minen als Makler und Aufkäufer für ihren Salpeter. Er hatte den Ruf, auch den Indios gutes Geld zu zahlen. Seit einiger Zeit besaß die Familie auch eigene Minen. Sein Handelshaus hatte überall an den Küsten einen guten Ruf und es wuchs stetig.

Jorge Hilliger hatte 1860 mit 35 Jahren die reiche Witwe Rosa

Ugarte geheiratet. Er hatte darauf bestanden, sie im deutschen Lütau bei Lauenburg zu ehelichen – im Beisein seiner Logenbrüder der Salzwedeler Freimauerloge »Johannes zum Wohle der Menschheit«. 1861 wurde die Hochzeit groß in Tarapacá nachgefeiert. Man feierte eine Woche lang.

Zurück in Iquique baute er das Geschäft seiner Frau Rosa weiter aus. Er wurde zum Aufkäufer, Makler, Vermittler und Berater für die großen, englischen Minen.

Henry begann erneut, die Regale zu säubern. Hilliger sah den jungen Mann von der Seite an. Seit einem Jahr arbeitete er jetzt bei ihm. Erst 22 Jahre alt, viel zu ernst, viel zu verschlossen. Der frühe Tod des Bruders, des Vaters. Die verschollene Mutter. War es das?

Etwas zu euphorisch, hatte Hilliger anfangs über den jungen Sloman gedacht. Im Revolutionsjahr 1848 geboren. Am 28. August, an Goethes Geburtstag, auf die Welt gekommen! Wenn das keine bedeutsamen Zeichen waren, hatte er vor sich hingemurmelt, als er Slomans Empfehlungsschreiben studierte. Ausführlich hatte Sloman ihm beim Einstellungsgespräch mitgeteilt, dass diese Arbeit für ihn nur eine Zwischenlösung sei. Er sei eigentlich nach Iquique gekommen, um bei der Planung der Wüsteneisenbahnen mitzuarbeiten. Er wolle beim nächsten Bahnprojekt mitarbeiten. Im Moment freilich ein aussichtsloser Plan, da die englischen Bahnunternehmen kurz zuvor Konkurs angemeldet hatten.

Hilliger hatte den mageren, jungen Mann unter seine Fittiche genommen. Henry war, wie Hilliger zu seiner Freude feststellte, ausgesprochen belesen. Hilliger hatte sich angewöhnt, in der

Mittagspause lange Monologe mit Henry zu führen, der große Ausdauer beim Zuhören besaß und eine unerschöpfliche Neugier. Der junge Mann sog alles auf, was Hilliger ihm erklärte. Dabei ordnete er nebenbei dies und das und flocht ab und zu eine kluge Bemerkung ein. Jorge Hilliger begann, sich in der Gesellschaft des jungen Mannes wohlzufühlen. Der junge Henry wurde für ihn mehr und mehr der Sohn, den er selbst nie gehabt hatte.

Alle Angestellten wohnten mit im Haus. Das war in Iquique üblich. Hilliger hatte ein gestrenges Auge auf sie. Kein Alkohol, keine abendlichen Ausflüge in den Hafen zu den Huren oder den grässlichen Hahnenkämpfen. Zu oft gab es dort Matrosen, die sich sinnlos betranken, Prügeleien lieferten oder, schlimmer noch, Messerstechereien. Die örtliche Polizei sammelte die Matrosen ein wie streunende Hunde. Alle wurden für eine Nacht eingesperrt. Die Kapitäne mussten ihre verlorenen Matrosen wohl oder übel für teures Geld auslösen. Neue Matrosen waren an dieser Küste kaum zu heuern. Ein Geschäft, das sich die Polizei nicht entgehen ließ. Unter den Kapitänen hatte sich herumgesprochen, dass die Polizei in Iquique sich gern ein Sümmchen dazuverdiente, indem sie Matrosen oft aus fadenscheinigen Gründen einkassierte. Die meisten Kapitäne verboten daher Landgänge in Iquique.

Wer in Iquique arbeitete, war nur auf schnelles Geld aus. Hilligers Angestellte waren Deutsche, Holländer oder Engländer, die meistens nur zwei oder drei Jahre blieben. Dann reisten sie mit dem schnell Verdienten zurück und konnten sich in der Heimat eine neue Existenz aufbauen. Hilliger hatte sie alle genau im Blick.

Sein Schlafzimmer direkt über dem Laden. Eine Luke im Boden ermöglichte eine stete Kontrolle seiner Angestellten.

Abends saßen alle zusammen auf dem landestypischen Flachdach. Hilliger hatte hier sein Fernrohr installiert und wurde zum Sternenkundigen. Während man die Kühle der Nacht genoss und heißen, süßen Matetee trank, erklärte ihnen Hillinger die Sternbilder. Die Venus. Das Kreuz des Südens. »Der alte Hilliger«, wie die Jungs ihn nannten, erzählte ellenlange Geschichten über die Mythen der Atacameños. Dieses Wüstenvolk nannte sich Likan-Antai, »Menschen der Erde«. In ihrer Sprache hießen die Sternbilder »Mutter Eidechse« oder »Der springende Puma«. Sie hatten sogar Namen für Zwischenräume der Sternbilder, die sie den »Spiegel des Kupfersees« oder »Die fallende Kondorfeder« nannten.

»Alles, aber auch alles, die Steine, die Wasserlöcher, der Fluss, die Vögel, alles hat für die Indios eine Seele«, pflegte der alte Hilliger den Jungen gebetsmühlenartig zu predigen. »Anstand und Respekt, das braucht man im Wüstenland. Nur so kann man hier überleben und sich Achtung verschaffen. Zwischen dem alten Wissen und der Moderne verläuft nur ein schmaler gangbarer Pfad!«

Henry unterbrach Hilligers Gedankenläufe.

»Übrigens Grüße noch von Kapitän Ohlsen. Hätte ich fast vergessen. Als der die Nachricht von der Seeschlange hörte, hat er sich ganz schnell verabschiedet. ›Bin lieber weit draußen, wenn der Tsunami kommt!‹, hat er mir hinterhergerufen.«

»So ein Angsthase!« Hilliger reichte wortlos die Tranlampen an Henry, der sie ins große Regal stellte.

»Auf jeden Fall ist der Riemenfisch kein Glücksfisch«, bemerkte Henry.

Hilliger nickte: »Thunfische. Die sollen Glück bringen. Vor allem, wenn man vier auf einmal fängt.«

Von draußen drangen Stimmen in die Stille des Ladens. Die Tür wurde aufgerissen und die Glocke sprang hoch und bimmelte schrill. Sie hatten in der Hitze der Mittagspause vergessen, die Tür abzusperren.

»Sie streiken!«, brüllte Chiu und kam in den Laden gestürzt. Hinter ihm Señor Sanchez. Am Haus zogen einige ihnen unbekannte Arbeiter mit Bündeln auf dem Rücken vorbei. Sie riefen in die Leere der Straßen: »Eine Aktion, eine Aktion!«

Hilliger sah Sanchez an. »Jetzt mal ruhig, Chiu. Was ist da draußen los, Señor Sanchez?« Der Katalane war ihr Lageraufseher. Als Kind hatte er mitansehen müssen, wie seine Eltern während einer Arbeiterrebellion erschossen wurden.

Henry schloss die Tür hinter ihnen und sperrte ab. Wüstenstaub stand als schmutzige Wolke im Raum. Die Staubkörnchen tanzten im Sonnenlicht.

»Wer streikt?«, fragte Hilliger erneut.

»In Caldera. Die Arbeiter der Tranfabrik!«, rief Chiu.

Señor Sanchez berichtete: »Das Postboot. Hatte einige der geflohenen Fischer an Bord. Sie sind hier, um möglichen Verhaftungen zu entgehen! Sie waren völlig aufgelöst, kopflos. Hatten für ihre Arbeit keinen Lohn erhalten. Kann sein, dass sie bleiben und oben in der Pampa Arbeit suchen oder weiter nach Norden fliehen müssen.«

Sanchez ließ sich auf einen Stuhl fallen und wischte sich den Schweiß von der Stirn.

»Die Delphinfänger. ›Fänger‹, von wegen! Schlächter und Schläger nennen die Fischer sie zu Recht. Don Alfonso, der Mistkerl und Betrüger, hatte ihnen den Lohn gekürzt. Der miese Arbeitgeber. Ihm gehören alle großen Tranfabriken.«

»Delphinfänger? Das Fleisch schmeckt doch gar nicht?« Henry sah seinen Chef fragend an und mit einem Gesichtsausdruck, der seinen Ekel verriet. »Ne, ne, Junge. Es geht nur um die Leber. Die brauchen sie in der Tranfabrik. Nur die Leber.«

»Ich dachte, dass der Tran von den Walfischen kommt!« Henry schaute erschrocken zu den Öllampen im Regal hinüber.

»Ja, normalerweise. Aber hier an der Küste ist das anders. Zum Walfang braucht es große Schiffe. Ist viel zu kompliziert und zu gefährlich, die großen Wale zu jagen. Delphine jagen ist dagegen einfach. Der Delphintran ist deshalb billiger als Waltran.«

Hilliger war hinter den Verkaufstresen gegangen und zog eine Flasche Pisco hervor. Wortlos reichte er Sanchez ein gut eingeschenktes Glas von dem scharfen Schnaps. Sanchez trank hastig und in großen Schlucken. Der Lärm von der Hauptstraße stand im Raum, er klang bedrohlich.

»Die Arbeiter wollten das neu verhandeln«, fuhr Sanchez fort. »Don Alfonso hat die Streikführer verhaften lassen. Die Anführer liegen noch immer angekettet im Hof der Polizeistation. Für Don Alfonso war es leicht, neue Arbeiter zu bekommen. Der einzige Unterschied: Jetzt bekommt der Ausbeuter die gleiche Arbeit zum halben Preis!«

Jorge Hilliger nickte: »Und die ganze Küste leidet mit. Wenn das nur nicht zu uns rüberschwappt. Einen Streik der Minenarbeiter können wir wirklich nicht brauchen. Gerade erst haben wir die abgebrannten Minen wieder aufgebaut.«

»Aber das sind gut vier Tagesreisen nach Süden mit dem Postboot. Was kümmert uns das?« Henry schaute seinen Chef fragend an.

»Hoho, mein Lieber. An dieser Küste hängen alle Orte zusammen. Egal, ob Chile, Bolivien oder Peru. Die Häfen und die Städte brauchen einander. Sie bilden ein eigenes Netz der Lebens- und Versorgungsadern. Mal liefern sie Nahrungsmittel, auch Wasser und Kohle. Oder sie bringen die Arbeiter von A nach B. Streik oder Krieg kann hier in den jungen Republiken niemand gebrauchen. Manchmal denke ich, dass diese jungen Republiken der neuen Welt wie Schmetterlinge sind, deren Flügel noch aushärten. Dieses Stadium der Verletzlichkeit ist immer gefährlich. Das spüren alle.«

Sanchez nickte: »Die Polizei ist korrupt, das muss man einfach wissen. Kassiert horrende Bestechungsgelder. Einige der Präfekten, wie der von Caldera, sind arrogante und machtbesessene Kleinfürsten. Sie halten Standgerichte und schalten und walten mit Willkür. Und bereichern sich hemmungslos.«

»Nicht die Marine«, warf Hilliger ein. »Die wiederum verstehen sich als Vertreter der republikanischen Idee. Manchmal tun sie sich sogar mit den Streikenden zusammen, gegen Polizei und Militär.« Sanchez war inzwischen ruhiger geworden.

»Als ich vor vier Jahren in Chile ankam«, fuhr Sanchez fort,

»habe ich einige Monate lang im Delphinfang mein Geld verdient. Es ist die elendigste, dreckigste Arbeit der Welt. Vor der Morgendämmerung ziehen die Arbeitskolonnen in kleinen Booten los. Bei Tagesanbruch schwärmen die Sardinen, die Leibspeise der Delphine.«

Sanchez kippte noch einen Pisco.

»Die Delphinjäger nutzen ein starkes, sehr breitmaschiges Netz, das lose ins Wasser hängt. Es ist ein besonders Netz, das in der Mitte mit Holzplanken verstärkt wurde. Sie warten, bis ein von Delphinen gejagter Sardinenschwarm durch das Netz geht. Sobald die hungrigen Delphine über ihrem Netz schwimmen, holen sie das Netz kreisförmig hoch, bis es stramm gezogen flach im Wasser liegt. Die gefangenen Delphine haben jetzt einen knappen Meter Wasser über sich und bilden eine verzweifelt zappelnde Masse. Das Netz ist mit allen Booten verbunden, die Boote sind miteinander vertäut und bilden mit ihren Längsseiten einen geschlossenen Kreis rund um das Netz.

Dann springen gut zwanzig halbnackte Männer auf die Holzplanken im Netz, nur jeweils ein Arbeiter verbleibt im Boot. Auf diesen glitschigen Brettern stehen die Männer. Sie schlagen erst einem Delphin den Kopf ab. Dann wird der Körper in eines der Boote geworfen. Es geht wie am Fließband. Im Boot wartet ein zweites Messer. Die prallen Bäuche werden blitzschnell aufgeschlitzt und eine Männerfaust greift in die Eingeweide und reißt die Leber aus dem noch zuckenden Leib heraus.

Der Rest des Körpers wird auf der anderen Bootsseite ins Meer geworfen, wo Hunderte von kreischenden und gierigen Kormoranen sich wie eine schwarze Wolke auf die Fischleiber hinunterstürzen.«

Sanchez strich am Rand seines Glases entlang.

»Bis zu den Hüften stehen die Arbeiter im Wasser. Wenn eine Welle unter den Booten durchläuft, reicht ihnen die ächzende, wild ausschlagende Masse aus Körpern und aufgerissenen Mäulern bis an den Hals. Läuft die Welle ab, bleiben an ihren Oberkörpern und in ihren Haaren Hautfetzen und das zähe, ölige Fischblut kleben.«

Sanchez machte eine Pause. Mit gedämpfter Stimme sagte er:

»Bin nicht stolz auf diese Zeit. Hab' das Geld für die Weiterreise gebraucht. Ich habe Delphine weinen sehen. Auch uns hat Don Alfonso damals das Gehalt gedrückt, als wieder Arbeitslose den Hafen überschwemmten. Haben uns das aber nicht gefallen lassen. Wir haben dann ›halbe Arbeit für den halben Lohn‹ gemacht. Das heißt die Hälfte der Delphine haben wir wieder in die Freiheit entlassen. Das war unsere stille Parole: ›Für halben Lohn die halbe Leber!‹ Streiken hätte uns damals nichts genutzt.«

Sanchez schwieg und leerte sein Glas.

Hilliger nickte Henry zu. »Du gehst mit Chiu runter zum Hafen und zu den Lagern. Schau nach, was da los ist! Vielleicht müssen wir Wachen aufstellen. Nicht auszudenken, wenn jemand die Lagerhallen ansteckt, der sich hier nicht auskennt. Die ganze Stadt würde brennen.«

Henry warf sich einen Poncho um, um weniger aufzufallen. Gemeinsam mit Chiu verließ er das Kontor durch den Hinterausgang.

Delphine wurden als Lieferanten für Lebertran gejagt

Der Baumeister trägt ein kleines Modell des Chilehauses und präsentiert es der Welt

Ein Bau-Meister und ein Bild-Hauer ⑰

Zwei junge Männer begrüßen den vom Burchardplatz in den Innenhof des Chilehauses Eintretenden. Diese beiden Figuren schmücken rechts und links der Durchfahrt die Ecknischen der Laubengänge vor den Schaufenstern. Diese Figuren weisen sich in Tracht und Habitus als Allegorien eines Baumeisters und eines mittelalterlichen Bildhauers aus. Beide Allegorien tragen eine einfache Hose und einen schlichten Umhang. Der vom Wind bewegte Faltenwurf des Umhangs symbolisiert die freudig-erregte Stimmung der beiden Figuren.

Der Baumeister kniet im rechten Spitzbogen des Laubenganges. Lächelnd hält er ein kleines Architekturmodell des fertigen Chilehauses in Händen. Sein linkes Knie hat die Spitze des Hauses fest eingeklemmt. Seine rechte Hand stützt das Modell von unten. Die linke Hand ruht flach und zufrieden auf dem oberen Teil der Spitze des Hauses. »Es ist vollbracht, und es ist gut!«, signalisiert der fröhliche Ausdruck des Baumeisters.

Die Vorbilder, auf die sich der Bildhauer Richard Kuöhl mit seiner Baumeister-Skulptur bezieht, sind in der deutschen Gotik zu finden. Prominentes Vorbild ist der kniende Steinbildhauer Adam Kraft am Sakramentshaus in St. Lorenz zu Nürnberg. Er hat als Vorlage für die Allegorie des Chilehauses gedient. Dieses Porträt ist eine der frühesten Darstellungen eines gotischen Baumeisters überhaupt. Das Bild des Baumeisters als Genie wird in Deutschland durch den Hymnus in Johann Wolfgang von Goethes Schrift »Von deutscher Baukunst« (1773) geprägt. Goethes Text ist Erwin von Steinbach gewidmet, dem Baumeister des Straßburger Münsters. Goethe feiert das Genie Erwin von Steinbach. Sein Text wurde zur Initialzündung für eine Mittelalter-Begeisterung und befeuerte die Neugotik-Bewegung in Deutschland maßgeblich.

Der Baumeister des Chilehauses hält ein kleines Modell des fertigen Bauwerks in den Händen. Diese Art der Darstellung hat eine lange Tradition. Meist sind es Stifter, Heilige oder der Architekt selbst, die Modelle in Händen halten, damit klar ist, wer für den Bau verantwortlich ist.

Der Bildhauer kniet im linken Spitzbogen, der Ecke des Laubenganges. Seine Tracht ist identisch mit der des Baumeisters und setzt ihn äußerlich gleichberechtigt auf Augenhöhe mit dem Baumeister. Tatsächlich waren es im Mittelalter oft Steinmetze, die in Personalunion als Baumeister und Bildhauer Häuser oder Kirchenbauten errichteten.

Richard Kuöhl hat beim Chilehaus aus der Klinkermasse Phantastisches geformt, wie seine Pavillons und Laubengänge zeigen. Seine Modelle für den Figurenschmuck der Betondecken waren vor gut hundert Jahren ein Novum in der Architektursprache.

Stolz präsentiert diese Allegorie des Bildhauermeisters eine Tafel, die den Schriftzug zeigt:

ERBAUT
1922–24

Der junge Mann lächelt selbstbewusst die Vorbeigehenden an. Sein leicht schräg gehaltener Kopf, sein heiterer Ausdruck haben etwas Herausforderndes: Schaut euch diese Leistung an! Dieses Zusammenspiel vieler Gewerke im Geiste der Bauhütte des Mittelalters. Sie haben es gemeinsam geschafft, ein so großes Haus in so kurzer Zeit zu bauen und fertigzustellen!

Der Bildhauer trägt einen Stein, auf dem »ERBAUT 1922–24« steht

© Privatarchiv Arends/Sloman

Vom Miteinander in einer Bauhütte

Hamburg, »Marteens Grogkeller« am Zollkanal, 9. September 1922. Anwesend: Fritz Höger, Henry Sloman, sein Sohn Herbert.

»Auf dieser Baustelle arbeiten wir wie in einer großen mittelalterlichen Bauhütte!«, schwärmte Fritz Höger.

Henry Sloman hatte schon zwei Runden Grog ausgegeben. In *Marteens Grogkeller* saßen einige der Vorarbeiter der Baustelle des Chilehaus. Aber auch Polizisten der Depenau-Wache läuteten hier gern ihren feucht-fröhlichen Feierabend ein.

Fritz Höger hatte gemeinsam mit den Bauherren gerade alle Kellerräume und die Kellergänge unter dem Chilehaus inspiziert. Die Springflut der letzten Nacht hatte weite Teile Hamburgs unter Wasser gesetzt. Aber die Betonschalen der Keller hielten stand gegen das vom Klingbergfleet und vom Zollkanal hereindrückende Tiefenwasser. Sie waren dicht, dem Himmel sei Dank! Für alle Eventualitäten der Wassergefahren hatte Höger die zwölf Heizungskessel, die die rund 2500 Heizkörper des Hauses versorgten, in schwimmende Betonschalen einbauen lassen. Eine hochkomplexe Konstruktion, die an vielen Stellen flexible Rohrleitungen erforderte.

»Bauhütte?«, fragte Herbert. Er kannte den Begriff nicht. »Hütte, das klingt für mich nach einer ärmlichen Angelegenheit.«

»Ganz und gar nicht, junger Freund! Eine Bauhütte – das ist eine Ehrenbezeichnung! Form einer Arbeitsgemeinschaft, die für Handwerker und Architekten die Krönung ihrer Zusammenarbeit bildet. Das Vorbild sind die Dombauhütten des Mittelalters. Es gibt sie noch, in Köln und Regensburg, in Frankreich ohnehin.«

Fritz Höger hatte glänzende Laune. Henry Sloman bot ihm eine Zigarre an. Er war genauso erleichtert wie der Architekt, dass das Chilehaus die »Wasserprobe« der ersten Überschwemmung so gut bestanden hatte.

Höger fuhr fort: »Wie ein Werkstattverbund funktioniert die mittelalterliche Bauhütte. Hier arbeiten alle Hand in Hand auf Augenhöhe zusammen. Einen ›Architekten‹ in unserem modernen Verständnis gab es damals noch nicht. Es waren vor allem die Steinmetzmeister, die die Baustellen leiteten. ›Bauhütten‹ entstanden überall dort, wo große Kathedralen gebaut wurden. Die unterschiedlichen Gewerke, die Zimmerleute, Steinmetze, Glaser, Schmiede nebst den Mönchen und Priestern, alle arbeiteten gemeinsam in den Bauhütten.«

Höger wusste von der Verehrung Henry Slomans für Goethe. Er fuhr fort: »Unser Goethe hat als Erster begeistert über die Bauhütten des Mittelalters geschrieben. Damals besuchte Goethe die Rhein- und Mainregion. Er war auch im Kölner Dom, der zu jener Zeit als Baustelle sein Leben fristete.«

Neben ihnen kippte ein übermütiger Polizist mit seinem Stuhl um und lag nun wie ein Käfer auf dem Rücken. Allgemeines Gelächter erfüllte den Raum. Man richtete den Stuhl und den Wachtmeister wieder auf und der spendierte eine Lokalrunde.

»Der Kölner Dom?«, fragte Henry nach. »Der wurde dann doch auf Initiative von Kaiser Wilhelm I. als deutsches Nationaldenkmal fertiggebaut, oder?«

»Genau! Das war im Jahr 1880. Die Bauhütte am Kölner Dom gilt als die einzige in Deutschland, in der seit dem Mittelalter kontinuierlich gearbeitet wurde. Auch wenn sie jahrhundertelang ausschließlich mit der Instandhaltung des halbfertigen Domes beschäftigt war.« Der Wirt Marteens stellte drei Gläser heißen Grog auf den Tisch: Die vom Nebentisch spendierte Lokalrunde.

»Die Bauhütten hatten ihren eigenen Geist, eine besondere Organisation im Inneren, strenge Regeln und eine klare Hierarchie, ähnlich wie die Freimaurer. Alle arbeiteten für alle – und für das große Ganze. In diesem Fall für die heilige Kathedrale. Arbeit war Gottesdienst. Eine ›Hütte‹, das war eine eingeschworene Gemeinschaft im religiösen Sinne, eine *communio* mit eigenen Regeln. Die Meister besaßen und behüteten geheimes Wissen über Geometrie, Astronomie und die oft nur mündlich überlieferten Geheimnisse der Mathematik und der Baukunst.«

Herbert lauschte aufmerksam. Er hatte schon länger überlegt, ob er einer Freimaurerloge beitreten sollte. Sein Patenonkel Jorge Hilliger war Mitglied. Fritz Höger auch, wie er zu wissen glaubte. Oder waren ihm die Freimaurerlogen zu eng in ihrem Regelwerk? Er war verunsichert und zögerte. Vielleicht sollte er doch lieber einer politischen Partei beitreten? Oder gar heiraten? Er spürte, wie der inzwischen vierte Grog seine Wirkung nicht verfehlte. Sein Vater sah nachdenklich zu ihm herüber.

Höger fuhr fort. »In den Bauhütten entstanden neue Ideen der Kunst. Wandernde Handwerker verbreiteten sie. Die Steinmetze der Bauhütten waren selbst- und standesbewusst. Sie verfügten über eine eigene Rechtsprechung und standen außerhalb des etablierten Zunftsystems. Ja, man kann sagen, sie waren beinahe demokratisch und modern organisiert. Zu liberal für so manchen Fürsten. Immer wieder wurden Steinmetzbruderschaften verboten und aufgelöst, weil sie zu viel Einfluss gebündelt hatten.«

»Kunst und Kommerz brauchen Freiheit, um zu gedeihen«, bemerkte Henry Sloman beiläufig und trank noch einen Schluck Grog. Hier in *Marteens Grogkeller* machten sie den besten Grog Hamburgs, stellte er immer wieder fest und nippte noch einmal.

Höger fuhr fort: »Es geht in der Bauhütte nicht allein um eine ideale Form des Zusammenschlusses aller Handwerker. Es ist der außergewöhnliche, ja Heilige Geist des Ganzen. Dort, wo *Kunst und Handwerk in einer Werkstatt* zusammen schaffen, lernt jeder von jedem. Ein Handwerker weiß, was der andere gerade arbeitet. So eine Gemeinschaft lernt voneinander und miteinander. Neues, Großes kann so entstehen.«

Fritz Höger war in Fahrt gekommen. »Auf keiner anderen Baustelle habe ich eine so starke Gemeinschaft erlebt wie beim Chilehaus. So muss die Zukunft der Architektur und des Handwerks in Deutschland sich gestalten. Hand in Hand fürs Vaterland!«

Wachtmeister Ohlsen vom Nachbartisch nickte zu ihrem Tisch herüber. Er kannte die Slomans und ihren Architekten. Erst letzte Woche waren sie sich auf der Baustelle begegnet. Das Chilehaus gehörte zu seinem Bezirk. Hatte er mit den acht Grogs vielleicht doch zu tief ins Glas geschaut? Ein ihm selbst unbekannter Mut ritt ihn. Er trat an den Tisch und stellte die Frage, die er immer schon einmal stellen wollte.

»Herr Sloman – mit Verlaub. Eine Frage!«

Henry nickte höflich. Er kannte und mochte Wachtmeister Ohlsen, der einen altmodischen, schneeweißen Kaiser-Wilhelm-Bart trug.

»Wie haben Sie es geschafft, in so kurzer Zeit und so schnell einen so großen und großartigen Bau fertigzustellen?«

In diesem Augenblick stand die Zeit im *Grogkeller* still. Man hätte eine Stecknadel fallen hören können.

Henry Sloman lächelte:

»Meine Söhne sind jeden Tag auf der Baustelle. Ich treffe mich jeden Samstag mit allen Vorarbeitern persönlich – auf der Baustelle. In Chile habe ich ähnlich Großes in weniger Zeit gebaut. Der Schlüssel für den Erfolg ist nicht die Arbeit, sondern …«

Henry Sloman kostete die Kunstpause aus. Wachtmeister Ohlsen schwankte und starrte glasig. Er versuchte zu verstehen, was er soeben gehört hatte und murmelte echohaft:

»… sondern …?«

Henry fuhr ruhig fort:

»… sondern die Zusammenarbeit. Für alle großen Projekte gilt: Halten Sie sich nicht damit auf, das Unmögliche tun zu wollen. Versuchen Sie das gar nicht erst! Tun Sie zunächst das Notwendige. Das aber konsequent und präzise. Schritt für Schritt! Dann tun Sie das Mögliche. Und auf diese Weise schafft man das Unmögliche!«

Hauptmann Ohlsen schloss seinen Mund. Er grinste wie ein Honigkuchenpferd und salutierte:

»Jawohl, Herr Sloman! Immer auf diese Weise! Stets zu Diensten!«

Aus Fritz Högers Manuskript *Zum Chilehaus*
Von Bau-Meistern und Bau-Künstlern

Wir Baumeister, sofern wir überhaupt Baukünstler sind, sollten doch ein für allemal unser Werk dreidimensional (körperlich) sehen, das ist ja gerade, was uns vom Maler (dem zweidimensionalen) unterscheidet. Ihm bleibt ja nichts weiter übrig, als Räumliches auf die Fläche hinzuspinnen, so gut er's eben kann. Die Ferne kann er doch nur in Farbwerten erzielen. Für uns Architekten (sprich: Bau-Meister) ist der erste Ausdruckswert Licht und Schatten, Selbst-Schatten, Schlagschatten und Zwischenwerte bis hin zum Licht und Reflexwerte über Klinker bis hin zum Glas. Zum Schluss möchte ich noch etwas Interessantes erzählen:

Eines guten Tages besuchte mich der alte ehrwürdige Geheimrat Sesselberg von der Charlottenburger Hochschule. Er begleitete mich gar bis auf die oberste Plattform des Chilehauses. Wir beide sahen die geschwungene Front »Pumpen« herunter. Der Geheimrat staunte, sagte dann aber »lieber Kollege«, so nannte er mich immer, »das ist doch keine Architektur mehr, was Sie hier bauen!« Ich: »Haben Sie schon einmal von mir gehört, dass ich mich gerne Architekt nenne? Ich baue ja nur, ich bin Bau-Meister!«

Der alte Herr umarmte mich schweigend.

Einer der Chilepelikane in den Laubengängen

Die Pelikane ⓲

In einer der Ecknischen der Laubengänge zum Burchardplatz sitzt ein Chilepelikan. Er lehnt sich mit leicht angehobenen Flügeln bequem zurück, als ob er seinen erfolgreichen Fang verdaue. Weitere Pelikane schmücken die äußeren und inneren Nischen der Laubengänge.

Pelikane (PELECANUS THAGUS) sind typische Vögel der Küsten des Pazifiks. Chilepelikane zeichnen sich durch einen farbenfrohen Kopf aus. Ihr Kopf und Hals sind weiß, der Kehlsack ist bläulich. Ihre Gesichtshaut ist schwarz, der Schnabel gelb und an der Spitze rötlich gefärbt.

Pelikane leben und jagen in Gruppen. Die Chilepelikane haben die besondere Jagdmethode des Sturzfluges kopfüber entwickelt, die die europäischen Pelikane nicht kennen. Beim Sturzflug kesseln die Chilepelikane die Fischschwärme ein, um sie leichter jagen und fressen zu können. Früher lebten Millionen dieser Pelikane an der Westküste Südamerikas. Durch die Überfischung, vor allem die der Sardellen, der Leibspeise der Pelikane, gingen die Bestände stark zurück. Man schätzt, dass es heute noch um die 500.000 Chilepelikane gibt.

Eine lange Reihe mit vielen Lücken

Iquique, größter Salpeterhafen der pazifischen Westküste, 14. April 1874, sieben Uhr morgens. Jorge Hilliger und Henry Sloman stehen am Hafen und schauen auf das unruhige Wasser. Seit fünf Jahren arbeitet der 26-jährige Henry für Herrn Hilliger im Salpeterhandel und außerdem für die Firma Fölsch & Martin.

»Wie schön die segeln!«, bemerkte Henry zu seinem Chef. Eine Reihe aus sieben Pelikanen folgte einem Wellenkamm. Jorge Hilliger stand mit Henry auf der Mole und schaute in die Bucht. Von dieser Mole aus wurden die Salpetersäcke verfrachtet. Die bis zu 100 Kilo schweren Säcke wurden über lange Rutschen auf die Lastkähne, die *Lanchones*, verladen.

Hilliger ließ seinen Blick über eine Reihe von aneinander vertäuten Kähnen schweifen. Sie tanzten in den Wellen auf und nieder. Seitliche Fender federten die Stöße des Aneinanderschlagens der Boote ab. Die Bucht von Iquique war für ihre gefährlichen Wellen, die gegenläufig aufeinanderprallten, berüchtigt.

»Ja, das sind prächtige Tiere!«, stimmte Hilliger zu.

Iquique kannte keine Infrastruktur wie der Hamburger Hafen. Das Be- und Entladen war eine mühsame Angelegenheit und erfolgte mit vielen Lastkähnen. Die meisten dieser *Lanchones* wurden von den Indios der Küste, den *Changas*, gefahren. Sie waren tüchtige Fischer und erprobt mit den Tücken dieser Küste. Sie ließen sich allerdings nur selten vor den Karren der Salpeterexporteure spannen. Hatten sie genug verdient, dann fuhren sie keine weiteren Frachten, sondern gingen wieder fischen. Die *Changas* hatten ihre eigene Würde, und die musste von allen, die ihre Dienste dringend benötigten, gewahrt werden.

Der Salpeter wurde »frei längsseits des Schiffes« verkauft. Vor dem Verladen wurden die Säcke im Beisein beider Vertragsparteien gewogen und Stichproben unter Zeugen entnommen. Der Verkäufer war für den Transport der Säcke zum Hafen und von hier aus bis an die großen Schiffe zuständig. Nun war ruhiges Wasser für das Beladen der Schiffe vonnöten. Oft war die Dünung zu hoch, sodass es unmöglich war, mit den *Lanchones* die Schiffe anzufahren und zu beladen. Bei hohem Wellengang rief die Hafenbehörde die *surf days,* die Schwelltage, aus. An den *surf days* wurde der Hafenbetrieb komplett eingestellt. Es konnte Wochen dauern, bis die hohen Wellen und der starke Wind die Richtung so änderten, dass ein Laden möglich wurde.

Waren die Lastkähne seitlich des Seglers angekommen, dann kam die legendäre Verladetruppe der *Stevedores* zum Einsatz. Es war Pflicht, die Säcke im Schiffsraum von dieser besonderen Truppe stapeln zu lassen. Sie ließen sich die Geheimnisse der hohen Kunst des Stapelns teuer bezahlen. Im Vergleich zu ihnen verdienten die Hamburger Hafenarbeiter einen Hungerlohn. Die *Stevedores* stapelten die Salpetersäcke in Längsrichtung, Schicht für Schicht in Form von Pyramiden. Dabei durften keine Zwischenräume entstehen, damit die Ladung nicht verrutschen konnte. Die *Stevedores* stapelten wahre Kunstwerke der Statik, die sich selbst in den angelegten Formen hielten. Jeder Schiffstyp benötigte eine andere Form der Schichtung der Säcke. Da Salpeter ein schweres Ladegut war, erforderte die Manövrierfähigkeit der Segler den richtigen Schwerpunkt. Weder zu hoch noch zu tief. Kein Kapitän wollte einen »steifen« Segler, der Gefahr lief, beim Wenden seine Segel zu zerreißen. Auch durfte die Ladung nicht »rank« machen. Ranke Segler hatten einen zu hohen Schwerpunkt und konnten bei rauer See kentern. Das war der KATHARINA passiert. Ein Streik unter den *Stevedores* hatte einen russischen Kapitän, der bereits seit zwei Monaten auf Ladung wartete, so in Rage versetzt, dass er die KATHARINA von seiner Mannschaft selbst beladen ließ. Mit fatalen Folgen – sein Schiff kenterte vor Kap Hoorn.

Henry sah den Pelikanen zu, die sich auf den Holzkähnen niederließen und begannen, ihr Gefieder zu putzen. Hilliger zeigte auf die Vögel.

»Früher waren es Millionen von Pelikanen, die an diesen Küsten lebten. Aber das ist schon über zehn Jahre her. Abgeknallt haben sie die schönen Vögel. Wie die Bisons in Nordamerika. Sie haben sie nicht gejagt, um sie zu essen oder wegen der Federn. Sondern nur, um die prächtigen Tiere fallen zu sehen. Einfach so zum Spaß.«

Es roch immer noch verbrannt. Hilliger und Henry hatten die Reste des abgebrannten Lagerschuppens inspiziert. Vor zwei Tagen hatte der Schuppen am helllichten Tage Feuer gefangen. Der Lagerschuppen hatte wie Zunder gebrannt. Schnell hatten die mit Salpeterstaub durchtränkten Holzpfosten und die Rohrmatten des Daches Feuer gefangen. Gott sei Dank war der Schuppen leer – alles verkauft an die CLYSDALE, einen englischen Dreimaster. Sie war nach drei Wochen Ladezeit wieder auf dem Weg zurück nach Northampton.

Die beständige Feuergefahr gehörte zum Alltag in Iquique. Alle waren auf der Hut. Trockener Salpeter war ein gefährlicher Rohstoff, der schnell brannte. Salpeterbrände hatten ihre Tücken und ließen sich kaum löschen. Beim Verbrennen spaltete Salpeter freien Sauerstoff in großer Menge ab. Reines Wasser war zum Löschen so gut wie wirkungslos. Gleiches mit Gleichem galt beim Löschen. Man benötigte zum Löschen mit Salpeter gesättigtes Wasser. Nur mit diesem Wasser konnte man einen entstehenden Salpeterbrand löschen. Überall standen Wassertonnen mit dem besonderen Löschwasser bereit. An einfachen Haken hingen daneben eine Reihe Ledereimer mit der Aufschrift *Fire.*

Jorge Hilliger setzte sich seit Jahren dafür ein, dass Iquique endlich eine Feuerwehr bekäme. Aber das war Zukunftsmusik. Seine Kollegen, die anderen Salpeterbarone, dachten nicht daran, sich in solche Unkosten zu stürzen und zum Unterhalt einer festen Feuerwehrstation beizutragen. Chile und Peru galten als Hochrisikoländer. Feuer war für sie nur ein Problem von vielen. Es gab Erdbeben, Tsunamis, Vulkanausbrüche, Überflutungen, Revolutionen und Seuchen. Von Fracht zu Fracht denken – das war die Devise der Kaufleute, Reeder und Schiffsmakler. Denn jede einzelne Fracht brachte einen so schwindelerregenden hohen Gewinn ein, der alle Schwierigkeiten rechtfertigte.

Wie gefährlich Salpeterbrände sein konnten, hatte erst vor einem Monat der Brand auf der britischen Bark PARADISE gezeigt. Ein Funkenflug aus dem Schornstein der Kombüse hatte die

Ladung in Brand gesetzt. Gott sei Dank war man in der Nähe der argentinischen Küste. Die ganze Mannschaft wurde gerettet. Die Salpetersäcke im Laderaum brannten unkontrolliert wochenlang weiter, bevor das Schiff sank.

Im Hafenbecken trieben Stückchen des abgebrannten Lagerschuppens vorbei. Henry rätselte: »Wie ist der Lagerschuppen wohl in Brand geraten? Vielleicht doch der Funkenflug einer Lokomotive oder die Zigarette eines Arbeiters?«

Trotz des strikten Rauchverbotes, das der Hafenmeister durchsetzen sollte, rauchten alle Hafenarbeiter immerzu.

»Als ich nach Iquique kam, war der Ort ein Fischernest. Eine Salpeterindustrie wie heute gab es noch nicht. Der wenige Salpeter wurde mühsam durch Auskochen in kleinen Sudpfannen gewonnen. Lamas und Esel brachten die Säcke zur Küste. Hier wurden sie mit den *Balsas*, kleinen Booten, zu den Frachtseglern transportiert. Die *Balsas*, die haben es in sich. Die Indios stellen sie aus Seelöwenbälgen her. Sie blasen die Häute auf, binden die robusten Luftschläuche in einer leicht zulaufenden Form, ja fast einem Dreieck zusammen. Dazwischen werden Bretter gebunden, sodass man eine Fläche zum Laden von Lasten oder auch für die Fischernetze erhält. Diese kleinen Schlauchboote sind ideal für die raue Küste. Sie können die hohen Brandungswellen überwinden. Sollten sie doch einmal kentern, dann schlagen sie einfach um und können von der anderen Seite genauso gut weitergefahren werden.«

Hilliger zeigte auf die Pelikane: »Damals verdunkelten die vielen Vögel morgens den Himmel. Sie flogen in ihren eleganten Dreiecksformationen über die Stadt. Die langen Vogelreihen formten schöne Muster am Himmel. Das war ein einzigartiges Schauspiel, das jeden Tag gut eine halbe Stunde dauerte. Irgendwo südlich von Iquique fischen die Pelikane den ganzen Tag im Meer. Ausruhen und Krebse fangen tun sie dagegen gerne an Land. Das wurde ihnen zum Verhängnis.« Jorge Hilliger kratzte sich am linken Ohr.

»Warum zum Verhängnis?«, blickte Henry fragend auf.

»Sie hatten diese dumme Eigenart, in schnurgerader Linie nebeneinander an der Wellenkante zu stehen. Wie Soldaten in Reih und Glied. Das war ein Schauspiel, was höchst komisch aussah. So eine Linie konnte schon mal weit über einen Kilometer lang sein. Die Pelikane standen unbeweglich. Dabei warteten sie das Zurückgehen der Wellen ab. Entdeckte ein Pelikan einen Krebs oder eine Muschel, verließ er seine Reihe, pickte das Futter auf, um dann wieder an seinen angestammten Platz zurückzukehren. Diese Harmonie, das Gemeinsame der Vögel. Vielleicht war es das, was die Männer reizte. Ihr grausames Spiel war, wer die meisten Pelikane in einer Reihe hintereinander abknallen konnte, bevor die anderen Vögel aufflogen. Diese langen Reihen am Strand bilden sie heute nur noch selten. Tiere lernen schnell.«

»Was waren das bloß für Männer?«, fragte Henry, der es immer noch nicht fassen konnte, dass man Zehntausende von Pelikanen aus Jux und Tollerei getötet hatte.

Hilliger erzählte weiter: »Oft Soldaten, die sich am Wochenende langweilten. Erst haben sie sich betrunken, und dann wollten sie zeigen, dass sie ganze Kerle sind. Auch die Polizei langweilte sich und ballerte am Strand herum. Oder vergnügungssüchtige frisch gebackene Silberbarone, die den nächsten Rausch suchten, den Blutrausch. Waren sie über Nacht durch eine Silbermine zu einem immensen Reichtum gekommen, ging es hoch her. Erst wurde die ›Bar gekauft‹. Dann wurden schnelle, teure Pferde und Waffen angeschafft. Man betrank sich mit Freunden und ritt an den Strand, ›Pelikane abzuzählen‹, also abzuknallen. Die großen schweren Vögel sind ja auch leichte Ziele, selbst für schlechte Schützen.«

»Was heißt ›die Bar kaufen‹? Gibt man da eine Runde aus?«, fragte Henry.

Hilliger lachte.

»Nein, das ist eine wilde Sache. Das passiert vor allem in den Silberstädten, wenn einer endlich seine Mine in Besitz genommen hat und auf eine fette Silberader gestoßen ist. Er stürmt die Bar, schreit ein ›Hurra – ich kaufe die Bar‹, und alle rennen grölend und gratulierend nach draußen. Worauf der stolze Minenbesitzer mit seiner Pistole alle Flaschen, Fenster und die Einrichtung kaputt schießt, unter großem Geschrei und Gegröle der Barbesucher und Huren. Der Wirt kennt das. Er hat Vorräte und Gläser im Schuppen, die er dann herausholt. Anschließend betrinken sich alle auf Kosten des Minenbesitzers. Der Wirt wird die neue Bareinrichtung dem Minenbesitzer zu einem horrenden Preis in Rechnung stellen. Für die Wirte der Silberstädte ist das ein überaus lohnendes Geschäft. Es gab Zeiten, da kamen die Wirte mit den Renovierungen nicht hinterher.«

Hilliger schaute auf ein Fischerboot, das zurückkehrte und an den *Lanchones* vorbeisegelte. Die Pelikane flogen auf. Sie drehten eine große Schleife über der Bucht und segelten dann Richtung Süden.

Jorge Hilliger berichtete weiter: »Zur Zeit der spanischen Kolonie hat man die Pelikane auch schon gejagt. Aber man hat ihr Fleisch gegessen. Und ihre Federn waren begehrte Schreibfedern. Pelikanfedern aus Chile. Das stand lange Zeit für Qualität. Mit denen schrieb man in den Kontoren von Hamburg und Antwerpen. *Pelikan.* Das ist, glaube ich, auch eine Marke für lichtfeste Tinte.« Henry Sloman nickte.

Jorge Hilliger drehte sich um und schaute wieder in Richtung seiner abgebrannten Lagerhalle. Der Wind trug Gerüche von Salz und Rauch zu ihnen. Angewidert und traurig erzählte er weiter:

»Das sportliche Wochenendvergnügen der schießwütigen Jäger hatte innerhalb weniger Jahre die Bestände der Pelikane rapide dezimiert. Peru verbot die sinnlose Jagd auf Pelikane. Zu kostbar sind diese Vögel für das Land. Denn Pelikane gehören zu den Guanovögeln. Und Guano war damals mit das wichtiges Exportprodukt Perus. In Chile dauerte es länger mit dem Verbot.«

Hilliger hielt inne und schaute zu, wie der Wind Ascheflocken der Brandstelle über das Hafenbecken wehte.

»Wir sollten uns auf den Weg zum Hafenmeister machen. Vielleicht hat er ja etwas über den Brand erfahren«, bemerkte Hilliger und ging in großen Schritten die Mole entlang Richtung Zollbüro. Auf dem Weg fuhr Hilliger mit seiner Erzählung fort:

»Eine prominente Witwe, Mathilda de Granada, kämpfte für eine Rettung der Pelikane. Die Gräfin ließ all ihre Beziehungen spielen, um die Jagd zu verbieten. Aber sie stieß auf taube Ohren. Die Gräfin startete daraufhin eine Osteraktion, bei der sie für alle Hauptkirchen der Stadt neue Altardecken stiftete. Osterdecken aus Brokat mit Gold- und Silberstickereien. Die Altardecken zeigten alle das Ostermotiv: Ein Pelikan, der sich die Brust aufpickt, um mit dem eigenen Blut seine Jungen zu füttern.«

Hilliger sah, wie der Wind Ascheflocken über das Hafenbecken wehte. Er erzählte beim Gehen weiter: »Auch diese Aktion blieb ohne Ergebnisse. Die Regierung verbot die sinnlose Jagd auf Pelikane erst, nachdem sich zwei sturzbetrunkene, frisch gebackene Silberbarone in sportlichem Kugelhagel gegen die Front des Federviehs aus Versehen selbst abschossen.«

Jorge Hilliger schaute Henry an: »Waren Sie mal in der Karwoche, der Semana Santa, in Santiago de Chile?«

Henry schüttelte den Kopf. Sie überquerten die Gleise der Transporteisenbahn und bogen in eine Straße ab, an der das Hafen- und Zollbüro lag.

»Das sollten Sie unbedingt machen. Die Osterwoche in Santiago ist ein Schauspiel sondergleichen. Am Gründonnerstag ziehen die *Cucuruchos* durch die Straßen.«

»*Cucuruchos*? Das Wort kenn' ich noch nicht!« Henry schrieb seit Jahren ein eigenes spanisches Wörterbuch mit Erläuterungen der Wortbedeutungen und ihren Zusammenhängen.

»Die *Cucuruchos*. Das ist auch so ein typisch spanischer katholischer Brauch. Einmal im Jahr sollen die jungen adeligen Männer vor Ostern Buße tun. Das heißt, sie sollen in Demut um Spenden betteln. Dabei gehen sie von Haus zu Haus. Sie haben das Recht, jedes Haus einfach so zu betreten. Sie maskieren sich mit einem hohen Spitzhut mit Augenschlitzen, der mal weiß, mal schwarz ist. Dazu tragen sie einen schwarzen langen Umhang. Sie sind ein Kinder- und Frauenschreck. Oft schleichen sich auch heimliche Liebhaber ein. Es kursieren viele Geschichten der Liebestände-lei, denn normalerweise darf kein junger Mann seine Angebetete einfach so besuchen. Nur wenn er als *Cucurucho* unterwegs ist.«

Henry dachte bei dieser Maske eher an die Hüte des Ku-Klux-Klans, gegen dessen üble Machenschaften sein Vater gekämpft hatte.

Jorge Hilliger fuhr mit seinem Bericht der Osterwoche fort: »Am Karfreitag sind alle Geschäfte geschlossen. Kein Pferdehuf und kein Wagenrad darf an diesem heiligen Tag das Pflaster der Straßen von Santiago berühren. Tausende von schwarz gekleide-ten Menschen drängen singend und klagend von einer Kirche zur anderen. Es folgt der ›Stille Sonnabend‹. Und dann kommt endlich der Ostersonntag. Um zehn Uhr läuten alle Glocken. Die Menschen strömen zur Sonntagsmesse.«

Zwei Kormorane flogen vor ihnen hoch und drehten einen weiten Kreis über den Hafenbecken. Hilliger fuhr fort.

»Dann beginnt die Fiesta. Unzählige Menschen fahren in fest-lich geschmückten Kutschen im Korso die Promenaden auf und ab. Wagen mit Musikern begleiten den Zug. Man grüßt zu allen Seiten und wünscht sich frohe Ostern. Alles feiert und tanzt auf den Straßen. Die feinere Gesellschaft lädt abends zu Bällen. Ein großes Feuerwerk beendet das Osterfest. Einen Ostermontag, so wie in Deutschland, gibt es nicht.«

Henry waren diese katholischen Bräuche fremd. Als Engländer war er protestantisch getauft. Ihm war es ein Rätsel, dass in der freien Republik Chile so etwas überhaupt möglich war. Henry sah in den großen Kirchenfesten die engen Regeln des spanischen Katholizismus, einem Relikt der Kolonialzeit.

Er teilte seine Gedanken mit Hilliger. »Ganz falsch, Herr Sloman. Die Menschen hier feiern gerne. Feiern macht glücklich! Feste sind ihre Höhepunkte im Jahr. Und Ostern ist eines der wichtigsten Feste. Sie tanzen gerne, die Chilenen!«

Hilliger und Henry waren am Büro des Hafenmeisters angelangt. Der Hafenmeister stand schon in der Tür.

»Eine üble Sache, das mit dem Brand, Don Hilliger!«, sagte der Hafenmeister. Seine Zigarre wippte im Mundwinkel.

An der Küste wurde mit Balsas gejagt, Schlauchbooten aus aufgeblasenen Seelöwenbälgen © Privatarchiv Arends/Sloman

Zu Ostern ziehen die Cucuruchos, junge Männer mit hohen Spitzhüten, von Haus zu Haus, um Spenden zu sammeln. Stich von Ochsenius 1885 © Privatarchiv Arends/Sloman

Höger kaschierte mit seinen Koboldblöcken Schnittstellen, an denen die durchlaufende Klinkerfugenstruktur nicht aufging © Privatarchiv Arends/Sloman

Zwei Eulen und zwei Kobolde ⓳

Mehrere Eulen lugen frech und neugierig von oben auf die Passanten des Burchardplatzes. Der Bildhauer arbeitete zwei unterschiedliche Eulentypen aus, die an mehreren Stellen in den Spitzbögen oberhalb der Klinkerpfeiler platziert wurden. Die Durchgänge unter den Arkaden besitzen auch innen, zur Hauswand hin, kleine Schmucknischen, in denen Skulpturen aufgestellt waren.

Am Ende der Arkadenreihe sitzt eine Eule in einer Ecknische und schaut in Richtung eines Betonklotzes, eines sogenannten Koboldes. Der freche Blick der Eule, direkt zum Kobold hin, ist ein kleiner Scherz zwischen Bildhauer und Architekt. Kobolde gibt es zwei, wie der Architekt in einer Nachschrift gesteht, in der er seine Erinnerungen zum Bau des Chilehauses festhielt. Auf die eine »Steintafel« haben die Bauherren die Inschrift *Bauherren Henry Sloman und Söhne* setzten lassen, auf die andere *Architekt Fritz Höger.* Die Prärieeulen zählen zur Gattung der Steinkäuze (ATHENE). Sie leben hauptsächlich am Boden in den großen Grassteppen Südamerikas bis in den tiefen Süden Patagoniens.

> *Wenn man sich in Europa durch Beteiligung an einer Schatzgräberei mehr oder weniger lächerlich machen würde, so beruhen derartige Unternehmen in den Republiken Südamerikas auf einer sicheren Basis und werden oft von den glänzenden Erfolgen gekrönt.*
>
> Paul Treutler (1822–1887)

Zwei verliebte Eulen und die Träumer der verlorenen Schätze

Hamburg, Alsterpavillon, 31. August 1922. Es trinken Tee: Henry Sloman, seine Frau Renata, der zweitälteste Sohn Ricardo und seine Verlobte, Nora Wilisch.

»Das ist der einzige Ort in Hamburg, an dem sie guten, englischen Tee zubereiten können«, sagte Henry zufrieden und rührte warme Milch in seinen Tee.

»Richard Kuöhl, unser Bildhauer am Chilehaus, hat sich mit der Bitte gemeldet, noch mehr Vorschläge für kleinere Tiere zu machen, die typisch für Chile sind. Es fehle noch an Dekoration«, fuhr Henry fort und rückte seinen Stuhl zurecht.

»Endlich vielleicht dann mal ein Lama?«, sagte Renata. Henry schüttelte den Kopf: »Nein, viel zu groß. Kleinere Vögel wären gut!«

Renata seufzte traurig. Sie liebte diese weichen, freundlichen Tiere aus dem Andenhochland.

Henry sah Nora, seine zukünftige Schwiegertochter, freundlich auffordernd an. Er wollte höflich sein. Die junge Verlobte seines Sohnes schien an allem interessiert. Ihm gegenüber war sie auffallend schüchtern. Die Eloquenz ihrer Mutter Antonie Wilisch und deren Charme besaß sie nicht. Gerade erst 22 Jahre alt geworden, erschien sie Henry etwas verträumt und weltfremd. Ob sie eine Frau war, die richtig zupacken konnte? Wohl eher nicht. Sie war in der Welt der Musik zu Hause. Und auf diesem Gebiet war bei den Slomans keiner so richtig bewandert. Ein Instrument spielen lernen? Das galt in Kaufmannskreisen als unnützer Zeitvertreib.

Nora wich dem Blick ihres zukünftigen Schwiegervaters aus. »Der alte Herr«, wie ihr Verlobter ihn nannte, schaute immer streng.

Nora vermisste ihre Mutter und ihre vier Schwestern, die leichte Fröhlichkeit der Menschen ihrer rheinländischen Heimat, das milde, meist sonnige Wetter und die Musik. Noch vor zwei Wochen hatten die fünf Schwestern im Elternhaus in Königswinter die Eulensuite einstudiert. Der Geiger Fritz Busch hatte es zu Ehren der Heimkehr von Frau Mama komponiert. Antonie war von einer Griechenlandreise mit Carl Spitteler zurückgekehrt. Glücklich hatte die Mama ausgesehen, sie schien von all den neuen Eindrücken richtig beseelt zu sein.

Fritz Busch war auch ein Protegé ihrer Mutter und wohnte bei ihnen in der Villa in Königswinter. Er hatte Nora das letzte halbe Jahr Unterricht auf ihrer Bratsche gegeben. Die Künstler gaben sich im Salon von Antonie die Klinke in die Hand. Einigen half sie über Jahre mit regelmäßigen finanziellen Zuwendungen über die Runden – bis sie Karriere machten oder auch nicht. Darunter waren einige junge Künstler, die sie glühend verehrten, wie Jonas Fränkel und Fritz Busch. Aber auch ältere Herren waren von Antonie fasziniert und mitunter in sie verliebt. Der ältere Carl Spitteler verehrte ihre Mutter sehr. Ob die beiden ein Verhältnis hatten? Nora wagte nicht, weiter darüber nachzudenken. Mutter war immer sehr diskret. Ihre Schwester Isolde dagegen war davon überzeugt. Warum sollte Spitteler immer zu Besuch kommen und gemeinsam mit ihr auf Reisen gehen? Und außerdem: Antonie hatte bei den Spittelers Hausverbot. Spittelers Frau konnte sie nicht ausstehen und das, obwohl die Mama immer so freundlich mit allen Menschen war. Dass ihr Vater bei all dem kunterbunten Geschehen in seinem Hause so ruhig blieb, war Nora ein Rätsel. Aber ihre Eltern liebten einander wohl auf ihre eigene Weise.

»Eulen mag ich gerne«, versuchte Nora und sah Ricardo an.

»Eine großartige Idee. Das Tier der Klugheit. Und in Chile ist die Eule das Glückstier der Schatzgräber«, freute sich der verliebte Ricardo und ergriff begeistert die Hand seiner Verlobten. Er war von ihr verzaubert. Ihren Duft, die Wärme und Weichheit der Haut, die schönen Haare. Sie war so anders als alle Frauen, die er bisher kennengelernt hatte.

In Chile hatte er früher oft gesagt: »Ich heirate eine Spanierin. Eine chilenische Spanierin oder eine spanische Chilenin. Beides gleich gut. Die sind freundlich, feurig und fröhlich.« Nachdem die Familie nach Hamburg gezogen war, hatte er sich für keine der kühlen Hanseatinnen erwärmen oder sich gar in eine verlieben können. Nach den Erfahrungen der warmen Herzlichkeit der chilenischen Frauen, die er aus seiner Kindheit kannte, war er in Hamburg ratlos. Ricardo galt in der Gesellschaft als eine Spitzenpartie. Als begehrter Junggeselle war er auf viele Bällen, Soireen und Konzerten in die besten Häuser der Stadt eingeladen worden. An Bewerberinnen fehlte es ihm durchaus nicht. Auf Festen wurden ihm die Töchter des Hauses vor die Nase geschoben. »Die sogenannte gute Erziehung, von preußischen oder französischen Gouvernanten, wie sie in der besseren Gesellschaft in Hamburg üblich ist, mag die Mädchen für das Leben stark machen, aber sie hält die Männer fern«, pflegte er zu spötteln. Immer noch fühlte er sich fremd, nicht zugehörig. Er vermisste Iquique, seine Geburtsstadt.

Nora hatte er beim Skifahren im Allgäu kennengelernt. Die Rheinländerin mit ihrem heiteren Wesen hatte ihre Skier geschultert und wanderte einen Schneehügel bergauf. Eine der wenigen Frauen, die diesen modernen Sport wagten. Als Ricardo ihr anbot, ihre Skier mit hochzutragen, lächelte sie ihn schweigend an und stampfte weiter durch den Schnee. Oben angekommen fuhr Nora im langen karierten Schottenrock aus dickem Wollstoff forsch ab. Sie gefiel Ricardo sofort. Er beschloss auf der Stelle, um sie zu werben.

»Und warum Schatzgräber?«, fragte Nora und griff nach Ricardos Hand. Ricardo erklärte ihr:

»In den Weiten der Pampa lebt der Pekénn. Der Pekénn ist ganz anderes als die Eulen, die wir hier in Deutschland kennen. Die hiesigen Eulen wohnen in Baumhöhlen und sind Nachttiere. Anders der Pekénn. Er hopst tagsüber frech herum und scheint keine Angst vor Mensch und Tier zu kennen. Er besetzt Höhlen, die andere Tiere mühsam gegraben haben. Deshalb heißt er auch Kaninchenkauz. In Patagonien wohnt er am liebsten in den Höhlen der Tucotucos, das sind eine Art Kammratten. Der Pekénn vertreibt sie, frisst die Jungen und richtet sich dann in der fremden Höhle häuslich und bequem ein. Er ist sehr angriffslustig und lässt sich dann durch nichts und niemanden mehr aus seiner neuen Wohnhöhle vertreiben. Der Pekénn ist ungefähr so groß.« Ricardo hob seine Hand auf gut 30 Zentimeter über die Tischplatte, auf die Höhe des obersten Tellers der dreistöckigen Kuchenetagere, wo ein letztes Stück Zitronentarte lockte.

Henry mischte sich ein: »Fährt man über die Pampa, springen die Käuze auf den Wegen herum, ähnlich wie hier die Tauben. Sie durchsuchen die Pferdeäpfel, die auf den Straßen liegen, nach Insekten. Kommen Reiter oder Fuhrwerke, fliegen sie erst in letzter Sekunde auf und warten in der Luft, um sofort wieder zu landen.«

Nora drückte Ricardos Hand: »Ich habe gerade von Mama gelernt, dass die Eule das symbolische Tier der griechischen Göttin Athene ist, der Göttin der Weisheit und Wissenschaft. Diese Göttin ist die Schutzpatronin der Stadt Athen. Damit ist Athen auch die Stadt der Eulen. Antike griechische Münzen aus Athen zeigen deshalb oft Eulen.«

Renata sah ihren Sohn und Nora an. Sie fand, die beiden waren ein wirklich schönes Paar. Was ihr Mann nur damit hatte, als er ihr gesagt hatte, eine Hamburger Kaufmannstochter wäre ihm lieber gewesen. Soll er doch froh sein, dass Ricardo endlich wieder lachte. Seit dem Tod der ältesten Schwester Adelaide waren ihre Söhne viel zu ernst geworden. Und überhaupt. Ihr jüngster Sohn Herbert, der hatte sich doch gerade mit einer Erbin eines der führenden Überseehandelshäuser Hamburgs, Wachsmuth & Krogmann, verlobt. Margaretha Krogmann war eine aufgeweckte waschechte Hanseatin. Ihr Großvater Richard Carl Krogmann handelte auch mit Chilesalpeter, und man kannte sich.

Nora hakte nach: »Und warum sollen Eulen in Chile Wächter der Goldschätze sein?«

»Na, weil sie in Höhlen unter der Erde hausen! Alles, was unter der Erde lebt, kennt auch die geheimen Fundorte, an denen Schätze vergraben sind. Das glauben zumindest die Chilenen. Und in keinem Land der Welt wurden so viele Goldschätze vergraben wie in Chile!«

Nora sah Ricardo fragend an. Henry antwortete: »Das stimmt. Fast wöchentlich berichten die Tageszeitungen in Chile über dieses Thema. Mal geht es um einen sagenhaften Goldschatz, dann wieder um neu entdeckte Schatzkarten oder über eine Expedition, die sich aufmacht, um einen Schatz zu finden.«

Nora staunte: »Außergewöhnlich! Und warum ist das so?«

»Menschen auf der Flucht!«, bemerkte Henry schlicht. »Davon gab es viele in den Ländern am Stillen Ozean. Erst flohen die Ureinwohner vor der Invasion der Inkas aus Mittelamerika. Schon sie vergruben ihre Schätze, meist Silber und Kupfer, seltener Gold. Mit der Invasion der spanischen Konquistadoren und deren gefährlicher Goldgier mussten auch die Inkas oft fliehen. Sie vergruben ihre rituellen Gegenstände aus Gold oft einfach am Wegesrand. Ihre Kultgegenstände, das ›Gold der Sonne‹, wie sie es nannten, wurde ja von den Spaniern einfach eingeschmolzen. Die nächste Fluchtwelle war, als 1768 die spanische Krone den reichen Jesuitenorden über Nacht aus Chile vertrieb. Die Mönche hatten es zu wild mit den Mädchen getrieben. Die aufgebrachte Bevölkerung jagte sie davon. Sie mussten um Leib und Leben fürchten und durften nichts an Schätzen mitnehmen. Sie vergruben die Kirchenschätze nahe den Klöstern, oft einfach in den Kellern, oder mauerten sie ein.«

Er fuhr fort: »Die nächste Fluchtwelle kam mit der Gründung der chilenischen Republik. Man trennte sich radikal vom ›spanischen Mutterland‹. Während des Unabhängigkeitskrieges dieser Republik kamen viele alteingesesse Spanier, vor allem Adelige, ums Leben, die lange Zeit reiche Pfründe aus der Kolonie gepresst hatten. Sie wurden gejagt, und oft konnten sie nur das nackte Leben retten. In dieser Zeit wurden große Summen Gold im Umland der Wohnorte vergraben. Blieb dafür keine Zeit, dann verscharrte man die Schätze eilig in den Gärten, in den Kellern der Palazzi oder in den Stallgebäuden.«

Renata schaute Nora an und schob ihr das Stück Zitronentarte auf den Teller. Die junge Frau war nach ihrem Geschmack viel zu mager. »Iss nur. Bei den ganzen wilden Geschichten!« Nora bedankte sich formvollendet.

Henry stellte seine Teetasse hin: »Ich war einmal dabei, als so ein alter, vermutlich spanischer Schatz auftauchte«, berichtete er. Renata sah ihn interessiert an. Diese Geschichte kannte sie noch nicht.

»In Valparaiso hatte der Fluss nach Regenfällen Hochwasser, das von Stunde zu Stunde stieg. Ich hatte eigentlich über den Fluss wollen, aber die Brücke war schon überspült. Ein Esel trieb in seinem Geschirr gefesselt samt Karren verzweifelt strampelnd vorbei. Am gegenüberliegenden Ufer wurde der Teil eines Hauses vor meinen Augen weggerissen. Als die Mauern des alten Hauses aufbrachen, zeigte sich, dass dort wohl eine geheime Kammer war. Ich konnte einige Silberleuchter, große Schalen, goldene Teller und Tonkrüge sehen. Einer der Tonkrüge zerbrach beim Fallen in den schlammigen Abgrund und eine Fülle von Goldmünzen purzelte über den Hang in den Fluss. Ein Schrei ging durch die gaffende Menge. Goldfieber lag für einen kurzen Moment in der Luft. Aber schon riss der Fluss den Rest des Hauses mit. Ich habe nach diesem Erlebnis jahrelang überlegt, ob die Goldmünzen vielleicht noch im Uferschlamm irgendwo zu finden sind.«

»Wohl kaum. Die werden alle vom Humboldtstrom mitgenommen worden sein. Da kannst du sicher sein!«, sagte Renata und bemerkte: »Aber du solltest den Kindern noch die Schatzgeschichte aus La Serena erzählen!« Ricardo und Nora schauten sie neugierig an.

Henry lächelte: »Ja, die war wirklich zu komisch. Der Schatz von La Serena! Der Schatz des legendären Piraten der englischen Krone. Dafür muss man wissen: Sir Francis Drake tauchte im Jahr 1578 überraschenderweise an der Westküste vor Chile auf und plünderte die reiche Stadt La Serena. Er machte kurzen Prozess, brannte die Stadt nieder und meuchelte die Einwohner. Das ganze erbeutete Gold war zu schwer, um es auf seine Schiffe laden zu können. Er soll einen Teil des Goldschatzes in der Nähe von La Serena, auf einer Halbinsel, die ›Punta Tortuga‹ heißt, also Schildkrötenspitze, vergraben haben. Den anderen Teil versteckte er der Legende nach in den Höhen nahe dem langen Strand der Herradura-Bucht. Diese Bucht hatte immer wieder allen möglichen Piraten und Abenteurern als Schlupfwinkel gedient. Unzählige Schatzgräber hatten hier bereits ihr Glück versucht und sollen erfolglos geblieben sein.«

Renata hatte glänzende Augen: »Ich wollte unbedingt Pinguine aus der Nähe sehen, und in der berühmten Piratenbucht war eine große Kolonie. Wir waren eine Woche lang zu Besuch beim Ehepaar Puls, auch Hamburger, die damals dort lebten. Die lernst du bei eurer Hochzeit kennen. Die sind inzwischen auch zurück«, Renata zwinkerte ihrer zukünftigen Schwiegertochter zu und erzählte weiter.

»Die Herradura-Bucht liegt an einer wild zerklüfteten Halbinsel und hat einen wundervollen Badestrand, die Playa Blanca. Als wir den steilen Pfad zum Strand hinuntergingen, sahen wir zu unserer Überraschung, dass wir nicht alleine waren. Es waren einige Zelte aufgebaut. Der schöne Strand war durch ungezählte Löcher regelrecht verunstaltet. Einige waren dabei, eine weitere breite und sehr tiefe Grube auszuheben. Alles ging ganz gemächlich vonstatten, man schien es nicht eilig zu haben. Überhaupt wurde viel gestikuliert. Oben an der Felswand waren ebenfalls Menschen mit Schaufeln zu sehen, die bei einer Höhle gruben. Immer wieder hielten sie inne, um sich zu besprechen.«

Henry übernahm die Schilderung: »Herr Puls klärte uns auf. Regelmäßig suchten an diesem Ort Schatzgräber nach den Verstecken von Drake. Manchmal kämen mit den Postdampfern ganze Ladungen von Glücksrittern. Meist dann, wenn mal wieder irgendein übereifriger Journalist in der Zeitung über diesen sagenumwobenen Piratenschatz berichtet habe.«

Renata fuhr fort: »Am Strand stand eine elegante Dame im grünen Seidenkleid und mit einem viel zu großen Hut. Sie hielt einen riesigen schwarzen irischen Wolfshund an der Leine, so groß wie ein Pony.« Sie zeigte die ungewöhnliche Größe des Wolfhundes mit der Hand an. »Frau Puls berichtete, dass wegen besagter Dame ganz La Serena aus dem Häuschen sei. Diese Dame in Grün sei das bekannteste spiritistische Medium Südamerikas. Die Schatzgräber glaubten fest daran, dass es mithilfe dieses Mediums gelingen müsse, die Schätze Sir Francis Drakes endgültig zu heben. Beständig trat das Medium während der Grabungen in Kontakt mit den Piraten. Daher unterschied sich diese Gruppe von Schatzgräbern von allen vorherigen auf höchst ungewöhnliche Weise.«

Renata schaute Nora an: »Spiritistische Sitzungen waren vor gut zwanzig Jahren en vogue in Adelskreisen. In einer der regelmäßigen Séancen, die eine adelige Dame in Santiago abhielt, habe sich Drake persönlich gemeldet und sie aufgefordert, den Goldhort zu heben. Er wolle, dass sein Schatz einem wohltätigen Zweck zugeführt werde. So hieß es. Später schrieb mir Frau Puls, dass die Truppe unverrichteter Dinge abgezogen sei. Das einzige, was sie gefunden hatten, war ein Skelett ohne Kopf. Dem armen Kerl haben die Schatzgräber eine christliche Beerdigung gestiftet. Auf der Beerdigung war halb La Serena anwesend. Man munkelte und spottete, der arme kopflose Kerl habe sich in die Séance unter dem Namen Drake eingeschlichen, um endlich ein würdiges Begräbnis zu erhalten. Zumindest war das die Meinung der Indios von La Serena.«

Renata schwieg. Henry mischte sich ein: »Die Geschichte ging aber noch weiter! Das Ehepaar Puls erzählte später, dass ein armer Eselstreiber die Schatzgräber genauestens beobachtet hatte. Als die Truppe aus Santiago verschwunden war, begann er des nachts heimlich mithilfe seiner Schwester weiter zu graben. Er hatte mehr Erfolg. Er fand Tontöpfe mit seltsamen Metalltafeln, in die einige unverständliche Zeichen geritzt waren. Er entdeckte in einer neuen Höhle sechs weitere geköpfte Skelette. Wieder waren die Köpfe nicht aufzufinden. Ihm schauerte, aber er war sich sicher, dass er dem Fund nahe sein musste. Ein Irrtum. Auch er fand nichts. Bis heute rätseln Schatzsucher und inzwischen auch Wissenschaftler, was diese Schriftzeichen auf den Tafeln bedeuten, denn natürlich können sie nur eine geheime Schatzkarte sein.«

Nora war fasziniert: »So viele Schatzgeschichten!«

»Dann passen diese Tiere doch auch gut ans Chilehaus. Ich werden das Herrn Kuöhl ausrichten, dass wir uns für Eulen entschieden haben«, sagte Henry.

Renata wollte nach Hause. »Komm, lass uns gehen. Heute Abend haben wir noch eine Einladung bei den Krogmanns.«

Man brach auf. Die Mäntel wurden gebracht. Ricardo half Nora, ganz Gentleman, liebevoll in ihren Mantel. Er flüsterte ihr ins Ohr: »Wie gut, dass ich meinen Goldschatz schon gefunden habe!«

Aus Fritz Högers Manuskript *Zum Chilehaus* Zwei Kobolde und zwei neckische Fragezeichen??

Weil nun aber ein wirkliches Bauwerk immer aus der physischen in die metaphysische Welt übergreift, so wurde manches auch gefühlt und erfühlt. Kam mir Böses über den Weg, so bin ich niemals ausgewichen, sondern habe es gleich angegriffen, dann wurde es zunächst wohl gar noch böser, hernach aber wurde gar das Böse gut und in der Bekämpfung wurde es stets ein ganz Besonders und Eigenartiges, und so etwas irgendwie unlösbar erschien, so machte ich einen Teufelsknoten und ging weiter. So haben es die Meister der Urgotik ebenfalls gehalten, diese Gelöstheiten sind dann für die mehrtausendjährige Lebenszeit des Bauwerks ein interessantes Fragezeichen.

Einen solchen Fall darf ich eben erzählen: Stadtseitig stießen bei der Überbauung der Fischertwiete Architekturelemente in der Front ungünstig aufeinander. Was war da zu tun? – Akademisch lösen ließ sich der Fall nicht. So zog ich an diesem widerstrebenden Punkten einfach zwei mächtige Betonbrocken vor die Front, ich weiß nicht, ob diese einem Beschauer schon aufgefallen sind, sollte dies aber doch der Fall sein, so wird der kritische Beobachter mit diesen beiden Brocken sicherlich nichts anzufangen wissen. Sie sind eben zwei neckische Fragezeichen. Weil nun aber einmal das Hauptwesen des Chilehauses Selbstverständlichkeit heißt, so werden diese Brocken in dem Begriff Selbstverständlichkeit mit untergehen – und der Betrachter geht weiter, wie damals auch ich. – Auch meiner Bauherrenschaft mögen diese beiden Brocken ein Fragezeichen gewesen sein. Auch sie konnten einen Zweck nicht sehen, hatte wohl gar das Gefühl, dass die beiden Kobolde ohne Zweck wären, jedenfalls ohne äußeren sichtbaren.

Darum gaben sie in meiner Abwesenheit von sich aus den Brocken einen Zweck. Weil noch nirgends am Bau die Namen der Bauherrschenschaft und des Erbauers für die Zukunft eingraviert waren und die Geschichte uns wohl allzu bald vergessen könnte, so ließen sie hier die Namen nicht vergänglich draufmalen, sondern von Steinmetzen tief und stark einschlagen, was die Bauherrschenschaft außerdem auch noch im Hausinnern auf schwere Broncetafeln anbringen ließ, ohne mein Wissen. Ich sehe in dieser Verewigung eine Anerkennung ihrerseits.

La Serena ist eine der schönsten Hafenstädte der chilenischen Küste. Stich von Stich von Carl Ochsenius 1885

Ein Löwentopf, ein Kessel für Schätze und Kohlen, ist ein beliebtes Architekturmotiv von Handelshäusern

Weihnachten ist in Santiago de Chile ein zweitägiges Volksfest

Ein Feuertopf für kalte Zeiten ⑳

Mehrere Löwenvasen schmücken die Nischen der Spitzbögen zum Burchardplatz hin. Löwenvasen sind ein klassisches Motiv der Architekturplastik. Sie heißen so nach den zwei Löwenmasken, die die Seiten der Gefäße verzieren. Die hohen Töpfe sind so gestaltet, als ob sie von vier Metallklammern gehalten werden würden. Diese Füße könnten andeuten, dass es sich um Feuerschalen handelt. Das Schmuckmotiv von Feuerschalen ist seit dem antiken Rom bekannt. Bleibt die Frage: Was ist in den Kesseln? Glühende Kohlen oder goldene Schätze? Oder beides?

Aus Fritz Högers Manuskript *Zum Chilehaus*

Wenn bei stillgrauem Hamburger Winterhimmel an einem windfreien Tag ganz langsam Schneeflocken vom Himmel herunterrieseln, so wird plötzlich das Chilehaus zu einem Märchenschloss; es ist übersponnen mit einem weißen Perlschleier. Auf all die kleinen ornamentalen Klinkervorsprünge hat sich je eine kleine Schneekappe aufgesetzt – millionenfach. Wenn dann dieser Frischschnee in der nächsten Nacht gefriert und zu verharschtem Schnee wird, so behält das Chilehaus dieses winterliche Festkleid wochenlang. Oft habe ich viele Menschen staunend davor stehen sehen.

Wie gewonnen, so zerronnen

Hamburg, Villa Sloman, Badestraße 30, Weihnachten 1923. Nach dem Dinner, man sitzt am brennenden Kamin beisammen. Anwesend: Henry und seine Frau Renata, Henrys Bruder Robert und seine Frau Magdalena.

»Und wie feiert man in Chile Weihnachten?«, fragte Magdalena.

»In Santiago?«, antwortete Renata. »Weihnachten in der Hauptstadt ist ein großes, trubeliges Fest des Abschiedes.«

Magdalena schaute ihre Schwägerin Renata fragend an.

»An Weihnachten ist Hochsommer. In Santiago ist es zu dieser Zeit brütend heiß. Das Weihnachtsfest wird groß mit vielen Freunden gefeiert, denn am zweiten Weihnachtstag reisen die Familien in die Sommerfrische. Die ganze Stadt schläft einen tiefen Sommerschlaf. Bis Ostern, im Herbst. Ostern ist das große Fest des gesellschaftlichen Wiedersehens.«

Renata schenkte allen warmen Weihnachtspunsch nach. Der Punsch heißt »Black Velvet« – schwarzer Samt. Er wurde jedes Jahr nach einem Familienrezept aus der englischen Zeit gerührt. Bitterer Orangenlikör, Sahne und Zimt verströmten einen weihnachtlichen Duft.

Magdalena schüttelte dankend den Kopf. Sie konnte auch nach mehrfachem Probieren dem Gebräu nichts abgewinnen, stattdessen wollte sie wissen: »Und die Weihnachtstage selbst. Wie feiert man die in Chile?«

»Sehr katholisch. Alles ist in schwarzer Festtracht unterwegs.

Die Damen tragen ihre Mantilla, den Schleier. Es gibt eine große lange Messe am Heiligen Abend. Davor essen die meisten, sonst würde man die drei Stunden nur mit lateinischen Texten in der Kirche kaum durchstehen.«

Magdalena schaute auf den Weihnachtsbaum, der am Durchgang zum Wintergarten stand. Er war mit Äpfeln, Strohsternen und Bienenwachskerzen geschmückt. Renata hatte kleine Sterne aus Goldfolie gefaltet, die im Tannengrün blinkten. Vom anderen Ufer der Alster winkten warm erleuchtete Fenster herüber. »Und Weihnachtsbäume? Werden die in Chile auch festlich geschmückt?«, fragte Magdalena.

»Den Brauch der Christbäume gibt es dort eigentlich nicht«, antwortete Renata.

Henry widersprach ihr: »Das würde ich so nicht sagen. Die meisten Deutschen leben im Süden Chiles. Die werden auf jeden Fall Christbäume haben. Im Deutschen Club in Valparaiso steht jedes Jahr ein Weihnachtsbaum. Und denke nur an die vielen englischen Familien und Gemeinden! Dort sind immer Weihnachtsbäume zu finden.«

Renata schaute auf ihren Baum. Sie würde bald Kerzen nachstecken müssen. Sie hatte wenige aufgesteckt, denn Weihnachtskerzen waren in Zeiten der Wirtschaftskrise kaum zu bekommen. Sie wandte sich ihrer Schwägerin Magdalena zu und fuhr fort:

»In Chile ist Weihnachten ein Blumenfest. Es ist ja Sommer. Alles wird mit wunderbaren Blumen geschmückt. Es ist Brauch, den Damen zu Weihnachten kleine Blumengebinde für das Handgelenk zu schenken. Dabei wünscht man sich ›Feliz Navidad‹ –

Fröhliche Weihnachten! Wer viele Blumen geschenkt bekommen hat, hat viele Verehrer. Einige haben beide Unterarme voller Armbänder. Damals, als ich bei meinem Onkel Jorge Hilliger lebte, haben wir öfters Weihnachten in Santiago gefeiert«, erzählte Renata.

»Nach der Messe am 24. Dezember promeniert man durch die Stadt, es ist noch sommerhell. Überall sind Stände aufgebaut. Zuckerwerk, Sorbet und Blumen werden überall verkauft. Abends am Hafen gibt es ein großes Weihnachtsfeuerwerk. Alle Schiffe im Hafen sind festlich geflaggt und grüßen, wenn die Weihnachtsglocken läuten. Von allen Seiten wird man eingeladen. Wir waren immer auf mehreren Weihnachtsbällen. Man wandert von einem Empfang zum anderen. Auf der Straße wird die ganze Nacht durchgetanzt und viel getrunken.«

»Ganz anders ist es auf dem Land«, ergänzte Robert und sah Magdalena an. »Vor Jahren habe ich Weihnachten in San Felipe verbracht. Wir waren auf einer Reise dort hängengeblieben. Ich war mit meinen Brüdern Richard und Edward unterwegs. Du erinnerst dich. Die Geschäftsreise, auf die du uns damals geschickt hattest?« Er sah Henry an, der schweigend nickte.

Robert fuhr fort: »Wir hatten Glück, denn wir konnten in einer Pension noch ein Zimmerchen ergattern. Zahllose von Familien trafen im Laufe des 24. Dezembers vor der kleinen Kirche ein. Als die Christmette begann, waren Hunderte von Pferden vor der Kirche angebunden. Ein Bild, dass ich nicht mehr vergessen werde.«

»Und du hast mal wieder den Gottesdienst geschwänzt, wie ich dich kenne«, neckte Renata ihren Schwager.

Er grinste sie an und genoss sichtlich ihre freundliche Nachsicht: »Natürlich. Die kleine Kirche war ja auch viel zu voll. Nach der Messe sprangen die Reiter auf ihre Pferde und galoppierten auf die Ebene vor der Stadt. Sofort begann eine Reihe von Pferderennen, die den ganzen Tag andauerten. Weihnachten in San Felipe entpuppe sich als ein uriges Pferdefest. Alles blieb den ganzen Tag im Sattel. Jeder Reiter war sichtlich stolz, seine eigenen Dressurkünste vorzuführen. Überall im Trubel waren immer wieder beeindruckende akrobatische Kunststückchen der Reiter zu bewundern. Alle Chilenen können unglaublich gut reiten. Selbst im Zustand vollkommener Trunkenheit behaupten sie sich tapfer im Sattel«, nickte Henry.

»Ich habe mir vor allem die Rennen angeschaut. Die Pferde von San Felipe mögen nicht die schnellsten Vollblüter sein, aber die Leidenschaft des Publikums für die Rennen war echt. Und die Wetteinsätze sind schwindelerregend. Da stehen die Chilenen den Engländern in nichts nach.«

Henry sah seinen Bruder streng an. Über Wetten und Glücksspiel zu reden war in der Familie eigentlich ein Tabu.

Henry schaute auf die dunkle Alster. Irgendein romantischer Spaßvogel fuhr mit einem festlich beleuchteten Ruderboot auf dem Wasser, vermutlich war bei der nebelnassen Kälte reichlich Glühwein mit im Spiel.

Henry blieb nachdenklich: »Das wildeste Rennen Chiles wurde in Trés Puntas geritten. «

»Das ist eine gute Geschichte. Erzähl bitte. Magdalena weiß so wenig von Chile. Ich kann sie einfach nicht zu einer Reise überreden.«

Henry nickte und begann zu erzählen: »Die Geschichte der sagenhaft reichen Silbermine begann 1848, in meinem Geburtsjahr. Es geschah, dass ein armer Eseltreiber mit den Namen Miguel Osorio, welcher ein in der Wüste gelegenes Bergwerk mit Wasser versorgte, gezwungen war, Rast zu machen, da seine Tiere zu ermattet waren, um auch nur einen Schritt weiterzugehen. Der Schneewind, der Sereno, blies eiskalt von den Gipfeln der Kordilleren herunter. Osorio lagerte am Fuße eines großen Felsens und zündete sich ein Feuerchen an, um etwas Gerstenbrei zu kochen und seine steifen Knochen zu erwärmen. Bald schlummerte er zwischen seinen erschöpften Eseln ein. Als der Morgen dämmerte, belud er die Esel mit den leeren Wasserfässern und wollte sich gerade auf den Weg machen, da sah er in der kalten Asche etwas blinken. Neugierig wischte er die Kohlenreste weg. Eine reiche Silberader lächelte ihn an. Sein Feuer hatte eine hochstoßende Silberader angeschmolzen.

Aufgeregt suchte er einige reiche Silberstufen zusammen, große Brocken voller Silber. Er lud sie in die Fässchen seiner Eselchen und trieb die schwer beladenen Tiere nach Copiapó. Er verhandelte mit dem Wirt des Gasthauses die Silberstufen. Mit dem eingetauschten Geld ließ er es so richtig krachen. Alles feierte auf seine Kosten mit. Der Wirt unternahm alles, um Osorio abzulauschen, wo der Fundort der Silberstufen war, aber der Wasserhändler blieb stur. Allerdings vergaß Miguel Osorio in seiner Feierlaune, die Mine beim Bürgermeister samt Fundproben anzumelden.

Am nächsten Tag kehrten seine Freunde, die anderen Wassertreiber, zurück. Osorio bewirtete alle großzügig. Als sie hörten, was Gutes geschehen war, priesen sie sein Glück und umschmeichelten ihn. Die Freunde aber füllten ihn mit noch mehr Pisco ab. Was dem gierigen Wirt nicht gelungen war, gelang nun seinen Freunden. Sie luchsten noch in der Nacht dem Betrunkenen das Wissen um die Fundstelle ab. Sie sei bei den Drei Bergspitzen – Trés Puntas. Gleich darauf verabschiedeten sie sich, liehen die besten Pferde der Stadt und jagten noch in der Nacht los. Gut 120 Kilometer Richtung Norden waren zu reiten. Mittags trafen sie ein, fanden die Feuerstelle am Rande des Felsens bei den drei Bergspitzen, wie es ihr Freund Osorio beschrieben hatte. Sie steckten jeder für sich die größtmögliche Parzellengröße ab. Dann schlugen sie einige der Proben, luden die Silberstufen auf die Pferde und ritten zurück. Beim Bürgermeister ließen sie die Claims registrieren.«

Das Feuer knackte und knisterte. Im Raum wurde es dunkler, da einzelne Kerzen am Weihnachtsbaum verloschen. Henry fuhr mit der Erzählung fort.

»Kaum aber hatten die falschen Freunde ihre Besitztitel gezeichnet, verbreitete sich die Nachricht von dem sagenhaften Silberfund wie ein Lauffeuer in der Stadt. Alles eilte zum Rathaus, um die Landkarte, auf der die neuen Claims eingezeichnet waren, zu inspizieren. Ein Blick auf die Silberklumpen, die abgegebenen Fundproben, die neben der Karte lagen, versetzte alle in Ekstase. Ein unerbittlicher Wettlauf setzte ein. Es galt schnellstmöglich neben den bereits abgesteckten Claims eigene Parzellen zu registrieren. Auch hier, so lehrte die Erfahrung, durften weitere Silbervorkommen erwartet werden.

Binnen einer Stunde waren alle Reittiere in Copiapó vermietet oder verkauft. Der wilde Wettlauf begann. Im Jagdgalopp auf Pferden, Mulis, ja selbst mit Eseln und zu Fuß machten man sich auf, die 120 Kilometer nach Trés Puntas zu eilen. Bald war aus dem schmalen Weg ein breitgetrampelter Pfad geworden. Die Glücksritter mussten die Parzelle abstecken, besetzen und dann zurückjagen. Nur wer als Erster seine Fundproben auf dem Amt registrierte, erhielt die Schürfrechte. Oft ging es dabei um Sekunden. Vielfach kamen bis zu 50 Anfragen auf ein Stück Land.

Der Rückweg war also genauso entscheidend und wurde im halsbrecherischen Tempo zurückgelegt. Die Glücksritter begegneten einander auf dem Weg. Aus einer Richtung zog ein nicht abreißender Strom von Menschen und Fahrzeugen auf dem Weg nach Trés Puntas. Aus der anderen Richtung jagten kopflos die gierigen Rückkehrer nach Copiapó. Ihre geschundenen Pferde brachen oft unter ihnen zusammen. Blutüberströmt, mit faustgroßen Löchern von den großen Radsporen, blieben sie am Straßenrand liegen. Viele der Rückkehrer, deren Pferde zusammengebrochen waren, zückten ihre Pistolen und nahmen den Entgegenkommenden ihre noch frischen Reittiere ab. Es kam zu Mord und Totschlag. Die Leichen blieben neben den halbtoten Reittieren liegen. Geier und Kondore säumten den Wegesrand und waren satte Zeugen dieses Schauspiels.« Es knallte im Kamin und einige Glutstücke sprangen auf den Teppich. Robert griff die Glutstücke auf und warf sie zurück in den Kamin.

Henry fuhr fort: »Eine regelrechte Völkerwanderung nach Trés Puntas setzte ein. Schon bald kamen den halsbrecherisch Zurückjagenden gemächlichere Ochsenkarren entgegen. Ein nicht mehr abreißender Zug an Fahrzeugen machte sich auf den Weg. Mit ihnen reisten berüchtigte Falschspieler, Geldverleiher, die mit großen Ledersäcken voller Gold kamen, Dirnen und Musiker. Ganze Karawanen von schwer beladenen Wagen zogen langsam durch den tiefen Wüstensand zum neuen Lager.

Zudem musste der ganze Minenbedarf herbeigeschafft werden, Sprengstoff, Werkzeuge und Bauholz. Denn das Minengesetz verlangte, dass eine registrierte Mine innerhalb von zwei Wochen in Betrieb genommen werden musste, sonst verlor man seine Konzession. Aber es reichte nicht aus, dort allein herumzuwerkeln. Die Vorschriften waren streng. Man musste mindestens sechs Arbeiter anstellen, einen Koch sowie einen Aufseher vorweisen können. Außerdem eine Hütte für die Lagerung und Schlafplätze für die Arbeiter. Um all diese Bedingungen erfüllen zu können, mussten sich die neuen Minenbesitzer, die ja meist bisher ganz mittellos gewesen waren, Geld leihen.

Das war die Stunde der falschen Bankiers. Sie verliehen ihr Geld auf Anteile an den Minen. So kamen sie zu Spottpreisen zu Anteilen an den reichen Gruben. Die frisch gebackenen Minenbesitzer wussten nicht, wie ihnen geschah, hatten sie plötzlich die Hände voller Goldmünzen. Alle taten das, was sie am besten konnten. Sie feierten acht Tage lang.

Die Ebene zwischen den beiden ersten Fundgruben bot ein Bild wie ein Heerlager. Noch vor kurzem endlos einsame Wüste, bevölkerten jetzt Hunderte von Wagen, Zelten, teilweise schon Holzfassaden, die hinten mit Leinwand bespannt waren, das Tal. Tausende Menschen, Pferde und Mulis überall. Man hörte das

Geschrei der Verkäufer. Überall Musik. Selbst Drehorgeln hatte man herbeigeschafft. Es wurde getrunken, getanzt und gesungen. Nachts war die Ebene von Hunderten von Feuern erleuchtet.

Überall entstanden Feldküchen, Tanzlokale und Spielhäuser. Das Wasser war so teuer, dass man die Kleidung nicht wusch, sondern wegwarf und neue kaufte. Die fliegenden Händler verdienten sich in diesen Tagen eine goldene Nase. Überall im Straßenstaub mischten sich bald die alten Fetzen der Kleidung mit den Glasscherben der zerschlagenen Weinflaschen und unzähligen abgenagten Knochen der geschlachteten Tiere. Weil Holz so wertvoll war, baute man die Paddocks für die Mulis und Pferde aus den Köpfen der geschlachteten Ochsen. Es stank bestialisch. Aber keiner wäre auf die Idee gekommen, hier aufzuräumen.

Nach einer Woche kam der große Kater, denn viele der Parvenüs hatten große Anteile der Gruben oder ihr Gold verloren. Mal hatten sie die Dirnen aufs Äußerste beschenkt, dann wieder hatten es ihnen Falschspieler abgenommen.

Inzwischen war das Wüstental eine kleine Stadt geworden. Die Stadt blieb lange Zeit ohne Polizei, ein rechtsfreier Raum, in dem die Gewehre und Messer der Mineros das Sagen hatten.

Der Beginn der Silberstadt Trés Puntas kostete viele Leben. Heißblütig und schnell in Rage duellierten sich viele Mineros. Das berüchtigte Duell war eigentlich verboten. Aber keiner hielt sich daran. Man band die Handgelenke zweier Männer zusammen. Jeder erhielt ein Messer. Auf ein Kommando wurde zugestochen. Das konnte keiner überleben.

Die Besitzer der zwei ersten Minen waren Millionäre. Und

auch andere wurden hier sehr reich. Wie sagenhaft ergiebig diese Mine war, zeigte sich gleich zu Beginn: Über 100 Silberbergwerke wurden in Betrieb genommen!«

Henry beendete seine Erzählung vom großen Silberrausch bei Trés Puntas. Die Kerzen am Weihnachtsbaum waren nach und nach ausgegangen, im Kamin glimmten die letzten Buchenscheite. Henry stand auf, um noch Holz nachzulegen. Die Flammen wurden wieder heller und erleuchteten das Weihnachtszimmer.

»Und was wurde aus dem eigentlichen Entdecker der Minen, dem Eseltreiber Osorio?«, wollte Renata wissen.

»Der ging ganz leer aus. Die Geschichte von seinen betrügerischen Freunden hat damals ganz Chile beschäftigt. Er und seine Familie klagten jahrelang gegen die Ungerechtigkeit der inzwischen Mehrfachmillionäre. Aber die falschen Freunde blieben stur und wollten nichts herausrücken. Aber Miguel Osorio hat ein Denkmal in Trés Puntas erhalten.«

»Mir tut der arme Eseltreiber leid, es ist zutiefst ungerecht«, sagte Renata.

Magdalena nickte zustimmend: »Ja, der hatte wirklich Pech. Wie sagt man: Wie gewonnen, so zerronnen.«

»Glück ist eine eigenwillige Sache. Mit Glück umgehen kann nicht jeder. Zuerst muss man alles tun, damit das Glück einen findet. Und dann muss man es erkennen, den perfekten Glücksmoment auch sehen. Und dann wiederum muss man zupacken und das Glück festhalten«, sagte Henry und ergänzte: »Glück möchte geliebt werden.«

Das Einrammen der Pfähle am Klingberg. Hinter dem Bauzaun die Begrenzungsmauer zum Klingbergfleet. Foto Juli 1922 © Privatarchiv Arends/Sloman

Zur Pfahlgründung

Im Untergrund des Chilehauses durchläuft, fast genau in seiner Mitte, die Grenze des Geesthanges im Norden zum Marschboden im Süden. Der Bau wurde durch umfangreiche Bodenprüfungen und Tiefbohrungen vorbereitet. Die Fundamente des Chilehauses mussten bei den Baukörpern zudem in unterschiedlicher Stärke durchgeführt werden. Verschiedene Technologien kamen bei Gründung des Fundamentes zum Einsatz.

Der Erdaushub betrug 20.000 Kubikmeter. Auf der Grundfläche von 5950 Quadratmetern wurden 18.000 laufende Meter Rammpfähle in den schlickigen Untergrund getrieben. Durch den Bau der U-Bahn begann der Grundwasserspiegel zu sinken, sodass seitdem unter dem Chilehaus der Wasserstand künstlich aufgefüllt wird, damit das Fundament stabil bleibt.

Aus Fritz Högers Manuskript *Zum Chilehaus*

Das Haus steht auf Eisenbetonpfahlrammung, eingeschlagen wurden mit acht Dampframmen ca. 18.000 lfdm Pfähle; welche sämtlich spitzenfest sind. Weil aber der tragfähige Bogen auf sehr verschiedener Höhe liegt, so variieren die Pfahllängen von 6 bis 15 m. Durch die Rammung wurden ca. 2000 cbm Boden verdrängt, was bei der Durchführung der Rammung sehr interessante Wahrnehmungen zeitigte.

Das kleine 9 x 9 einer halben Pfahlgründung

Hamburg, Baugrube des Chilehauses, Sonntag, 15. August 1922, um Viertel vor sieben. Anwesend: Henry Sloman mit seiner Ehefrau Renata. Es ist kühl und neblig.

»Alles halb und halb?« Renata Sloman sah ihren Mann ungläubig an.

»Alles halb und halb!«, antwortete er.

»Die eine Seite.« Henry Sloman beschrieb mit seiner Hand einen weiten Kreis Richtung Wandrahmsbrücke. Die Umrisse der Dächer der Speicherstadt waren kaum zu sehen und verschwanden im Nebel.

»Der Teil zum ehemaligen Elbufer hin. Der ist schlickig, morastig, schlammig. Also butterweich. Da kann man so nicht drauf bauen.«

Mit ernster Miene führte er weiter aus: »Die Probebohrungen für das Fundament haben erst hier, wo wir stehen, stabileren Baugrund gefunden.« Renata nickte, sie war gerade von ihrer Kur in Karlsbad zurückgekehrt und freute sich über den Fortgang der Bauarbeiten.

»An dieser Stelle hat der Geestrücken seine Ausläufer. Die Steine und Erde bilden einen festen Verbund. Gutes Bauland. Die Endmoränen aus der Eiszeit haben Unmengen von Gesteinen vor sich her gerollt, bis hierher nach Hamburg. Die großen Gletscher Norwegens reichten in der Eiszeit bis zu uns. Die Riesenfindlinge dieser Gesteinsverschiebungen finden sich bis in die Lüneburger Heide. Die kleineren Steine, die kennst du aus unserem Garten.«

Wind kam auf. Renata zog ihren Mantel am Hals enger und hielt den Kragen vorne am Hals zu. Sie hatte ein helles, fliederfarbenes Baumwollkleid für diesen Tag ausgewählt, das wohl trotz des warmen Mantels doch zu dünn für den Morgenspaziergang war.

Ihr Mann fuhr in seinen Ausführungen fort. »Man könnte sagten, wir bauen hier fest auf gutem norwegischen Grund«, erläuterte er.

Vor Renatas innerem Auge tauchte eine uralte Zeit vor den ersten Menschen auf. Massive Felsbrocken rollten mit gewaltigen Eisfeldern wie Murmeln in den Süden. Ihr war so, als wenn sich eine große, freundliche, norwegische Hand aus festen Steinen über den Hamburger Schlamm legte, sodass an der Elbe Jahrtausende später Menschen ihre Stadt mit kleinen und größeren Häusern bauen konnten. Einer der Finger dieser Hand war der Geestrücken, auf dem das halbe Chilehaus sich wie ein Vogel niederließ.

Renata träumte weiter. In Norwegen soll das Licht im Sommer so schön sein. Die junge Frau Vorwerk hatte ihr auf einer der vielen lästigen Teegesellschaften von ihrer Hochzeitsreise mit dem Postschiff berichtet, das bis hoch in den Norden Norwegens die Fjorde abfuhr. Die frisch Verheiratete war vor Begeisterung über die Schönheit der norwegischen Landschaft, die Einsamkeit und die wilde Natur ganz aus dem Häuschen gewesen. Allerdings war es auch die erste Schiffsreise der jungen Dame gewesen. So sehr die Begeisterung von Frau Vorwerk ansteckend gewesen war, von Schiffsreisen hatte Renata mehr als genug. Sie hatte viele Monate ihres Lebens auf Schiffen verbracht, um nach Chile und zurück nach Hamburg zu reisen. Keine zehn Pferde würden sie aus ihrem gemütlichen und bequemen Familienhäuschen in der Badestraße wegbringen. Und außerdem: Schöner als die grünen Täler der Chilenischen Schweiz konnte Norwegen auf keinen Fall sein. Aber das hatte sie der frisch Vermählten nicht gesagt.

Ihr Mann trat an den Rand der tiefen Baugrube. Schwarzes Wasser stand im Grund. Ein pestilenzartiger, übler Geruch schlug ihnen entgegen. Henry führte seine Erläuterungen weiter: »Ganz anders die Seite zur Speicherstadt hin. Hier ist alles dreckiger Schlick. Alter Uferschlamm. Hier war die Kloake des Gängeviertels. Jahrhundertelang flossen die Abwässer über offene Gräben einfach in den Fluss. Deshalb entstanden in diesem Viertel immer wieder Seuchen, zuletzt die verheerende Choleraepidemie im heißen Sommer 1892! Der Unrat des Scherbenviertels, wie man es auch genannt hat, steckt hier zuhauf in den Tiefen.«

Das Ehepaar ging weiter um die Baugrube herum. Große Stapel riesiger Baumstämme lagerten neben der Grube. Die langen Stämme waren glatt und ohne Rinde. Ab und zu sah man noch die Schnittstellen, wo große Äste abgeschlagen worden waren. Es duftete nach frischem Tannenholz. Renata hob einen hellen Holzspan vom Boden auf.

»Mmmh, das Holz. Das riecht gut.« Der Duft beruhigte sie. In der Ferne läutete St. Katharinen zum Sieben-Uhr-Gottesdienst.

Renata hielt ihrem Mann das Stück Holz unter die Nase.

»Riech mal! Wie das duftet!«

»Ja. Wirklich. Das sind übrigens Weißtannen aus dem Schwarzwald. Ein Holz, das sehr gerade wächst und gut haltbar ist.« Henry setzte einen Fuß auf einen Stamm und streifte etwas Schlamm von seinen Schuhen.

»Es riecht ein wenig nach Weihnachten.« Renata roch wieder an dem Holzstückchen. Der würzige, waldige, süße Duft hatte etwas Tröstendes und vertrieb den üblen Gestank der Baugrube. Er verscheuchte auch die Geister der Nacht und ihr wurde wieder wärmer ums Herz.

»Herr Höger hatte versucht, Lärchenstämme oder Eichen zu bekommen. Deren Holz ist von Natur aus wasserresistent. Aber wegen der Inflation waren Stämme in dieser Länge nicht aufzutreiben. Man muss nehmen, was zu bekommen ist. Weißtanne soll genauso gut wie Eiche sein. Halb Venedig steht auf Weißtannen, hat Herr Höger mir erzählt. Er versicherte mir, dass die Stämme, wenn sie unter Wasser von Sauerstoff abgeschnitten stehen, eine Ewigkeit halten. Lang mussten die Baumstämme vor allem sein. Gut zehn bis dreizehn Meter.«

Henry klopfte auf einen Stamm. »Das hier sind gute, sehr alte Tannen. Im Schwarzwald nennt man sie wegen ihres Alters auch Großvatertannen.«

»Ein langer Weg vom Schwarzwald hierher!«, überlegte Renata. »Kamen die mit der Eisenbahn?«

Das Glockenläuten hatte aufgehört.

»Nein, die werden über den Rhein geflößt. Vorbei an Köln bis nach Holland. In Rotterdam werden die Stämme auf Schiffe verladen. Erinnerst du dich an das Märchen: ›Das kalte Herz‹?« Renata nickte.

»Vom reichen Holländer-Michel und seinem Herz aus Stein!«, sagte Renata. Sie hatte es den Jungs schon einmal vorgelesen. Ein dunkles Märchen.

»Genau. Der Holländer-Michel im Märchen. Der ist ein steinreicher Holzhändler, ein Holzbaron, wie es sie früher dort gab. Er handelt im Märchen mit Schwarzwaldtannen, die er nach Holland flößen lässt und hier teuer verkauft. Deshalb sein Name ›Holländer-Michel‹.«

Sie gingen weiter um die Baugrube herum, Richtung Wandrahmsbrücke.

Henry blieb wieder stehen: »Das vorne. Bei dem Holzgerüst im Wasser. Das ist die Dampframme.« Henry zeigte in die Grube. Ein Gerüst, das Renata an einen kleinen Ölbohrturm erinnerte, stand im Wasser. Möwen hatten sich auf ihm niedergelassen.

»Die Probebohrungen für das Fundament an dieser Stelle. Die haben uns fast in den Wahnsinn getrieben. Es wollte und wollte sich kein fester Grund finden! Erst nach zehn Metern dann, an einigen Stellen noch tiefer, fand sich ein halbwegs fester Grund. Und immer dieser Gestank!«

Renata sog wieder den Duft des Tannenholzes ein. Hier in der Nähe der Ramme schien sich der pestilenzartige Gestank noch zu verstärken. Sie folgte den technischen Ausführungen ihres Mannes.

»Und wenn ein Stamm nicht wirklich fest werden will? Darauf kann man doch keine Plattform bauen?!«, bemerkte Renata.

Henry hob einen Stein auf und warf ihn ins Wasser. Die Möwen flogen kreischend auf.

»Wir schlagen dicht stehende Gruppen. Du musst dir vorstellen: Jeweils neun Pfeiler werden zusammen eingerammt. Und dann kommt oben auf die neun Stämme eine Art Kappe aus eisenarmiertem Beton. Die ist gut einen Meter dick. So zusammengefasst werden die einzelnen Pfähle zu einem Superpfeiler. Auf diese Pfeilerköpfe werden dann die Fundamente gebaut.«

»Warum neun?« Renata schaute Henry an. Neun ist die Glückszahl der Familie.

Er grinste: »Reiner Zufall, meine Liebe!« Sie gingen ein Stück weiter um die Baugrube herum. Nun konnte Renata die gebündelten Stämme auch sehen.

»Das hat doch durchaus was Tröstliches«, sagte Renata etwas leiser und hielt ihrem Mann das Duftholz wieder unter die Nase. »Ja, meine Liebe. Ich kenne den Duft: würzig, grün und leicht süßlich. – Was hat etwas Tröstliches für dich?«, fragte er Renata.

»Die Stämme der Weißtanne. Hildegard von Bingen lehrt, dass Weißtanne ein Heilmittel für das Herz sei. Der Duft heile zudem durch Trauer verletzte Seelen. Tannenspitzenhonig, erinnerst du dich? Den hab' ich im April gemacht. Der beste Hustensirup.« Renata kannte sich mit Kräutern und Heilpflanzen bestens aus. Vor ihrer Hochzeit wollte sie unbedingt Krankenschwester werden. Sie las jedes Buch über Pflanzenmedizin, das sie in die Finger bekam. Das Buch über Hildegard von Bingen war ein Geschenk von Ricardo an sie gewesen.

»Hildegard von Bingen schreibt noch, dass die Weißtanne

nichts Dunkles und Übles in ihrer Nähe duldet. Sie empfiehlt, immer ein Stückchen von dem Holz einer Weißtanne bei sich zu tragen, als Abwehrschutz gegen Krankheiten und all das andere Dunkle, dass einen so anfliegen kann. Das hier«, Renata hielt ein Stückchen Tannenholz hoch, »werden wir jetzt mit nach Hause nehmen.«

Renata rieb wieder an dem Holzstückchen und inhalierte den Duft. »Ich finde den Gedanken tröstlich und heilsam, dass all diese duftenden Weißtannen in den schwarzen Morast des alten Gängeviertels getrieben werden. Ich stelle mir vor, dass der Duft der Weißtannen den ganzen Gestank, die alten Krankheiten und das Gift der Trauer aus dem Untergrund vertreibt.« Renata schaut lächelnd auf die acht Dampfhammer im schwarzen Wasser. St. Michaelis begann mit seinem großen Sonntagsgeläut.

»Wer weiß«, nickte Henry. Die Morgensonne brach durch den Nebel. Zu Hause wartete das Sonntagsfrühstück.

Die Gerüste fallen! Ausschnitt der Zeichnung von Fritz Höger (1924)

Der Elbfischer ging im Zweiten Weltkrieg verloren © Privatarchiv Arends/Sloman

Eine Hansekogge, eine Karavelle und ein verlorener Elbfischer samt Kahn ㉑

Kleine Schiffchen schmücken die oberen Nischen der Laubengänge zum Burchardplatz. Sie sind dem alten Schiffstyp der Karavellen nachempfunden, mit denen Südamerika entdeckt wurde. Auf ihren vollen Segeln ist ein »S« für Sloman zu sehen. Ein weiterer Segelschifftyp, ein Zweimaster, schmückt den Türsturz des Eingangsportals C. Dieses Schiff ist einer Hansekogge nachempfunden. Zwei pralle Segel zeigen, dass das Schiff gut im Wind steht und kräftig Fahrt macht. Auf dem vorderen der Segel ist der Schlangenstab des Götterboten Hermes (lateinisch Merkur) zu erkennen. Zwei Schlangen, die oben je einen ausgebreiteten Flügel zeigen. Hermes ist der Gott des gelungenen Handels, der Kommunikation und der Vermittlung und zugleich ein beliebtes Motiv an Hamburger Geschäftshäusern. Das zweite Segel der Hansekogge schmückt das Stadtwappen Hamburgs. Ein Tor mit zwei flankierenden Türmen und auf den Türmen die Hamburger Mariensterne.

Der dritte Bootstyp, der außen am Chilehaus zu finden ist, zeigt uns einen Fischer in einem kleinen Segelschiff. Auch sein kleines Segel ist vom Wind gut gebläht. Der Mann kniet. Er hat über sein rechtes, aufgestütztes Knie sein Netz gelegt, das über den Bootsrand hinausreicht. Er zieht gerade das Netz ein, in dem zwei große Fische zappeln. Der Fischer beugt sich leicht noch vorne und lächelte die ins Chilehaus durch den Eingang B eintretenden Menschen an. Er scheint zu sagen: »Kommt nur herein! Das ist jetzt die richtige Zeit für Wohlstand und Erfolg! Zieht nur euer Netz ein mitsamt dem guten Fang.«

All diese unterschiedlichen Schiffsskulpturen fertigte der Bildhauer Richard Kuöhl. Die Fischerfigur fiel dem Einschlag einer Fliegerbombe im Zweiten Weltkrieg zum Opfer. Viele Skulpturen wechselten von Zeit zu Zeit ihren Standort am Chilehaus. So, wie es gerade passte. Und damit entstandene Lücken nicht zu sehr auffielen.

Alle Schiffe sind auch Sinnbilder für den Handel der Hamburger Kaufleute innerhalb der Stadt und auf den Meeren der Welt. Die drei Schiffstypen am Chilehaus zeigen die Entwicklung der Seefahrt auf. Erst Flussschifffahrt (der Fischer), dann der Nord- und Ostseehandel (die Hansekogge) und schließlich der Überseehandel (die Karavelle).

Das Chilehaus – einmal auf großer Fahrt

Altnau, Schweiz, Haus am Egg, das Sommerhäuschen von Ricardo und Nora Sloman am Bodensee, 27. Februar 1974, der 90. Geburtstag von Ricardo Sloman. Anwesend: seine drei Kinder Hans-Jürgen, Ingrid und Elke, die acht Enkelkinder und eine große Festgemeinschaft. Es werden Geschenke überreicht.

»Das ist für dich!«, sagte der älteste Enkel Wilfried und reichte Ricardo stolz ein Bild in einem schlichten Rahmen. Wilfried war der Künstler unter den Enkeln. Er hatte das Bild bewusst nicht in Geschenkpapier verpackt. So konnte er, ohne eine komplizierte Auspack-Zeremonie, seine besondere Gabe als einer der Ersten seinem verehrten Großvater überreichen. Wilfried war durchaus praktisch verlangt. Ricardo rückte seine große Hornbrille zurecht und betrachtete das Gemälde aufmerksam.

»Ein Bild vom Chilehaus auf hoher See«, erklärte Wilfried. Das Meer ist tiefblau gemalt. Das rotbraune Haus durchschneidet dynamisch die Wellen. Delphine springen neben den Bugwellen munter in die Höhe. Ein großes Haus auf hoher See. Weit und breit sind keine anderen Schiffe zu entdecken. Irgendwie ist das Chilehaus einsam unterwegs, dachte Ricardo. Er nickte seinem Enkel anerkennend zu.

»Das ist schön, Wilfried. Großartig! Und so schön bunt! Ich danke dir sehr!« Neben Ricardo stand seine Gehhilfe. Daran hingen von ihm selbst grob zurechtgebogene Drahthaken, daran wiederum eine Taschenlampe, eine Schere, eine Zange, eine kleine Drahtrolle, ebenfalls grob, eine Rolle Tesafilm, eine Fliegenklatsche und eine Ersatzbrille nebst einer Sonnenbrille. »Mit einem Stück Draht kann man alles reparieren, sagt man in Chile«, schmunzelte er. Bei allen passenden und auch unpassenden Gelegenheiten hantierte er mit Draht und war großzügig mit seinem Drahtvorrat. Wer auch immer ihn darauf ansprach, bekam reichlich davon. Ricardo Sloman war buchstäblich »auf Draht«.

Oben am Querlauf des Gehstocks war eine übergroße Fahrradklingel montiert. Eine klassische Ding-Dong-hoppla-jetzt-komme-ich-Klingel. Vor dem mächtigen Signalton fürchteten sich alle. Manchmal schlich er um die Ecke und erschreckte seine Frau mit einem lauten Ding-Dong. Ricardo hatte einige sympathische Marotten: Überall im Haus hatte er Glocken aufgehängt. Kuhglocken, langgesteckte Kamelglocken, mehrstimmige Gongs, allerlei Spielwerk und Glöckchen. Souvenirs, mitgebracht von den Reisen, Erinnerungen an die Glocken der *Marinas*, der Leitmaultiere, die in Chile früher die großen Maultierkarawanen anführten. Ricardo war der Meinung, Glocken könne es nie genug geben. In Chile hatten Glocken Sicherheit bedeutet. Sie waren die Rufer und Warner, wenn irgendwo Gefahr drohte oder ein Feuer ausbrach. Ricardo hatte noch immer Angst vor großen Feuern. Einmal im Jahr war die Feuerwehr des nahegelegenen Dorfes Altnau in den Garten zu einem sommerlichen Imbiss eingeladen. Besser, man kannte und schätzte sich. Es war gut und im Ernstfall hilfreich zu wissen, welches der schnellste Weg zum Haus war und wie die Wege im Haus gestaltet waren. Außerdem hatte der Hausherr eine Feuersirene auf dem Dach seines Anwesens installiert, die von der bierseligen Feuerwehrtruppe bei ihrem Besuch gern ausprobiert wurde und alle aufscheuchte.

Ricardo strich mit dem Daumen liebevoll über den Rahmen des Bildes, das das Chilehauses auf hoher See und in schwerem Wetter zeigte. Er dachte an die Zeit der englischen Bombenangriffe auf Hamburg während des Krieges. Damals hatte er jeden Tag viel Zeit im Chilehaus verbracht. Hatte dort in seiner Dachwohnung gewacht. Das Chilehaus besaß eigene Luftschutzkeller! Ricardo hatte diese Baumaßnahme gegenüber seinem Vater und den Brüdern durchgesetzt. Es waren die einzigen Schutzräume weit und breit. Frauen und Kinder aus dem ganzen Viertel suchten bei Luftalarm hier Zuflucht. Ricardos Erfahrungen aus dem Salpeterkrieg und dem Ersten Weltkrieg hatten ihn gelehrt: Krieg kann immer und überall kommen. Krieg ist wie eine Krankheit. Selbst im Sommerhäuschen, das nur fünf kleine Zimmer besaß, gab es einen Luftschutzbunker.

»Einmal war das Chilehaus wirklich auf großer Fahrt.« Ricardo schaute seinen ältesten Enkel Wilfried freundlich an. Alles am Tisch unterbrach die Gespräche und lauschte erwartungsvoll.

»Es gab im letzten Krieg viele Luftangriffe. Das Chilehaus wurde häufig von alliierten Stabbrandbomben getroffen.«

Ricardo schaute erneut auf das Bild. »Alle im Viertel wussten, dass das Chilehaus starke Betondecken besaß. So waren wir manchmal über achtzig Herren aus den umliegenden Kontorhäusern, die hier Schutz vor dem eisernen Regen suchten. Wir saßen in Räumen im ersten Stock. Hier gab es über den Torbogen besonders starke Betondecken. Wir verbrachten die Zeit so angenehm, wie es eben ging. Ich hatte gemeinsam mit den Hausmeistern überall oben auf den Dächern und in den Staffelgeschossen Hunderte von Emaille-Eimern mit Löschwasser deponiert. Sogar Wassertonnen und richtige Wasserbassins hatten wir aufgestellt. Wie wir es damals in Chile gelernt hatten.

Fielen Brandbomben, rannte ich sofort los. Die Hausmeister mussten wohl oder übel mitmachen, sobald ihr Chef lief und mit lauter Stimme Anweisungen erteilte wie ein Feldherr. Mit langen Schmiedezangen griffen wir die Bomben und warfen sie in die Bassins. Oft legten wir noch Sandsäcke obendrauf, um eine mögliche Explosion wirkungsvoll zu dämpfen.« Ricardo musste husten. Er hustete in letzter Zeit häufiger. Früher hatte er geraucht. Oder war es doch der Staub der Wüste, der seinen Lungen zugesetzt hatte? Seine Tochter Elke, die neben ihm saß, reichte ihrem Vater ein Glas Wasser.

»Hattest du keine Angst?«, fragte Eva, eine der Enkelinnen. Ricardo lächelte sie altersmilde an. »Immer. Jedes Mal! Aber so ist das im Leben. Die Angst gehört dazu. Ich war nicht mutig. Und dennoch ist man gefordert und muss das Richtige tun. Das, was vernünftig ist. Es braucht Verantwortung – und Anstand. Denk nur an all die Frauen und Kinder, die in den Kellern saßen. Das Haus durfte nicht brennen. Unter keinen Umständen!«

»Und hatten die anderen Männer keine Angst?«, fragte sein Enkel Wolfram.

»Und wie! Einige haben sich vor Angst regelrecht in die Hose gemacht«, sagte Ricardo verschmitzt. Er schüttelte, von seinen Erinnerungen bewegt, den Kopf und fuhr fort:

»Einmal traf eine besonders schwere Bombe den Innenhof und den Keller in Block A. Die Bombe zerstörte den großen Heizungsraum, in dem sich zwölf riesige Heizkessel befanden. Aber die waren damals schon nicht mehr in Betrieb. Wir nutzten Fernwärme, sehr fortschrittlich! Das Chilehaus war schon bald nach seiner Fertigstellung an das innerstädtische Fernwärmenetz angeschlossen worden.«

»Und was wurde aus dem Keller?«, fragte Birgit.

»Den haben wir später mit Bauschutt aufgefüllt«, schilderte Ricardo.

Isabel, die neben Ricardo saß, nahm die blassrosa Fliegenklatsche aus Plastik vom Haken und spielte mit ihr. Warum ihr Großpapa wohl im Winter diese Klatsche an seiner Gehhilfe hatte? Großmama hatte versucht, zumindest für diesen festlichen Tag etwas Ordnung in diese skurrile Ausstattung zu bringen. Aber Ricardo hatte es nicht erlaubt. »Die Sachen brauche ich, um an den Kuchen zu kommen«, protestierte er. Manchmal drehte er die alberne Klatsche einfach um, bog ihren Drahtgriff zu einem kräftigen Haken und zog verschiedene Gegenstände zu sich heran. Kinder und Enkel amüsierten sich.

Ricardo erzählte weiter: »Es war schrecklich. Um uns herum krachten einige der Häuser, die einen Volltreffer abbekommen hatten, in sich zusammen. Viele waren ja noch mit einfachen Holzdecken gebaut und nur mit schmalen Betonpfosten gestützt. Sie fielen von der Wucht der Explosionen und der Druckwelle wie Kartenhäuser um. Und brannten lichterloh. Ich hatte damals durchgesetzt, dass es keine Holzbalken im Dach des Neubaus geben solle. Obwohl Fritz Höger das eigentlich vorgesehen hatte. Im Dach des Chilehauses sind nur Eisen und Beton verbaut. Das war unsere Sicherheit, unsere Lebensversicherung!« Ricardo musste erneut husten und trank einen Schluck Wasser.

»Du wolltest von dem großen Einschlag erzählen«, ermunterte seine Tochter Ingrid ihn.

»Ach ja, genau. Ich werde langsam vergesslich. Es kam im Hamburger Bombenhagel, wie es kommen musste. Eine der großen Bomben traf einen der Eckpfeiler zur Speicherstadt hin. Die Bombe explodierte an der Außenseite des Hauses.«

Ricardo schwieg betreten. Er wusste, wie viele Menschen in Bombenhagel ihr Leben gelassen hatten. Viele Freunde und Kollegen hatte er verloren. Immer wieder lud er die Nachbarn und andere Menschen, Freunde und Bekannte, ein, im Inneren des Chilehauses Schutz zu suchen. Oftmals vergeblich und mit schrecklichen Folgen. Es entstand eine Pause. Ricardo atmete hörbar durch und räusperte sich.

»Aber dieser Pfeiler, den die Bombe mit voller Wucht traf, war durch und durch gemauert. Fritz Höger war ja gelernter Maurer. Und hatte überall am und im Chilehaus verschwenderisch Beton und Klinker verbaut. Vom Klinker gab es ja mehr als genug. Die Pfeiler waren eigentlich viel zu umfangreich, zu dick. Das war keine statische Notwendigkeit, sondern einfach Högers Starrsinn. Damals hatte ein anderer Architekt, der sich bei mir einschmeicheln wollte, spöttisch bemerkt. ›So eine Verschwendung an Klinkern, Herr Sloman. Die Pfeiler brauchen doch niemals so eine Mauerstärke!‹ Aber Högers bauliche Marotte war unser

Glück. Der besagte Pfeiler hielt der Bombe stand. Der Stoß der gewaltigen Sprengung ging in den Boden, in die Tiefe, und hier stand das Fundament auf Wackelpudding. Es handelte sich um bis zu 13 Meter tief in den Schlick gerammte Baumstämme, die nach unten hin den Stoß abfedern konnten. In diesem Moment schwankte, ja schlingerte das ganze Haus. Es war gespenstisch! Ein Auf und Ab, wie auf einem Schiffsdeck bei starkem Seegang. Da hieß es, seefest zu sein. Nach einigem Nachwellen war es vorbei. Es war ein Wunder. Alles atmete auf. Niemand, der dabei war, wird diesen Moment vergessen. Wir hatten überlebt. Und das Chilehaus auch!«

»Einmal war das Chilehaus also wirklich auf hoher See!«, kommentierte seine Tochter Ingrid nachdenklich und halblaut.

»Ja. Einmal war es in wirklich schwerem Wetter. Und es kam unversehrt in den Hafen zurück!«, murmelte Ricardo liebevoll zu ihr hinüber.

»Meeresstille und glückliche Fahrt!«, rief Ulrich, Ricardos Schwiegersohn, von der anderen Tischseite und hob mit dem alten Familientoast der Slomans das Glas.

»Meeresstille und glückliche Fahrt!«, wiederholten alle.

»Auf das Chilehaus – und auf Goethe!«, ergänzte Ricardo. Aber das hörte schon niemand mehr beim Klirren der Gläser.

Aus Fritz Högers Manuskript *Zum Chilehaus*

Während des Krieges habe ich oft gerade um diesen Bau so gezittert und gebangt, trotzdem ich wusste, dass so leicht ihm nichts anhaben konnte. Wie viele Brandbomben er abbekommen hat, weiß ich nicht. Jedenfalls, die in der Fischertwiete gefallene schwere Mine hat ihm ja nur einige Pockennarben beigebracht. Wenn nicht schwerer Waffen aufgewendet werden, um ihn zu verderben, so bin ich der festen Überzeugung, und dessen war ich mir auch schon während der Bauzeit bewusst, dass mein Chilehaus gewiss 3000 Jahre bestehen wird, was ja für mich talergroße Verpflichtung bedeutete.

Das werdende Chilehaus erfüllte einst in schwerer Zeit unser notleidendes Volk mit Hoffnung und Vertrauen. Möge es immer wieder Hoffnungsanker sein!

Anhang

Aufgang C. Eine Karavelle mit dem Stadtwappen von Hamburg auf einem Segel. Klinkerskulptur von Richard Kuöhl

© Privatarchiv Arends/Sloman

Dichtung und Wahrheit

Eine persönliche Nachbemerkung

Diese 22 Geschichten sind ein bunter literarischer Strauß, der erfreuen, unterhalten und informieren möchte. Ein Strauß, der heimische und exotische Blüten aus Hamburg, Südamerika und England bindet und dem Chilehaus zum 100. Geburtstag gratuliert mit einem »*Herzlichen Glückwunsch, liebes Chilehaus!*«.

Ich habe mir als Autorin die Freiheit genommen, Fakten mit Fiktion zu verweben. Die Skulpturen aus hartem Klinker waren mir Wegmarken und Inspiration. Allen Geschichten liegen »harte« und »weiche« Quellen zugrunde.

»Harte« Quellen sind die wissenschaftlichen Studien exzellenter Wissenschaftler des 19. Jahrhunderts, die ethnologische und historische Grundlagenforschung zu den indigenen Völkern Lateinamerikas betrieben, zu Geologie und Zoologie Chiles und Perus, zu Migration, Wirtschaftsgeschichte und Alltagskultur. Die Pioniere der neuen Wissenschaft der Lateinamerikanistik führten präzise durchdachte Kategorisierungen ein, die bis heute Gültigkeit besitzen.

Die von mir erzählten Anekdoten und Abenteuer beruhen auf »weichen« Quellen, also Texten, die von sehr persönlichen Sichtweisen geprägt sind: Reisebeschreibungen, Handbücher für Auswanderer oder landeskundliche Literatur des 19. Jahrhunderts. Anderes stammt aus meiner Familiengeschichte, aus persönlichen Berichten, Briefen, Fotos und Dokumenten. Harte Fakten dagegen sind die Texte von Fritz Höger und Ricardo Sloman, die einige meiner Erzählungen als ergänzende Anhänge begleiten.

Meiner Fantasie entsprungen sind fast alle Dialoge, die Treffpunkte, das Drumherum und alle Menüs. Die üppigen Essen sind die Handlungen untermalendes und schmückendes Beiwerk. In Zeiten von Wirtschaftskrise und Inflation war auch bei den Slomans Schmalhans Küchenmeister.

Ich habe mich dafür entschieden, den Ton der Dialoge sowie die Umgangsformen etwas moderner und lesefreundlicher zu gestalten. Tatsächlich hat mein Großvater seine Eltern selbstverständlich gesiezt, das galt auch für die Konversation der Freunde untereinander. Die Konvention verbot es, explizit über Gefühle zu sprechen.

In meine Erzählungen flossen Mythen und Märchen der Andenländer, Elemente der Selbst(er)findung und Identität zusammen, um eine vergessene Epoche Chiles zum Leben zu erwecken.

Menschen und Tiere

Der heute noch vorhandene plastische Schmuck der Tiere am und im Chilehaus war eine Notlösung, eine Sparmaßnahme, die aufgrund der galoppierenden Inflation und der steigenden Baukosten notwendig wurde. Für den Bau waren noch mehr in Chile heimische Tiere vorgesehen, stattdessen hat man die Lücken der Nischen mit Kopien bereits entworfener Tiere ergänzt. Deshalb doppeln sich Pelikane, Pinguine und Eulen. Und leider fehlen heute viele Skulpturen, die bei der feierlichen Eröffnung im Februar 1924 vorhanden waren.

Bei meinen wissenschaftlichen Recherchen stieß ich auf eine Fülle bisher unbekannter Fakten: »*Man sieht nur, was man kennt*«, das gilt auch hier. Als Bauhistorikerin entdeckte ich beim Chilehaus vieles, vom Keller bis zum Dach, das »familientypisch« ist und von der bisherigen Architekturforschung übersehen wurde.

Leider nur geplant, aber nicht ausgeführt wurden drei Reihen mit zwölf Skulpturen, die über dem Meßbergtor den von der Speicherstadt kommenden Fußgängern einen würdigen Empfang bereiten sollten. Allegorien der Gewerke, der Kunst und Wissenschaft waren gemeinsam mit wichtigen Personen der chilenischen Geschichte geplant. Berühmte Inka-Könige sollten neben Humboldt und Magellan die Eintretenden begrüßen. Rechts und links vom Tor flaniert von wehrhaften, drohenden Pumas auf Sockeln. Für alle diese Figuren waren auch Teilvergoldungen vorgesehen. Die Pläne und damit auch die Träume des Architekten sowie Zeichnungen und Fotografien der bereits gefertigten Modelle für den Guss sind erhalten.

Man kann nicht über die Tiere in Chile, Peru und Bolivien schreiben, ohne auf das sinnlose Massentöten im 19. Jahrhundert einzugehen. Die Tiere Südamerikas erlitten ähnlich furchtbare Schicksale wie die Büffel in Nordamerika, die fast ausgerottet wurden.

Ein weiteres Anliegen der Tiergeschichten war, ungewöhnliches Verhalten, das heute nicht mehr beobachtet wird, aber in alten Forschungsberichten noch beschrieben wurde, ins Gedächtnis zu rufen. Auch an den vermutlich ausgestorbenen »schwarzen Flamingo« sollte erinnert werden.

Meine Erzählungen räumen dem Leben der indigenen Völker der Anden einen besonderen Platz ein. Diese Menschen bewahren uraltes Wissen und Techniken, wie man in der oft kargen, lebensfeindlichen Landschaft überleben kann. Ihre Liebe zur Großen Mutter, der *Patschá-Mama*, kann uns heute viel über einen gesunden Umgang mit der Natur lehren. In den erklärenden Texten habe ich mich für den modernen Begriff der »indigenen Bevölkerung« entschieden, deren Vielfalt natürlich schwer unter einem Begriff zu fassen ist.

Der große Traum

Mein Fokus während der Recherchen zu diesem Buch war auch psychologischer Natur. Ich fragte mich: Welche Träume trugen die Menschen im Herzen, die bis nach Chile reisten, um ein neues und besseres Leben zu suchen? Was war der große Traum »hinter« all den Träumen? Was träumten die politischen Flüchtlinge? Die »Wirtschaftsflüchtlinge« und Glücksritter? Was erhofften sich die Arbeiter in den Minen meines Urgroßvaters? Was träumte das Heer der erfolglosen Goldsucher aus aller Welt, die sich von Hafen zu Hafen in den Süden Amerikas vorankämpften und wochenlang in den Minen arbeiteten, nur um Geld für die Weiterreise zu verdienen? Die Arbeit in den Wüstenminen war im Vergleich zu anderer Arbeit gut bezahlt, aber hart und ungesund. Keiner der Arbeiter blieb lange in den Minen.

Was erträumten sich jene Hamburger, die nur für einige Jahre in Chile arbeiteten? Sie kamen, um gutes Geld zu verdienen und eine schnelle Karriere zu machen. Der Verdienst war im

Vergleich zu Deutschland zigmal höher. Maximal acht Stunden Arbeitszeit. Das Wochenende frei. Traumhafte, privilegierte Verhältnisse. Fast die gesamte chilenischen Verwaltung lag damals in deutschen Händen. Nach einige Jahren hatten die jungen Männer genug verdient, um sich in Deutschland eine Existenz aufbauen und heiraten zu können. Andere Deutsche, die Aussiedler, die freiere politische Verhältnisse suchten, waren gekommen, um zu bleiben. Sie bauten große Haziendas, Dörfer und Städte und die Infrastruktur im Süden Chiles.

Ich stieß in den Küstenstädten Chiles, Perus und Boliviens auf eine raue, grobe Männerwelt. Und begann mich zu fragen: Warum wurde fast nie über die Frauen und ihr Leben berichtet? Welche Schicksale und Träume hatten sie? Vor allem aber stieß ich auf ein Heer der Verzweifelten und eine Fülle von zerbrochenen Träumen.

Heimat und Hamburg

Die Rückkehrer brachten nicht nur Geld, sondern auch Ideen, Wissen und die Weite fremder Kulturen zurück nach Hamburg. Inwieweit konnten sie die geistige Enge und Ängstlichkeit befruchten? Die Träume der gescheiterten Demokratiebewegung von 1848/49 wurden in den Andenrepubliken teilweise umgesetzt. Universitäten, ja ganze Schulsysteme wurden nach den neuen fortschrittlichen Ideen umorganisiert, mit neuen Lehrplänen. Oder wurden, wie in Lima, Santiago und La Paz, überhaupt erst von den akademischen Eliten der europäischen Flüchtlinge gegründet und geleitet. Über diesen Aderlass an Wissenschaft und

Wissen in Europa 1849 wurde bisher kaum geschrieben. Kurze Momente blinkten als Hoffnungsfunken aus den Andenstaaten zurück in die Alte Welt. Auf welche Weise haben diese Blitzlichter der Freiheit die Träume der Demokratiebewegung in der Weimar Republik befeuern können?

Die Reise der Schmetterlinge

Eine überraschende Erkenntnis stellte sich ein, nachdem ich die vielen Biografien der Slomans über sieben Generationen zurück bis ins 18. Jahrhundert studiert hatte. Bei den über einhundert bekannten Vorfahren bildeten sich beim Studium der Dokumente Muster an Charakterzügen, Denk-Präferenzen, Handlungs- und Verhaltensweisen heraus. Gleiches galt für Lebensträume und individuelle Schicksale.

Ich fragte mich: Ist ein Familien*feld* ein Organismus, der sich immer wieder selbst reorganisiert? Inwieweit sind Lebensläufe und Biografien im Familien*system* angelegt? Die Freiheit, sich von Vorgaben, Engen und Einstellungen zu lösen, kostet Kraft. Kann man im Gegenzug auch nur das gute Erbe, die guten Eigenschaften, Mut, Entschlossenheit, Anstand und Beziehungsfähigkeit antreten und das Übrige zurücklassen, fragte ich mich.

Henry Sloman hat sich mit einer immensen Kraftanstrengung von den zerbrochenen Träumen seiner Eltern befreit. Wissen und Kraft schenkte ihm sein Wahlverwandter und Lieblingsautor Goethe. Henry Sloman war ein Freigeist. Er ließ sich nicht von Gemeinden und Vereinen einfangen. Fast alle seine chilenischen Freunde waren Freimaurer. Aber selbst dieser Rahmen war ihm zu eng. Er baute Kirchen in Chile, blieb aber den Gottesdiensten fern. Er ritt lieber in die Natur und fand in der Weite und in der Stille innere Harmonie und Verbindung mit dem Göttlichen.

»*Menschen lernen langsam. Und sie vergessen schnell*«, wusste er. Ich stellte mir die Frage: Gibt es so etwas wie das »Feld« eines lernenden Familien-Bewusstseins? Immer wieder stieß ich auf ähnliche Themen und Schicksale, auf Einsamkeit und Ängste, auf Verlust und Verzweiflung. Es scheint mir, als ob Familien viele Generationen benötigen, um gewisse Traumata zu überwinden.

Familien, so dachte ich, gleichen dem außergewöhnlichen Monarchfalter, einem Schmetterling, der in drei Generationen von Mexiko bis nach Kanada fliegt und zurückkehrt. Unterwegs paart er sich. Seine Kinder setzen unbeirrt den Weg fort und erst die Kindeskinder kehren zurück in die Heimat. Der Enkelgeneration ist es möglich, die Heimat zu finden und die große Reise zu vollenden.

Die Botschaft des Kondors

Mein Großvater Ricardo sagte oft zu mir: »*Habe den Mut, Fehler einzugestehen! Ändere deine Meinung, wenn dir etwas anderes heute richtiger erscheint als früher. Ich habe es immer so gehalten. Sage aufrichtig: ›Entschuldigen Sie. Ich habe mich geirrt.‹*«

Mein Großvater hegte in seiner Jugend den Traum, Kunstgeschichte zu studieren. Er wurde gedrängt, Chemie zu studieren und Kaufmann zu werden. Erst im Alter erfüllte er sich einen Traum und züchtete alte Obstsorten. Er träumte davon, anderen Apfelbauern Wege aufzeigen, Äpfel ohne Spritzmittel zu kultivieren, und wurde dafür verlacht. Ich bin als kleines Mädchen an seiner Hand unter den Apfelbäumen gelaufen und habe ihm zugeschaut. Lieber Großpapa, ohne es zu wissen, habe ich einige deiner Träume verfolgt und wie einen Apfel in meine Tasche gesteckt.

Ich träume immer noch davon, Äpfel zu züchten. Ich glaube, die Aussichten, dass ich das schaffe, stehen gar nicht schlecht. Heute findet jeden Herbst ein Apfelmarkt im Hof des Chilehauses statt. Mit biologischen Äpfeln aus dem Alten Land. Das hätte dir gefallen, lieber Großpapa!

Was sind Ihre Träume, liebe Leserin, lieber Leser? Folgen Sie ihnen! Ihre Träume führen Sie sicher durchs Leben. Haben Sie den Mut zu großen Träumen! Bringen Sie Ihre Wünsche vom Himmel auf die Erde.

Das, genau das, ist die Botschaft des Kondors.

Isabel Arends

Berlin-Charlottenburg, im Frühjahr 2024

Den Namen »Chilehaus« habe ich auf dem Gewissen

Zum Bau des Chilehauses. Ricardo Sloman erinnert sich. Aufgeschrieben im Jahr 1970

Zum Namen

Ricardo Sloman

© Elke Aleff

Den Namen »Chilehaus« habe ich auf dem Gewissen. Weil mein Vater in Chile durch seine Arbeit zu Erfolgen und zu Vermögen gekommen war, schlug ich diesen Namen vor. Zuerst war daran gedacht, es »Sloman-Haus« zu nennen, aber die Reederei Sloman hatte schon am Baumwall einem Haus diesen Namen gegeben.

Interessanterweise bekamen wir aus anderen südamerikanischen Staaten Anfragen, warum das Haus »Chilehaus« genannt worden sei. Wir antworteten darauf, der Name sei der Ausdruck des Dankes an ein Land, in dem der Erbauer des Chilehauses sich wohlgefühlt hatte.

Der Kauf der Grundstücke

Ich erinnere mich, dass wir, als dann die Versteigerung stattfand, in einem heute nicht mehr existierenden Restaurant am Alstertor saßen. Die Versteigerung war in der Börse anberaumt. Der Makler kam alle zehn Minuten aufgeregt ins Lokal mit der Mitteilung, soundso viel sei geboten worden, ob er weitergehen solle. Schließlich wurden Henry Sloman als höchstem Bieter die angebotenen Grundstücke zugeschlagen.

Es stellte sich dann später heraus, dass das altansässige große Hamburger Bankhaus Wartburg & Co. sich auch unter den Bietern an der Versteigerung beteiligt hatte. Es kamen zwei Hamburger Architekten, die Gebrüder Gerson, zu Henry Sloman. Die Firma Warburg hatte ziemlich fest mit dem Zuschlag gerechnet. Die Architekten Gerson hatten bereits vor der Versteigerung die für den Bau nötigen Materialien eingekauft, und zwar Zement aus norddeutschen Zementfarbriken, Eisen, Stahl, Ziegelsteine, Klinker usw. Sie waren in großer Sorge, dass sie die bestellten Materialien bezahlen sollten, ohne zu wissen, wie sie verwendet würden.

Henry Sloman sagte ihnen, er würde verschiedene Architekten hinzuziehen, um Vorschläge für die Bebauung zu erhalten, und ihnen, falls sie den Auftrag nicht bekämen, das bestellte Material zu dem Preise abnehmen, zu dem die Herren Gerson es eingekauft hatten.

Während dieser Zeit kam der Architekt Fritz Höger zu Henry Sloman und bat, sich auch bewerben zu dürfen. Auch er reichte dann Offerten ein. Höger war kein studierter Architekt, er soll sich als Selfmademan aus dem Maurerhandwerk hochgearbeitet haben. Ich erinnerte mich noch, wie er seinerzeit ankam, mit dem großen, schwarzen Schlapphut und einer Künstlerkrawatte. Er hatte eine gute Begabung für schöne Fassaden. Er zeigte allerlei schöne, bereits ausgeführte oder geplante Entwürfe, die durch ihre äußere Form bestachen.

Nach gründlicher Prüfung der drei eingereichten Offerten ließ Henry Sloman sich beeindrucken durch die Högerschen Entwürfe. Höger plante damals auch schon die Überbauung der Fischertwiete mit zwei Bögen. Die Idee der spitze Ecke kam erst später.

Der Klinker dritter Wahl – der erzwungene Impuls, die Fassade durchzukomponieren

Als Höger drauf aufmerksam gemacht wurden, dass die Materialien für den Bau schon gekauft seien, sah er sie sich an. Die Herren Gerson hatten von den norddeutschen Klinkerfabriken für die Außenhaut der Gebäude Klinker dritter Wahl eingekauft. Es waren das Steine, die an den Stellen, wo das Feuer in den Öfen zu stark gewesen war, sich etwas gebogen oder Risse bekommen hatten oder die im Farbton sehr dunkelviolett ausgefallen waren. Diese dritte Wahl war eben das billigste Klinkermaterial, das damals zu haben war. Höger hatte bei seinen früheren Bauten gute, regelmäßige Ware verwendet. Als er diese Steine sah, sagte er: »Was soll ich mit dem Dreck machen?« Durch die geschickte Formgebung der Außenhaut des Chilehauses traten aber diese Fehler dann nicht so in Erscheinung. Höger gestaltete die Front so unruhig, dass der einzelne Stein als Bauelement ganz zurücktrat und nur die Farbwirkung wichtig und schön wurde.

Später hat Höger nicht widersprochen, wenn Architekturkritiker die Wahl dieser drittklassigen Qualität als hervorragende Tat Högers priesen. In Wirklichkeit war es aber ein wenig anders gewesen.

Die Bögen der Überbauung – englisch-florentinische Eleganz

Ich muss allerdings darauf hinweisen, dass Höger seinerzeit bei seinem Entwurf die beiden Überbrückungsbögen als romanische Rundbögen vorgeschlagen hatte. Auch sämtliche Schaufenster waren als Rundbögen entworfen. Ich war dagegen. Die von ihm gewählte Verzierung der Mauerpfeiler mit kreuz und quer gestellten Klinkersteinen wirkte ja eher gotisch als romanisch. Deshalb schlug ich vor, diese Rundbögen in flache Spitzbögen zu verwandeln, sowohl bei der Straßenüberbauung wie auch bei den Schaufenstern. Als Beispiel verwies ich auf das Haus in der Badestraße 30, das etwa 1860 von einem Hamburger Architekten in einer Art Florentiner Stil mit flachen Spitzbögen erbaut worden war. Die Ausführung erfolgte dann schließlich mit Spitzbögen.

Feuersicher bis ins letzte Stockwerk

Nach den Erfahrungen des Ersten Weltkrieges habe ich darauf bestanden, dass alle Decken, auch die der drei Staffelgeschosse, aus Leichtbeton auszuführen waren. Ich wollte keine Balken im Hause haben, nicht einmal Holzbalken über den Türen, die damals sonst allgemein verwendet wurden. Es ging mir darum, jede Feuergefahr zu vermeiden. Dies hat sich im Zweiten Weltkrieg sehr bewährt. Wir bekamen allerlei Brandbomben ins Haus, ohne dass die Dachstühle abbrannten, wie es bei den hölzernen Dachstühlen der Kontorhäuser in der Mönckebergstraße nach den Bombenangriffen die Regel war.

Die an sich zu dicken und breiten gemauerten Pfeiler boten schließlich auch beim Einschlag schwerer Bomben gewisse Vorteile. Bei dem in der Nähe stehenden Kontorgebäude Klosterhof dagegen wurden durch Bomben einige Stützpfeiler der Decken zerstört, sodass die Betondecken wie nasse Handtücher an der Front herunterhingen.

Höger und die Leitung der Baustelle

Höger war ein Mann mit einem genialen Gefühl für die Außenfronten, als Architekt jedoch war er nicht so interessiert. Henry Sloman hatte verlangt, dass jeden Sonnabend eine Baubesprechung auf der Baustelle stattfinden sollte. Höger hat zuerst zusammen mit seiner Frau die ganze Bauleitung allein durchgeführt. Auf unser wiederholtes Drängen hat er dann einen tüchtigen Bauführer angestellt, der aber für den großen Bauplatz von 5000 Quadratmeter eigentlich nicht genügte. In den letzten Baujahren erschien Höger oft überhaupt nicht mehr zu den Baubesprechungen. Beim Bau selbst traten an einigen Stellen infolge mangelnder Überwachungen Schäden auf, die nachträglich mit großen Kosten behoben werden mussten.

Von einer Berliner Firma, für die Höger ein großes Baubüro gebaut hatte, bekamen wir nach der Fertigstellung des Chilehauses eine Anfrage, in der der Berliner Bauherr sich erkundigte, ob wir mit Höger auch so viele Schwierigkeiten gehabt hätten. Ich antwortete ihm damals: »Wenn Sie fragen, nachdem Ihr Haus fertig ist, kann meine Antwort Ihnen nichts mehr nützen. Sie hätten am Anfang fragen müssen, dann hätte ich Ihnen eine ehrliche Überzeugung wie folgt mitgeteilt: Höger ist ein genialer Fassadenkünstler, der aber für die architektonischen Details nicht so viel Interesse hat. Wenn Sie ein schönes Haus haben wollen, dann geben Sie ihm das volle Honorar für die Entwürfe und nehmen Sie noch einen anderen Architekten für die Bauausführung und -leitung.«

Zur Spitze

Die spitze Ecke des Chilehauses hat ja seinerzeit großes Aufsehen erregt. Sie war eine originelle Idee von Höger. Die staatliche Baubehörde hatte ursprünglich an diesem Ende des Chilehauses eine ganz andere Baulinie vorgeschrieben, nämlich ein breites, stumpfes Ende. Höger war auf seine Idee der aufstrebenden Spitze später selbst sehr stolz.

Glossar

Alchemie, die Wissenschaft der chemischen Stoffe und ihrer Reaktionen. Alchemisten der Antike stellten Medizin her und Schießpulver und machten viele Erfindungen. Alchemisten gehörten in der neueren Zeit zu jedem Fürstenhof mit Anspruch. Das höchste Ziel des Alchemisten ist die Verwandlung von Metallen, Mineralien und Salzen zu Gold. Der Alchemist von August dem Starken war Johann Friedrich Böttger (1682–1719). Er sollte Gold herstellen und erfand dabei das Rezept des Meißener Porzellans.

Alfalfa, Bezeichnung aus dem 19. Jh. für Luzerne, eine Art Klee. Getrocknetes Alfalfa wurde als Futtermittel für die Mulis mitgeführt, da es in den Hochebenen kein Futter gab.

Algarrobo, chilenische Baumart, ähnlich dem Johanniskrautbaum, der heute den Namen Chilean Mesquite (*algarrbo chileno*) trägt. Der Baum dient als Schattenspender, Tierfutter und Brennholz.

Allegorie, in der bildenden Kunst Bezeichnung für einen abstrakten Begriff wie der *Handel*, das *Glück*, die *Fülle.* Eine Allegorie ist meist als weibliche Figur dargestellt mit einem eindeutig charakterisierenden Attribut.

Alte Welt, historischer Begriff für alle Kontinente, die den Europäern vor der Entdeckung Amerikas bekannt waren: Europa, Asien, Afrika.

Altiplano, trockene, bis zu 400 km breite Hochebene zwischen den Hochgebirgsketten der West-Anden und der Ost-Anden, die sich über 1800 km von Süd-Peru bis nach Nord-Chile und Nord-Argentinien erstreckt.

Athene, eine der wichtigsten Göttinnen der griechischen Mythologie. Göttin des Wissens und der Weisheit. Außerdem aller Dichter und Denker, der Künste, des Handwerks und Beschützerin der griechischen Stadt Athen. Sie schenkte den Menschen u. a. den Olivenbaum.

Aymara, auch *Aimara*, indigenes Volk, das im andinen Raum Perus und Boliviens lebt.

Angelitos, spanisches Wort für Engelchen.

Aporomera ornata, Eidechsenart der Atacama-Wüste.

Arkaden, eine von Pfeilern oder Säulen gestützte Bogenreihe. Der Name stammt vom lateinischen arcus ab, der Bogen.

Atacameños, allgemeine Bezeichnung für die indigene Bevölkerung der nördlichen Atacama-Wüste. Das Wort Atacameño wurde von den spanischen Konquistadoren eingeführt. Sie selbst nennen sich Likan-Antai, Menschen der Erde.

Auraukaner, früher Araukaner, das große Volk der Mapuche. Sie galten als besonders wehrhaft und haben sich immer wieder erfolgreich gegen die spanische Kolonialmacht gewehrt.

Azteken, Volk der mesoamerikanischen Hochkulturen. Sie existierten vom 14. bis ins frühe 16. Jahrhundert. Unterwarfen weite Teile Südamerikas und machten dortige Völker tributpflichtig.

Balsas, Schlauchboote der Atacameños aus aufgeblasenen Seelöwenbalgen.

Bauhütten, auch Dombauhütten, waren Handwerksverbände, die sich bei den großen Kathedralbauten in Europa entwickelten. Sie standen für höchste Handwerkskunst und Qualität. War ein Bauwerk fertig, wanderten die Werkstätten oft gemeinsam zur nächsten Baustelle und verbreiten Wissen und aktuelle Kunststile.

Brujo, Medizinmann, Zauberer, Schamane der Ketschua.

Caliche, Rohstoff des Salpeters. Zum einen bezeichnet der Begriff eine salpeterführende Gesteinsschicht, die im Tagebau durch Sprengung gewonnen wird, zum anderen die bereits gewonnenen und zerkleinerten Steine. Sie wurden in die Oficina, die Fabrik, transportiert. Hier kamen Steinbrecher zum Einsatz, die sie auf Eigröße zermahlten. Anschließend wurden die Caliche in großen Wasserkesseln gekocht. Hier wurden die begehrten Mineralien ausgeschieden. Die Lauge wurde in Kristallisationsbecken gepumpt, die Wüstensonne ließ das Wasser verdunsten.

Cateador, chilenisch für Minensucher.

Changa, Einwohner der nordchilenischen Küste. Das Volk lebte hauptsächlich von Fischfang und Landwirtschaft.

Chono, Volksstamm der Insel Chiloé in Südchile. Die Chono waren Fischernomaden. Sie sind nach der Ankunft der Europäer ausgestorben. Heute kennen wir nur noch sechs Wörter ihrer Sprache.

Copihue, auch Chilenische Wachsblume (*Lapageria rosea*), wächst nur in Chile und wurde im 20. Jahrhundert zur Nationalblume erklärt. Große, rosarote hängende Glockenblüten.

Cucuruchos, junge adelige Männer, die mit hohen Spitzhüten maskiert vor Ostern Spenden für die Kirchen sammelten.

Cueca, chilenischer Nationaltanz, Mischung aus Flamenco und Samba.

Draisine, kleiner vierrädriger Arbeitswagen auf Gleisen. Konnte mit Muskelantrieb bewegt werden und diente für kleine Transporte von Werkzeug, Arbeitern und Tierfutter. In Chile spannte man Mulis vor Draisinen. Die Draisinen der Wüsteneisenbahnen in der Atacama fuhren mit Segeln.

Fortuna, Glücksgöttin und Göttin der Fülle in der römischen Mythologie. Sie hat als Attribut ein Füllhorn.

Freie Republik Chile, der 18. September 1810 wird als Tag der Unabhängigkeit gefeiert. Kurze Zeit danach erklärte Chile seine Loslösung von der Kolonialmacht Spanien.

General Store, englische Bezeichnung für einen Gemischtwarenladen.

Grunion, Fisch an den Küsten Mittel- und Südamerikas. Der Grunion (*Leuresthes tenuis*) ist maximal 20 cm groß, paart sich und laicht an der Uferkante. Dabei richtet er sich nach den Mondphasen.

Guano bildet sich, wenn Exkremente von Seevögeln auf kalkhaltigem Boden verwittern. In den großen Brutstätten der Seevögel verbindet der Kot sich mit Eierschalen. So entstehen meterhohe Schichten Guano. Schon die Inkas nutzten Guano, um ihre Felder hoch in den Bergen zu düngen.

Huemul (*Hippocamelus bisulcus*), auch Südandenhirsch, Tier Chiles mit einer Schulterhöhe von gut 90 cm.

Huaso, chilenisches Pendant zum argentinischen Gaucho und nordamerikanischen Cowboy. Das Wort *Huaso* leitet sich aus der Sprache der Ketschua vom Wort *Wakcha* her, das »verwaist« und »arm« bedeutet. Früher trugen sie einfache Kleidung mit Poncho und Strohhut. Heute tragen sie teure Tracht, mit Silbersporen, spanischer Weste, Lederhosen mit Fransen und sind Teil von Folkloregruppen.

Kalebasse, Gefäß aus einem ausgehöhlten Kürbis, auch Bezeichnung für die zeremoniellen Tongefäße der Andenvölker.

Kawesquar, südpatagonisches Volk, das von der Seelöwenjagdt lebte. Der Hamburger Tierparkgründer Carl Hagenbeck verschleppte elf Kawesquar und führte diese in seiner Völkerschau als Attraktion vor. Die Tournee (1881–82) überlebten nur vier von ihnen.

Krinolinen, der Mode der aufwendigen Reifrockkleider verhalf im Zweiten Rokoko die französische Kaiserin Eugénie (reg. 1853–1870) weltweit zu großer Beliebtheit. Die Krinolinen erforderten Unterröcke mit Drahtgestellen.

Lanchones, Lastkähne aus Holz, die Güter zu Frachtschiffen transportierten.

Leonero, alte Bezeichnung für die chilenischen Pumajäger.

Likan-Antai, siehe unter Atacameños.

Machí, wichtigste Persönlichkeit beim Volk der Araukanern (Mapuche). Das Wort bedeute im Araukanischen »heilkundliche Zauberin«. Sie ist Medizinfrau, Priesterin und besitzt ein umfangreiches Wissen über heimatliche Heilkräuter.

Mahabbarata, das wichtigste religiöse Epos Indiens, um 400 n. Chr. niedergeschrieben. Es erzählt unter anderen die Geschichte von Krishna und besteht aus 100.000 Doppelversen.

Mamsell, die leitende Wirtschafterin in bürgerlichen und adeligen Haushalten, vom französischen Mademoiselle, Fräulein.

Manta, altes Wort für einen Damenschleier in Chile. Auch Bezeichnung für die Ponchos der Huasos. Altes Fachwort für silberführende Schichten.

Mate, auch Matetee, Paraguaytee und Missonarstee. Er wird aus zerkleinerten, getrockneten Blättern des Mate-Strauches (*Ilex paraguariensis*) aufgegossen. Der Namen stammt aus dem Quechua, *mati*, so heißt die Kürbiskalebasse. Es ranken sich allerlei Rituale um dieses Getränk, beispielsweise darf der Tee nicht umgerührt werden.

Miñero, allgemeine Bezeichnung für einen Minenarbeiter.

Monte, auch Monte-Bank, Glückspiel aus Mexiko, beliebtestes Kartenspiel Chiles im 19. Jahrhundert. Der Name Monte-Bank heißt so viel wie »Scharlatan oder Quacksalber«. Das Spiel, das mit 40 Karten gespielt wird, hat Ähnlichkeiten mit Poker, Baccarat und Basset.

Pachakuti, verheißungsvolle Epoche der Zukunft, von der alte Andenlegenden berichten. In dieser Friedenszeit kommt es zu einer neuen Harmonie zwischen Mensch und Natur.

Paddock, eingezäunter Auslauf für Pferde, Mulis und Rinder. Das Wort leitet sich ab vom altenglischen *pearoc*, »Koppel, Zaun, Pferch«.

Patschá-Mama, auch Pachamama oder Mama Pacha (Mutter Erde), ist eine Göttin. Ihre Person symbolisiert die ganze Erde. Sie schenkt allen Kreaturen das Leben und ernährt sie. Sie hat die gleiche Stellung wie die weiße Göttin der Urvölker Europas.

Pisco, alkoholisches Nationalgetränk Chiles, wird aus Traubenmost destilliert. Der Namen leitet sich von der Stadt Pisco (südlich vom Lima) ab. In der Sprache der Inka bedeutete das Wort *pishco* so viel wie Vogel, weil die Region vogelreich war.

Rapilli, runde, graue, hasel- bis walnussgroße Lavastücke, die bei einem Vulkanausbruch herausgeschleudert werden.

Serrano, schneidender kalter Wüstenwind in der Atacama.

Stevedores, Hafenarbeiter oder Packer, die auf die Verladung von Chilesapeter spezialisiert sind.

Surf days, auch Schwelltage. An diesen Tagen war der Hafen in Iquique gesperrt, weil der Seegang zu hoch war.

Tonada, Volksmusik in Chile und Peru. Die Tonada stammt ursprünglich aus den spanischen Regionen Asturien und Kantabrien.

Tucotucoas, auch Tuco-tuco, Kammratte in den Wüsten und Steppen Chiles. Ihren Namen hat sie von dem Laut, den sie ausstößt, wenn sie Tunnel gräbt.

Volute, in der Architektur verwendeter Begriff für Schnecken- oder Spiralformen. Stammt von lateinisch *voltum,* »gerollt, das Gerollte«.

Yaganes, Angehörige dieses indigenen Volks lebten als Wassernomanden auf Feuerland. Sie wurden durch die Europäer fast vollständig ausgerottet.

Verzeichnis aller im Buch erwähnten Familienmitglieder

Ich habe alle für dieses Buch relevanten Informationen zu Familienmitgliedern im Folgenden zusammengestellt. Weiterführende Informationen siehe Literaturverzeichnis.

Die Großeltern von Henry Sloman

John Miles Sloman (1788–1866), Kaufmann, Fabrikant, Erfinder

Als lebensfroher Naturmensch lebte der Engländer John Miles Sloman auf der Kupfermühle in Hamburg-Wohldorf. Erst produzierte er Messing- und Kupferdrähte für Segelschiffe, später baute er die Mühle zu einer Wollspinnerei um. Er war Lebenskünstler, seine Leidenschaft galt der Erfindung eines *Perpetuum mobile.*

Zum Kummer seiner Mutter heiratete er keine Engländerin, sondern wie sein Bruder eine Deutsche von der Insel Föhr. Regina Sönjte Brarens (1788–1848) war die jüngere Schwester seiner Schwägerin. Die Schriftstellerin Eliza Wille (geb. Sloman) beschrieb diese Zeit ausführlich.

Die Eltern von Henry Sloman

John Sloman (1816–1866), Kaufmann und Offizier

John lernte Schiffsmakler und arbeitet zeitweise in der Reederei bei seinem Onkel Robert Miles Sloman. Er verliebte sich in eine entfernte Verwandte Lawinia, genannt Alwine von Bissing (1823–1886). Alwine war die Adopitivtocher der kinderlosen von Bissings. Ihre Mutter, Henriette von Bissing, war eine erfolgreiche Schriftstellerin, die für ihre Adoptivtochter als Gatten eine glänzende Adelspartie geplant hatte. Ein fast mitteloser Kaufmann wie John Sloman war nicht gern gesehen. Nach jahrelangem Ringen des Paares mit der Mutter wurde Alwine schwanger. Nach einer stillen Heirat in Nienburg wanderte das Paar aus nach England. John stieg erfolgreich ins Kohlegeschäft ein. Im Krimkrieg verlor er Schiffe und Fracht. 1856 kehrten sie mit fünf Kindern zurück.

Die Kinder wurden aufgeteilt. Henry und sein älterer Bruder Robert kamen zum Großvater auf die Kupfermühle. Die jüngeren Geschwister wurden zu einem Fräulein Schuster in Nienburg in Obhut gegeben.

Nach Verlust seines Vermögens im Krimkrieg versuchte John Fuß zu fassen, was ihm nicht gelang. Er ging nach Amerika, um dort in einem deutsche Regiment für Nordstaaten gegen die Sklaverei zu kämpfen. Alwine, die nervenkrank war, ging zurück nach England. Sie galt lange Zeit als verschollen und verstarb dort 1886.

Der Bauherr des Chilehauses

Henry Brarens Sloman (28. August 1848 – 24. Oktober 1931), Schlosser, Kaufmann, Industrieller, Bankier und Erfinder

Henry Sloman

© Privatarchiv Arends/Sloman

Nach der Insolvenz des Kohlengeschäfts des Vaters in England kehrte die Familie 1856 nach Deutschland zurück. Henry lebte zwei Jahre auf der Kupfermühle in Wohldorf bei seinem Großvater. Als Zehnjähriger wurde er auf Internate geschickt, wo er *»viel gehungert und wenig gelernt«* habe. Da es für ein Ingenieurstudium kein Geld gab, vermittelt ihn sein Großonkel Robert Miles Sloman eine Lehrstelle als Schlosser in der Hamburger Werft von Godeffroy auf dem Steinwerder.

Nach der Lehre reiste Henry 1869 nach Peru, wo sein Jugendfreund Hermann Fölsch arbeitete. Hier fand er eine Anstellung bei dem amerikanischen Eisenbahnunternehmer Henry Meiggs.

Danach arbeitet er bei Jorge Hilliger in Iquique. Gleichzeitig machten sich seine Freunde Hermann Fölsch und Federico Martin mit eignen Salpeterminen selbstständig. Sie stellten Henry schließlich als Aufseher ihrer Minen ein. Henry heiratete am 5. Februar 1881 Renata Hilliger, die Nichte seines ehemaligen Chefs in Iquique. Das Paar bekam vier Kinder.

Als es im Zuge der Revolution in Chile zu gefährlich wurde, schickte er seine Familie 1891 nach Deutschland zurück. 1892 gründete Henry seine erste eigene Mine, die *Buena Esperanza* bei Tocopilla. Endlich konnte Henry seine Brüder nach Chile holen und beschäftigen. 1896 folgte er der Familie nach Deutschland.

Henry kaufte 1910 das Gut Bellin im Mecklenburgischen und bauten es seinen Wünschen nach aus. Seine Frau lebte hauptsächlich in der Badestraße 30 in Hamburg. Während des Baus des Chilehauses 1922–24 reiste Henry jede Woche am Samstag von Gut Bellin nach Hamburg.

Henry entwickelte die Salpetergewinnung und erfand neue Abbauverfahren minderwertiger Vorkommen. Er baute einen Staudamm, den *Tranque Sloman*, mehrere Eisenbahnlinien und größere Siedlungen. Die von ihm selbst gezeichneten Baupläne stellte er kostenlos den englischen Minenunternehmen zur Verfügung. So wurden die arbeiterfreundlicheren Wohnstätten auch bei den Engländern Standard. Henry Sloman versuchte sich auch im Kupferabbau, erlitt dort jedoch einen Totalverlust.

Seine Versuche, liberale, Genossenschaften ähnliche Strukturen zu schaffen, die die Arbeiter an die Minen beteiligen, wurden als Träumereien verlacht.

Henry hatte seine frühen Jahre und die mit ihnen verbundene eigene Not nie vergessen. Deshalb unterstützte er immer wieder Menschen in Not oder junge Unternehmer. Er war Begründer zahlreicher wohltätiger Stiftungen.

Sein Sohn Ricardo schrieb über seinen Vater: »Pflichterfüllung bis zum Äußersten, persönlicher Mut, ein gutes Gedächtnis, unermüdlicher Tätigkeitstrieb, schnelle Entschlusskraft und ein starker, unbeugsamer Wille haben ihn immer ausgezeichnet. Er war stets gewillt, die Verantwortung für seine Handlungen voll und ganz zu übernehmen. Nie hat er schwächlicherweise auf Hilfe von dritter Seite gewartete. Sein Leben ist ein Beispiel für den Wahlspruch: ›Hilft dir selbst, dann hilft dir Gott!‹«

Die Kinder von Henry Sloman

Adelaida Regina Sloman (1881–1901), genannt Laili

Die älteste Tochter, geboren in Iquique, war der Liebling von Henry Sloman. Sie starb an einem Lungenleiden mit nur 19 Jahren in Wiesbaden.

Enrique Juan Sloman (1883–1950), Kaufmann

Als ältester Sohn verwaltete er das Familiengut Bellin. Als Kaufmann war er im väterlichen Geschäft tätig, der *H. B. Sloman & Co Salpeterwerke A. G.* Er verwaltete erfolglos die verschiedenen Familienunternehmungen in Brasilien, die schließlich aufgegeben werden mussten. Mit Beginn des Ersten Weltkrieges legte er die englische Staatsbürgerschaft ab und kämpfte als deutscher Offizier in den Karpaten und Italien. Als Stammhalter erbte er die Güter Bellin und Steinbeck sowie das Hamburger Elternhaus.

Ricardo Federico Sloman (1885–1974), Chemiker, Kaufmann, Erfinder, Pionier der Vollkornbewegung und Obstzüchter

Ricardo studierte Chemie, erwarb bei Beginn des Ersten Weltkrieges die deutsche Staatsbürgerschaft und kämpfte in Frankreich. Am 1923 heiratete er Nora Wilisch (1900–1997), Tochter des Industriellen Dr. Hugo Wilisch aus Bad Godesberg und Antonie, geb. Freiin von Gall. Ricardo arbeitete im väterlichen Geschäft, u. a. als Chemiker und Kaufmann. Ricardo versuchte immer vorausschauend zu handeln. In der dunklen Zeit des Nationalsozialismus, wusste er, dass seine Familie durch seinen Heirat mit Nora Wilisch zu viele jüdische Verwandte hatte. Außerdem hatte sein Großonkel Harry Sloman, in die bekannte jüdische Bankiersfamilie Behrens eingeheiratet. Um seine Familie zu schützen bereitete Ricardo still alles vor, um nach Chile auszuwandern. Die Briefe aus dieser Zeit zeugen von seinen Sorgen. Ricardo gab 1936 zudem ein Buch über die Slomans in Auftrag, das allein den Zweck hatte, die Familie zu schützen. Das Buch erwähnt die Freundschaft Harry Slomans und Eliza Sloman mit Heinrich Heine nicht.

Die Familie lebte in einem Haus in Hamburg am Harvesthehuder Weg 50, das Ricardo nach eigenen Plänen errichten ließ. Nach 1958 zog das Paar nach Altnau in der Schweiz am Bodensee in ihr neu erbautes Sommerhaus. Hier züchtete Ricardo Äpfel, vorzugsweise alte Sorten, nach ökologischen Richtlinien. In der Schweiz wurde er ein Freund des Arztes und Ernährungsreformers Maximilian Bircher-Benner, der das

Bircher-Müsli entwickelte. Ricardo setzte sich bis zum Lebensende für gesunde Ernährung und biologische Landwirtschaft ein.

Alfred Herbert Sloman (1887–1935), Kaufmann

Nach kaufmännischer Lehre bei der Firma *Vorwerk Gebr.* arbeitete er wie seine Brüder im väterlichen Betrieb. Im Ersten Weltkrieg ging er als Offizier in Italien an die Front. Er heiratete 1923 Margaretha Krogmann (1899–1962), Tochter von Otto Krogmann, dem Hamburger Reeder (*Wachsmuth & Krogmann*). Herbert war u. a. als Handelsrichter tätig. Das Paar lebte am Harvestehuder Weg 28.

Die Geschwister von Henry Sloman

John Bissing Sloman (1846–1864)

Der älteste Bruder der sieben Geschwister kam 1856 mit Henry auf die Kupfermühle zu seinem Großvater. Nach einer Lehre zum Kaufmann schickte ihn seine Firma, die mit Rum handelte, auf die Insel St. Thomas in Dänisch-Westindien, wo er mit nur 19 Jahren an Gelbfieber starb.

Harriet Regina Sloman (1850–1922)

Die einzige Schwester Henrys heiratete dessen Jungenfreund Hermann Fölsch. Das Ehepaar Fölsch lebte gut zwei Jahre in Iquique und kehrte nach einem großen Erdbeben 1877 zurück. Das Erdbeben und der darauf folgende Tsunami zerstörten große Teile der Hafenstadt.

Robert William Sloman (1852–1934)

Nach der Insolvenz des Vaters kam er mit drei jüngeren Geschwister in die Obhut einer Pflegemutter, Fräulein Schuster in Nienburg a. d.

Weser. Robert lernte in Hamburg bei einem Müllermeister in Billwerder Neuendeich und fand anschließend eine Anstellung in der Dampfmühle des Müllers Wegner in Billwerder. Sein Bruder Henry holte ihn nach Chile, wo er in einem Werk zur Jodgewinnung arbeite. Weil er das Klima nicht vertrug, kehrte er nach Hamburg zurück. 1895 heiratete er Magdalena Plett (1854–1930) und fand Anstellung in der Eisengießerei Hering in Wilhelmsburg.

Eduard Miles Sloman (1853–1915)

Nach der Grundschule in Nienburg wurde er zum Kaufmann bestimmt und lernte bei einem Kolonialwarenhändler. Auch ihn holte Henry nach Chile und beschäftigte ihn als Aufseher im Jodhaus. Später lebte er in Paraguay und leitete hier ein Gut.

Richard Sebastopol Sloman (1854–1896)

Mit zwei Jahren kam auch er in die Obhut von Fräulein Schuster. Er wurde Manufakturist. Später verwaltete er die erste Mine seines Bruders, *Buena Esperanza*. Richard heiratete eine Indio-Frau aus der Oase Pica, Maria Lecaros.

Alwin Fürchtegott Sloman (1856–1913)

Alwin blieb als Jüngster bei seiner Mutter. Er kam schließlich in ein Kinderheim in Kingston upon Hull. Nach einer Lehre als Strumpfhändler holte ihn seine Schwester Harriet nach Deutschland. Mit ihrer finanziellen Unterstützung baute er sich eine Weinhandlung auf. 1892 heiratete er in England Marie Sophie Dorothea Peters. Später lebte er mit der Familie in Schwartau.

Verzeichnis historischer Personen

Amagro, Diego de (um 1479–1538), spanischer Konquistador und Mitstreiter von Francisco Pizarro. 1536 brach er zu einer verlustreichen Eroberung Chiles auf. Statt großer Reichtümer fanden sie agrarisch geprägte Zivilisationen vor. Enttäuscht kehrte er nach Peru zurück. Im Streit um Pfründe, Rechte und Macht ließ ihn Hermando Pizarro hinrichten, der Bruder Francisco Pizarros.

Ameida, Diego de, Führer der Wüstenexpedition von R. A. Philippi.

Blum, Robert (1807–1848), deutscher Politiker, Verleger und Publizist. Er war einer der führenden Köpfe in der Frankfurter Nationalversammlung. Wurde aufgrund seiner demokratischen Gesinnung in Österreich hingerichtet. Gilt als »Märtyrer der Demokratie«.

Busch, Fritz (1890–1951), Dirigent und Geiger. Er wurde von den Nationalsozialisten der Leitung der Staatskappelle in Dresden enthoben, weil er als verantwortungsbewusster Künstler auf die Gefahr des heraufziehenden Nationalsozialismus hinwies und jüdische Musiker weiterhin beschäftigen wollte. Er war ein Freund der Familie Sloman. Ging nach England ins Exil.

Döll, Wilhelm (Mitte 19. Jahrhundert), Vermesser und Ingenieur. Begleitete einige der Exkursionen von Rudolph Philippi in Chile, u. a. die große Wüstenexpedition.

Drake, Francis (um 1540–1596), erster englischer Weltumsegler, Vizeadmiral, Freibeuter und Entdecker.

Escher, Arnold (1807–1872), Schweizer Geologe, legte die Grundlage zum Verständnis der Überschiebungs- und Plattentektonik.

Fölsch, Hermann (1845–1920), Kaufmann, Salpeterhändler, Reeder. Er heiratete Harriet, die Schwester Henry Slomans. Er beschäftigte Henry Sloman 22 Jahre lang in Chile als Aufseher, Makler und Direktor aller Geschäfte.

Gerson, Hans (1881–1931), für Fritz Höger tätiger Hamburger Architekt. Arbeitete auch mit seinem Bruder Oskar Gerson (1886–1966). Sie fertigten u. a. für das Chilehauses mehrere Entwürfe. Sie realisierten mit Fritz Höger den Sprinkenhof und das Ballinhaus (heute Meßberghof).

Hagenbeck, Carl Gottfried Wilhelm Heinrich (1844–1913), Zoodirektor, Zirkusdirektor und Tierhändler. Ausrichter der berüchtigten Völkerschauen, u. a. mit feuerländischen Indios.

Hilliger, Jorge (1825–1905), Henry Slomans Chef in Iquique, brachte ihm als sein Assistent alles über das Salpetergeschäft bei. Henry heiratete dessen Nichte Renata Hilliger. Das Paar blieb mit ihm ein Leben lang eng befreundet.

Hoffmann, Friedrich (1797–1836), Professor an der Universität Berlin, deutscher Geologe, Vulkanologe. Freund von R. A. Philippi.

Höger, Fritz (1877–1949), deutscher Architekt, gilt als einer der führenden Vertreter des Klinkerexpressionismus.

Humboldt, Alexander von (1769–1859), deutscher Universalgelehrter. Unternahm zahlreiche Forschungsreisen u. a. nach Südamerika. Nach ihm wurden die Humboldt-Pinguine benannt.

Keyserling, Hermann Alexander Graf von (1880–1946), deutsch-baltischer Philosoph und Schriftsteller, war eine der bekanntesten Persönlichkeiten des geistigen Lebens in der Weimarer Republik. War Gegner des Nationalsozialismus, nannte ihn einen Irrationalismus, der zur Katastrophe führen müsse; gründete mit Kuno Graf von Hardenberg die Gesellschaft für freie Philosophie.

Kraft, Adam (um 1460–1509), Baumeister und Steinbildhauer der Spätgotik. Berühmt ist sein Selbstbildnis an dem vom ihm geschaffenen Sakramentshaus in der Kirche St. Lorenz in Nürnberg.

Kunstmann, Ludwig (1877–1961), deutscher Bildhauer, fertigte mehrere Entwürfe für das Chilehaus, u. a. der Pumas für das Meßbergtor. Er schuf den Elefant »Anton« für das heutige Brahms-Kontor (1931).

Kuöhl, Richard Emil (1880–1961), Bildhauer, Keramiker und Architekturplastiker. 1922 erhielt er von Fritz Höger den Auftrag für die Bauplastik des Chilehaus. Er fertigte alle keramischen Bauteile, Laubengänge, Arkaden, Skulpturen und die Motive der Betondecken der seitlichen Durchgänge. Er hatte einen erheblichen Anteil an der Detailgestaltung des Gebäudes.

Martin, Federico, lebenslanger Freund von Henry Sloman. Partner von Martin Fölsch. Sie gründeten das überhaus erfolgreiche Salpeterunternehmen *Fölsch & Martin*. Federico Fölsch beschäftigte den jungen Henry 22 Jahre lang als Direktor seiner Minen und war Pate von Henrys Sohn Ricardo Federico.

Meiggs, Henry (1811–1877), amerikanischer Unternehmer. Er war der erste Arbeitgeber Henry Slomans in Peru. Seit 1969 wichtigste Eisenbahnbauer in Südamerika, genannt der »Pizarro der Eisenbahnen Südamerikas«. Er gründete in früheren Jahren Meiggsville, das heutige Mendocino.

Niemann, Albert Friedrich Emil (1834–1861), deutscher Chemiker, isolierte 1860 aus peruanischen Kokablättern kristallines Kokain.

Ochsenius, Carl Christian (1830–1906), deutscher Geologe, kam auf Vermittlung von Robert Bunsen nach Chile, wurde dort Assistent von R. Philippi. Publizierte u. a. ein landeskundliches Buch über Chile.

Onffroy de Thoron, Enrique (1810–1893), französischer adeliger Privatgelehrter, der in der französischen Revolution nach Südamerika floh. Er lebte in Peru. Konfrontiert mit den vergangenen Hochkulturen Südamerikas entwickelte er die Theorie, dass es zu präkolumbianischer Zeit transatlantische Kontakte Südamerikas mit den Kulturen Europas gegeben haben müsse.

Osorio, Miguel (19. Jahrhundert), Wasserverkäufer und Eseltreiber, entdeckte die Silberminen von Tres Puntas, einer der reichsten Silberfundstätten Nordchiles.

Philippi, Bernardo (1811–1852), Bruder von Rudolph Philippi, preußischer Seemann, Naturalienhändler, Kolonisationsbeauftragter der chilenischen Regierung. Er initierte die Einwanderungswelle aus Deutschland nach Südchile.

Philippi, Rudolph Amandus (1808–1904), Naturforscher, Arzt, Freund von Alexander von Humboldts, flüchte nach 1848/49 nach Südamerika. Unternahm dort wichtige Erkundungsreisen und erforschte u. a. die Wüste Atacama (1853). Gründer und Leiter des Nationalmuseums für Naturgeschichte in Santiago de Chile.

Pizarro, Francisco (1478–1541), Konquistador, der gemeinsam mit seinen drei Halbbrüdern und Diego de Almagro das Inkareich brutal eroberte.

Polo, Marco (1225–1324), einer venezianischen Händlerfamilie entstammend wurde er für seine Reiseberichte nach Asien berühmt. Er beschrieb auch den chinesischen Salpeter.

Sesselberg, Friedrich (1861–1956), Geheimrat und Professor der Technischen Universität Berlin, Architekt und Schriftsteller. Er war ein Freund Fritz Högers.

Spitteler, Carl (1845–1924), Schweizer Dichter, Schriftsteller und Literaturnobelpreisträger, Freund der Familie Sloman.

Steinbach, Erwin von (1244–1318), Baumeister und Steinbildhauer der Gotik. Gilt als Baumeister des Straßburger Münsters, an dem er ab 1277 tätig war.

Steiner, Rudolf (1861–1925), Reformpädagoge, Schriftsteller, Philosoph und Begründer der Anthroposophie.

Treutler, Paul (1822–1887), deutscher Geologe, Mineraloge und Schriftsteller.

Uhle, Max Friedrich (1856–1944), Archäologe. Man nennt ihn den »Vater der Archäologie Südamerikas«. Er lebte 41 Jahre lang in Südamerika und begründete die präkolumbianische Wissenschaft.

Valdiva, Pedro de (1497–1553), spanischer Konquistador und erster Gouverneur Chiles. Er gründete die neue Kolonie in Chile mit der Hauptstadt Santiago. Der Ort La Serena ist nach seinem Geburtsort in Spanien benannt.

Vega, Garcilaso de la (1539–1616), Sohn eines adeligen Konquistadors und der Nichte des Inka-Herrschers Huayna Cápac. Chronist der spanischen Eroberung Chiles unter Pizarro und Amagro.

Zárate, Augustín de (1514–1560), Historiker, Beamter des spanisches Königs Karls I., reiste 1543 nach Peru und veröffentlichte 1555 ein Buch über den Untergang des Inkareiches.

Literaturverzeichnis

Alderfer, Jonathan (Hrsg.): Complete Birds of North Amerika. National Geographic, 2006

Angerstein, Dietrich: Aurum Album. Auf den Spuren des weißen Goldes der Wüste Tarapacá. Ein Roman über das Leben des Salpeterbarons Johanngeorg Christian Hilliger. Frankfurt/Main 2022

Ders.: Thaddaeus Xaverius Peregrinus Haenke. Ein Missionar der Wissenschaften – Leben und Vollendung des Forschers im Spiegel. Frankfurt/Main 2023

Arends, Isabel: Wahrheit in der Kunst! Die Reformgotik der Hannoverschen Bauschule. In: Soltauer Schriften. Binneboom. Schriftenreihe der Freudenthal-Gesellschaft und des Heimatbundes Soltau, Band 14. Soltau 2008

Dies.: Die Hase-Schule. Zur Reformgotik der Hannoverschen Architektenschule. In: Heinrich Moldenschardt (1839–1891). Stilvolle Architektur in Schleswig-Holstein. Herausgegeben von Ulrich Höhns und Klaus Alberts. Heide 2009

Dies.: Märchen für die Königin: Zauberhaftes aus Kunst und Geschichte im Schloss Marienburg. Göttingen 2013

Dies.: Schloss Hagerhof. Ein Streifzug durch Geschichte und Architektur. Bad Honnef 2010

Dies.: »Gothische Träume.« Die Raumkunst Edwin Opplers auf Schloß Marienburg. Hannoversche Studien, Bd. 11. Hannover 2005

Dies.: Ausflug »ohne Nebelkappe« zu Schloss Marienburg. In: Hannoversche Geschichtsblätter, Neue Folge, Band 59, S. 189–199. Hannover 2005

Dies.: »Niemals zurück« – Geschichte und Schicksal von Schloss Marienburg. In: Springer Jahrbuch 2006 für Stadt und Altkreis Springe. Hrsg. vom Förderverein für die Stadtgeschichte von Springe e. V. Springe 2006

Dies.: Baum-Gefährten. Mit der Kraft der Bäume zu mehr Achtsamkeit und Selbstliebe. Grafing 2021

Dies.: Baummedizin. Die heilende Kraft der Wald-Öle. Amerang 2019

Dies.: Fit für flow. Entdecke deine Kreativität! Die 10 Geheimnisse schöpferischer Kraft. München 2016

Avila, Francisco de: Dämonen und Zauberer im Inkareich. Aus dem Kheschua übersetzt und eingeleitet von Dr. Hermann Trimborn. Leipzig 1939

Bissing, Henriette von: Die Familie von Steinfels, oder die Creolinn. Hannover 1841

Blancpain, Jean-Pierre: Les Allemands au Chilli (1816–1945). Köln, Wien 1974

Boudat Y. C.: Album de las Salitreras de Tarapaca. Iquique 1889

Bürger, Jan: Zwischen Himmel und Elbe. Eine Hamburger Kulturgeschichte. München 2021

Brustat-Naval, Fritz: Windjammer auf großer Fahrt. Göttingen 1973

Bucciarelli, Piergiacomo: Fritz Höger, hanseatischer Baumeister 1877–1949. Berlin 1992

Campbell, Joseph: Die Kraft der Mythen. Bilder der Seele im Leben des Menschen. In Zusammenarbeit mit Bill Moyers. Zürich, München 1994

Charún-Illescas: Lucia/de Lederbogen/Claudia Chávez/Lederbogen, an: Peru – Guano – Hamburg. Wie die Hamburger Schiet zu Geld machten. Hamburg 2023

Chatwin, Bruce: In Patagonien. Reise in ein fernes Land. Reinbek 1981

Darapsky, Ludwig: Das Department Taltal (Chile). Seine Bodenbildung und -schätze. Mit 16 Tafeln, 55 Abbildungen im Text und 14 Kartenbeilagen. Berlin 1900

Das Mahabharata. Ein altindisches Epos. Übersetzt von Biren Roy. 1967

Doss, Anna von: Ein Besuch in Mariafeld 1871. Nachdruck zum 125. Jahrestag des Einzuges der Urgroßeltern. Mariafeld 1976

Echeverría y Reyes, Aníbal: Vocablos Salitreros. Santiago 1934

Ette, Ottmar (Hrsg.): Alexander von Humboldt. Auf dem Weg zum ökologischen Denken. Ditzingen 2023

Feldkamp, Ursula (Hrsg.): Rund um Kap Hoorn. Mit Frachtseglern zur Westküste Amerikas. Bremen 2003

Feliú, Eugenio G.: Las Ciudades del Salitre. Santiago 1999

Fischer, Manfred F.: Das Chilehaus in Hamburg. Architektur und Vision. Berlin 1999

Frohne, Birgit/Uber, Heiner/Xokonoschtletl (2002): Medizin der Mutter Erde. Die alten Heilweisen der Indianer. Gütersloh 2002

Geinitz, Eugen: Das Erdbeben von Iquique am 9. Mai 1877 und die durch dasselbe verursachte Erdbebenfluth im Grossen Ocean. (= Nova Acta der Ksl. Leop.-Carol. Deutschen Akademie der Naturforscher, Nr. 9. Band XL. 1878)

Gregory, Karl Frh. von Grundhagen: Grundlagen und Entwicklung des Welthandels mit Chilesalpeter unter besonderer Berücksichtigung der deutschen Interessen. Eschenhagen 1927

Haupt, Albrecht: Der deutsche Backsteinbau der Gegenwart und seine Lage. Leipzig 1910

Helfritz, Hans: Chile. Gesegnetes Andenland. Zürich 1951

Ders.: Im Land der Weißen Kordillere. Auf Inkapfaden und Urwaldflüssen unterwegs durch Bolivien. Berlin 1952

Hissink, Karin/Hahn, Albert: Die Tacana. Band I. Erzählungsgut. Stuttgart 1961

Höger, Fritz: Zum Chilehaus. Unveröffentlichtes Manuskript. Ohne Datum. Kunstbibliothek Berlin, Höger-Nachlass

Ders.: Noch einiges vom Bau des Chile-Hauses in Hamburg. Ohne Datum. Kunstbibliothek Berlin, Höger-Nachlass

Jaeger, Roland (Hrsg.) Richard Kuöhl. Neue Werkkunst. Berlin 1929

Jara, M. Chinos en Chile: Politican consular y debate parlamentario e vomienzos des Siglo XX. Imprenta Universität de Playa Anda. Valpairiso 2002

Jung, Carl Gustav, Der Mensch und sein Symbole. Olten 1968

Klemm, Friedrich: Perpetuum mobile. Ein »unmöglicher« Menschheitstraum. Dortmund 1983

Kamphausen, Alfred: Der Baumeister Fritz Höger, Studien zur schleswig-holsteinischen Kunstgeschichte. Hrsg. vom Landesamt für Denkmalpflege und der Gesellschaft für Schleswig-Holsteinische Gesichte, Band 12, Neumünster 1972

Keyserling, Hermann Graf: Südamerikanische Meditationen. Stuttgart, Berlin 1932

Kokkelink, Günther/Lemke-Kokkelink, Monika: Baukunst in Norddeutschland. Architektur und Kunsthandwerk der Hannoverschen Schule 1850–1900. Hannover 1998

Kokkelink, Günther: Die Neugotik Conrad Wilhelm Hases. Eine Spielform des Historismus. In: Hannoversche Geschichtsblätter, Neue Folge, Band 22, Hannover 1968, S. 1-211

Krogmann, Carl Vincent: Bellevue. Die Welt von damals. Hamburg 1960

Maaß, Enzo: Die Slomans von der Wohldorfer Kupfermühle. In: Jahrbuch des Alstervereins, 92. Jahrgang 2019, S. 40-64. Hamburg 2019

Ders.: Kein Arzt an Heines Sarg. Dr. Grabau, Dr. Sloman und eine Reliquie. Eine Korrektur. In: Heine Jahrbuch 2018, 57. Jahrgang. Stuttgart 2018

Marchtaler, Hildegard von: Die Slomans. Geschichte einer Hamburger Reeder- und Kaufmannsfamilie. Hamburg 1939

Massaquoi, Hans J.: »Neger, Neger, Schornsteinfeger!« Meine Kindheit in Deutschland. Bern, München, Wien 1999

Meier, Harri/Karlinger, Felix: Spanische Märchen. Düsseldorf, Köln 1961

Mihok, Daniela: Seitenblicke. Max Uhles Fotografien aus Peru. Berlin 2012

Meyer, Jürgen: Hamburgs Segelschiffe 1795–1945. Norderstedt 1974

Meyer-Veden, Hans/Hipp, Hermann: Hamburger Kontorhäuser. Berlin 1988

Molina, Juan Ignacio/Molina, Gonzáles: Compendio della storia natural de Chile, e civili del regno del Chile. Bologna 1786

Myers, Elisabeth P.: South America's Yankee Genius Henry Meiggs. New York 1969

Nicolai, Angela/Thümmler, Sabine: Form Follows Flower. Moritz Meuer, Karl Blossfeldt & Co. Berlin, München 2017

Nicolaisen, Dörte: Studien zur Architektur in Hamburg 1910–1930. Diss. phil. München 1974. Nijmegen 1985

Dies.: Das Chilehaus als Schiff. Zur Ideologie und Rezeption der Schiffssymbolik des Chilehauses. In: Nader beschoud, Een serie Kunsthistorische opstellen aangeboden aan Pieter Singelenberg, onder redactie van Fransje Kuyvehoven en Bert Treffers, S. 159-185. Nijmegen 1986

Nicolson, Irene: Mexikanische Mythologie, Wiesbaden 1967

Ochsenius, Carl: Chile. Land und Leute. Leipzig, 1884 Olivares, Emma: Chile-Salpeter und Edelweiß. Eine Familiengeschichte. Hamburg 2020

Plagemann, A.: Der Chilesalpeter. Berlin

Plievier, Theodor: Das große Abenteuer. Köln 1984

Philippi, Amadeus. Elementos de historia natural. 4. Aufl. Santigo 1885

Plagemann, Volker (Hrsg.): Kunst im öffentlichen Raum. Ein Führer durch die Stadt Hamburg. Hamburg 1997

Poeppig, Eduard: Im Schatten der Cordillera. Reisen in Chile. Neuausgabe. Stuttgart 1927

Ranke-Garves, Robert: Die Weiße Göttin. Reinbek 1985

Roß, Colin: Südamerika, die aufsteigende Welt. Leipzig 1922

Schmidt, Rudolf: Architekturplastik: Bildhauer Richard Kuöhl. Reihe Neue Werkkunst. Berlin, Leipzig, Wien 1929

Scholl, Lars U./Slotta, Rainer (Hrsg.): Abenteuer Salpeter. Gewinnung und Nutzung eines Rohstoffes aus der chilenischen Atacamawüste. Rotenburg/Wümme 2014

Schuchard, Alfred/Alexander: Johannes Schuchard, Barmen. 1782–1855. Seine Vorfahren und Nachkommen. Eisenach 1904

Schulze, Konrad Werner: Der Ziegelbau. Stuttgart 1927

Sloman, Hans-Jürgen (Hrsg.): Das Chilehaus in Hamburg, sein Bauherr und sein Architekt, Band II. Festschrift für Ricardo Sloman zum 90. Geburtstag. Hamburg 1977

Ders.: Ricardo Sloman 1885–1983. Nachruf auf Dr. h. c. Ricardo Federico Sloman. Hamburg 1983

Ders.: Wie Du es erlebtest oder wie einst es hätte können sein ... Texte von Theateraufführungen aus dem Leben von Ricardo und Nora Sloman. Herausgegeben aus Anlaß des 90. Geburtstages von Nora Sloman. Selbstverlag

Sloman, Ricardo Federico (Hrsg.): Das Chilehaus in Hamburg, sein Bauherr und sein Architekt, Festschrift aus Anlaß des 50jährigen Bestehens. Unter Mitarbeit von Harald Busch und Hans-Jürgen Sloman. Hamburg 1974

Ders.: Zum 80. Geburtstag von Henry Sloman. Festschrift vom 28. August 1928. Hamburg 1928

Sloman-Nowak, Ingrid/Aleff, Elke: Erinnerungen an Nora. Festschrift anlässlich des 100-jährigen Geburtstags von Nora Sloman. Selbstverlag 1999.

Treuchtler, Paul, Fünfzehn Jahre in Süd-Amerika an den Ufern des Stillen Oceans. Leipzig 1882

Storl, Wolf-Dieter: Ur-Medizin. Die wahren Ursprünge unser Volksheilkunde. Aarau 2015

Strehlow, Harro/Grummt W., (Hrsg.): Zootierhaltung: Vögel. Frankfurt/Main, Thun 2009

Turtenwald, Claudia (Hrsg.): Fritz Höger 1877–1949. Moderne Momente. Schriftenreihe des Hamburgischen Architekturarchives. Hamburg 2003

Uhle, Max/Kelm, Antje/Trimborn, Hermann: Vom Kondor und vom Fuchs. Hirtenmärchen aus den Bergen Perus. Ketschua und Deutsch. Reihe: Stimmen indianischer Völker Band I. Berlin 1968

Vidal, Jorge: Veinte Años Seor despues la tragedia del Salitre. Santiago 1939

Wachtsmuth, Friedrich: Der Backsteinbau der Neuzeit. Die abendländische Backsteinbaukunst vom 15. Jahrhundert bis in die Gegenwart. Marburg 1942

Wasmuth, Arne Cornelius: Hanseatische Dynastien. Alte Hamburger Familien öffnen ihre Alben. Hamburg 2001

Wegner, Matthias: Hanseaten. Von stolzen Bürgern und schönen Legenden. Berlin 1999

Wille, Eliza: Stillleben in bewegter Zeit. Leipzig 1878

Zabel, Heinz: Plastische Kunst in Hamburg. Skulpturen und Plastiken im öffentlichem Raum. Hamburg 1986

Danksagung

An erster Stelle möchte ich meinem Verleger Klaas Jarchow danken, dass er mit Sachverstand, Interesse und Weitblick dem »Silbernen Kondor« in seinem innovativen Verlag eine Heimat gibt. Mein großer Dank gilt meiner weit- und umsichtigen Kollegin im Verlag, Johanna Rädecke-Maßmann, die das Buch sicher durch alle raue See und in den Hafen steuerte und es verstand, mich immer wieder mit dem Guten und noch Besseren zu überraschen. Für ein klares, umsichtiges Lektorat danke ich von Herzen Rainer Kolbe, der mit Liebe zur deutschen Sprache diesem Buch seinen letzten Schliff gab. Im Verlag danke ich außerdem Jana Wincheringer für ihren nervenstarken Optimismus und ihre Heiterkeit.

Großer Dank geht an meinen Schriftstellerkollegen Wernfried Hübschmann, der die Erzählungen mit mir besprach und viele poetische Impulse gesetzt hat. Mit großer Ausdauer und Begeisterung stand mir beim ersten Lesen vieler Texte die Hamburg-Kennerin Jutta Hartwieg zur Seite. Mein Dank gilt auch meiner Kollegin und Freundin Friederike Fleischhauer für ein gutes Lektorat. Ich danke Cristián Mackenna-Radefeldt für die vielseitigen Informationen zur Landeskunde von Chile. Für chemische Fragen rund um den Salpeter danke ich herzlich Dr. Heinrich Piening und Dietmar Ehlert. Ich danke den Fotografen Markus Hilbich, Volker Thies und Elio Stetter, die dieses Projekt mit zahlreichen eigenen Fotografien und Ideen begleiteten. Dr. Volker Rössner verdanke ich wichtige Hinweise zu historischen Bauverfahren. Der Architektin Inka Drohn danke ich für die Erläuterungen zu statischen Fragen der Baustelle des Chilehauses. Ich danke herzlich Prof. Dr. Uta Lauer für ihre Informationen zu Max Uhle und die Sammlungen der Museen in Hamburg. Ich danke herzlich Robert Krieg und Monika Nolte für weiterführende Informationen des Salpeter-Abbaus in der Atacama. Meine Fragen über die indigenen Kulturen Perus und Chiles und ihren Glauben beantwortete mir geduldig mein Kollege, der Perukenner und Journalist Michael Hemme.

Im Hamburger Staatsarchiv gilt mein Dank Volker Reißmann, der so manchen Schatz aus dem Höger-Nachlass ans Licht holte. Im Archiv der Denkmalschutzamtes der Freien und Hansestadt Hamburg gilt mein Dank Roman Markel. Ich danke Malden Kaminski für ihre mitdenkende Unterstützung beim Sichten des Höger-Nachlasses in der Kunstbibliothek der Staatlichen Museen Berlin.

Ich möchte vor allem auch meiner liebevollen Familie danken. Allen voran meiner Mutter Ingrid Sloman-Nowak, die alles Künstlerische in mir immer zu fördern wusste. Ich danke meinen wundervollen Geschwistern, Eva Renate und Wolfram Ricardo, die mich liebevoll durchs Leben begleiten. Ein herzlicher Dank geht an meinen Neffen Fabian und meine Nichte Verena Griesinger. Meiner Tante Elke Aleff danke ich für unermüdliches Suchen und Finden von Fotografien. Für wichtige Informationen danke ich Janina Birgit Sloman, Nicola Sloman und Irmelin Sloman. Für seine herzliche Ausdauer beim Sammeln von Informationen zur Familie Sloman möchte ich Bernd Holle danken, außerdem seinem Cousin Herbert-Joachim Graf von Bothmer und seinen Cousinen Angelika Sloman und Beate Böge.

Ein herzlicher Dank beim Finden des richtigen Verlages geht an die Buchhändlerin Uta Neb und meinen Cousin Matthias Neb. Meiner Cousine Andrea Ohlsen danke ich für ihre vielen Ermutigungen zum Schreiben meiner Hamburg-Bücher. Ein Dank geht auch an Anika

Giftge, die mir meine vielen Fragen zum UNESCO-Welterbe Chilehaus beantwortete. Kein Buch entsteht ohne einen tragenden Freundeskreis, der geduldig ausharrt, bis man nach wochenlangen Abwesenheiten wieder aus dem Buchstabenmeer auftaucht. Ich danke euch, dass ihr immer für mich da seid: Andrea Sunder-Plassmann, Beate Escher, Sven Held, Vinja Bauer, Relindis Busse, Anita Maas, Martina Meyer, Yvonne Prekop, Stefan Gennat, Gabriele Winter und Thomas Müller.

Isabel Arends – Berlin, im Frühjahr 2024

Zur Autorin

© Volker Thies

Isabel Arends ist Kunsthistorikerin und Urenkelin Henry Slomans. Kunsthistorisch hat sie vor allem zur Architektur der Backsteingotik und dem Synagogenbau deutscher Architekten veröffentlicht. Es folgten Veröffentlichungen zu Kulturgeschichte und Ethnomedizin. Hintergrund der Erzählungen zum Chilehaus sind Reisehandbücher von Auswanderern, Handbücher für Minenarbeiter, landeskundliche Beschreibungen sowie natürlich Familienquellen.

Zu Isabel Arends Website zum Chilehaus:
www.100-jahre-chilehaus.de

Die dunklen Seiten einer Kunst-Avantgarde der Zwischenkriegszeit

Juni 1924. Lavinia Schulz und Walter Holdt, zwei der radikalsten Vertreter des expressionistischen Maskentanzes in Deutschland, werden tot in ihrer Hamburger Kellerwohnung aufgefunden, ihr Säugling bleibt unbeschadet zurück. Jahrzehnte später meldet sich dieser als alter Mann bei Nick Lainwander, der den Nachlass der Maskentänzer zufällig in Kisten auf einem Museumsdachboden entdeckt hat. Wer war das visionäre Künstlerpaar? Wie kam es zu der Bluttat, die ihr Leben beendete? Nils Jockel stellt die zeitlose Frage nach Gewinnern und Verlierern des Kunstbetriebs und des Lebens.

312 Seiten, 14,5 x 21,5 cm
Hardcover, 26,00 € (D)
ISBN 978-3-96194-231-2

Der Roman blickt zurück auf die Fahrenszeit des Kapitäns Jürgen Rickmers und auf das Jahr, in dem er sich auf seine Herkunftsinsel Föhr zurückgezogen hatte. Dort bittet Rickmers einen Skribenten, seine Lebensgeschichte zu verschriftlichen. Doch die Recherchegespräche fördern ein dunkles Geheimnis zutage … Eine große Föhr-Geschichte, die bis an das Ende des 19. Jahrhunderts und weit hinein in die Geschichte der Familien reicht, die bis heute auf Föhr zu Hause sind – erzählt von dem Ururenkel des Kapitäns Rickmers, Bente Faust, und dem preisgekrönten Romanautor Claus-Peter Lieckfeld.

424 Seiten, 14,5 x 21,5 cm
Hardcover mit Schutzumschlag, 26,00 € (D)
ISBN 978-3-96194-187-2